KB270979

百八煩惱

백팔번뇌

청운하 新무협 판타지 소설
FANTASTIC ORIENTAL HEROES

백팔번뇌 1

청운하 新무협 판타지 소설

초판 1쇄 찍은 날 § 2008년 9월 22일
초판 1쇄 펴낸 날 § 2008년 9월 30일

지은이 § 청운하
펴낸이 § 서경석

편집장 § 문혜영
편집 § 서지현

펴낸곳 § 도서출판 청어람
등록번호 § 제1081-1-89호
등록일자 § 1999. 5. 31
어람번호 § 제2-1582호

주소 § 경기도 부천시 원미구 심곡동 163-2 서경B/D 3F (우) 420-010
전화 § 032-656-4452 팩스 § 032-656-4453
http://www.chungeoram.com
E-mail § eoram99@chollian.net

ⓒ 청운하, 2008

ISBN 978-89-251-1485-9 04810
ISBN 978-89-251-1484-2 (세트)

청운하 新무협 판타지 소설
FANTASTIC ORIENTAL HEROES
百八煩惱
백팔번뇌
1
신무학(新武學)
청어람
도서출판

目次

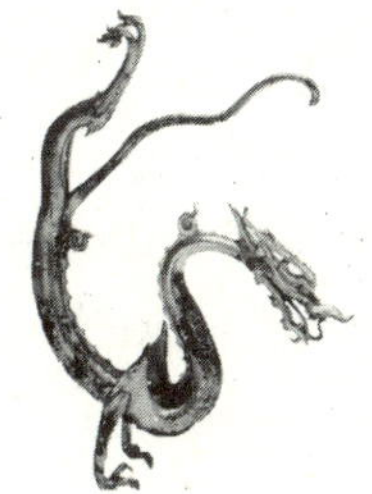

결연(結緣)

　기울어가는 낙조(落照)에 황금빛으로 물들어가는 악양(岳陽)의 북부대로(北部大路)는 여느 때와 다름없이 분주했다.

　어둠이 몰려오기 전에 하루를 마감해야 하는 행인들은 긴 그림자를 드리운 채 뭔가에 쫓기듯 길을 서둘렀다.

　점소이가 발에 땀이 나도록 바삐 움직이는 객점(客店)은 허기진 길손들로 넘쳐 났다.

　거리의 상인들은 물건 하나라도 더 팔기 위해 세월과 싸워 이긴 거친 손을 바삐 움직였으며, 그들이 흘린 땀 냄새엔 생존의 치열한 열기마저 진득하게 묻어났다.

　각자 살아온 삶이 다르고 가야 할 길이 다른 이 모든 사람들에겐 하루하루는 전쟁과도 같았다.

벌써 이 년째 계속되는 지독한 가뭄으로 인해 하루 한 끼를 때우는 일만도 힘에 겨운 그들에겐 그들을 기다리며 주린 입을 빨갛게 벌리고 있을 어린 자식이 걱정이었고, 그 어린 자식을 보며 가슴을 까맣게 태우고 있을 마누라의 한숨을 달래는 일이 걱정이었을 뿐, 하늘에서 물벼락이 쏟아져 내리는 일 말고는 그들의 관심을 끌 만한 다른 일은 없어 보였다.

거리의 한쪽에 쭈그리고 앉아 바로 코앞에서 먹음직스럽게 익어가는 만두를 눈알이 빠져라 바라보며 연신 군침만을 삼켜대는 비렁뱅이 소년(少年)의 처지를 동정할 눈곱만큼의 여유조차 그들에겐 없었다.

그리고 그 앞을 무심코 지나는 허리 구부정한 노인(老人)에게 갑자기 욕설을 퍼붓는 비렁뱅이 소년을 무례하다 탓할 여유 또한 그들에겐 없었다.

"씨발!"

소년이 최초로 쏟아낸 욕설은 주변 사람들 모두가 들을 수 있을 만큼 찢어지는 고함이었다.

그러나 주변의 누구도 그런 소년에게 시선조차 주지 않았다.

하루 한 번이라고 딱히 정해지진 않았어도 하루 한 번 배설의 욕구를 채워야 하는 일이 일상의 습관이듯, 결코 듣기 좋을 수 없는 소년의 욕설 또한 이 거리에선 익숙한 일상사가

된 지 오래였다.

하지만 이 거리를 처음 지나는 허리 구부정한 노인에겐 뒤에서 들려오는 소년의 욕설 섞인 고함이 익숙하게 들렸을 리 만무했다.

허리 구부정한 노인은 잠시 움찔했지만, 설마 자신을 향한 욕설이겠냐 싶어 이내 갈 길을 재촉했다.

"어이, 거기 허리 불량한 나으리! 그냥 내빼시겠다?"

재차 쏟아진 소년의 거친 말투를 듣고서야 허리 구부정한 노인은 소년이 원하는 시비 대상이 바로 자신임을 깨닫고 걸음을 멈추었다.

그때 소년의 욕설이 다시 튀어나왔다.

"염병, 이 영감이 눈깔님을 어디다 처박아두고 다니시기에 남의 발을 허락없이 밟고 지랄이서, 지랄은! 뒈져 갈 나이가 되니 이제 눈에 뵈는 게 없으셔? 엉?"

소년은 허리 구부정한 노인이 자신의 발을 밟았다고 했다.

아니, 발을 밟았다고 바락바락 우겨댔다.

노인은 기가 막혔다.

지나온 거리를 돌아보고 또 돌아봐도 자신이 소년의 발을 밟은 기억은 전혀 없었다.

기억엔 없어도 자신이 소년의 발을 밟았을 수는 있다.

워낙에 복잡한 상념(想念)을 한 짐 머리에 이고 걸었던 터라 소년의 발을 밟고서도 의식을 못한 건지도 모른다.

그러므로 발이 밟혔다고 박박 우겨대는 소년의 비비 꼬인 심사는 그럭저럭 이해를 한다고 쳐도, 소년의 입에서 튀어나오는 상스럽기 짝이 없는 어투까지 이해하기엔 다소 무리가 있었다.

고작 열서너 살 정도의 소년에게서 상스러운 소리를 듣게 된 노인은 잠시 동안 할 말을 잃고 멍한 눈빛으로 소년을 바라볼 뿐이었다.

"어쭈, 째리셔? 그렇게 째리면 어쩔 건데, 영감?"

점입가경으로 소년은 게거품까지 물고는 노인에게 달려들며 악을 바락바락 질러댔다.

점차 어둠에 묻혀가는 미명(微明)의 산 빛.

한가닥 남은 노을은 노인의 얼굴을 붉게 물들였다.

단순히 노을만으로 붉게 물든 건 아니었지만 말이다.

"어라, 내 말을 씹으신다? 이거 이러시면 안 되지. 점잖으신 분이 말이야."

"그것참, 허허."

노인은 그저 헛웃음만 흘렸다.

울화통이 치밀어 오르기는 했지만, 그렇다고 어쩌겠는가?

행인들로 북적대는 이 거리에서 솜털조차 채 가시지 않은 어린아이와 머리 터지도록 싸울 수도 없는 노릇이 아닌가?

그저 미친개에게 물렸다 치면 그뿐이다.

살아온 세월의 무게를 이기는 것만으로도 충분히 지친 노인은 고개를 절레절레 가로저으며 몸을 돌렸다.

그러나 소년은 집요했다.

"오호라, 날 무시한다 이거지? 이러면 나 열 받지. 열 받음 눈에 뵈는 게 없고 말이야."

두 눈에 살기까지 띠며 노인의 앞을 가로막더니 냅다 머리통으로 노인의 가슴팍을 들이박았다.

뻑!

뼈가 부러지는 듯한 둔탁한 소리가 노인의 가슴에서 울렸다.

소년은 처참한 비명과 함께 저만큼 나가떨어져서 뻗어버릴 노인의 모습을 머릿속에 그리며 비릿하게 웃었다.

그러나 소년의 그런 예측은 빗나가도 한참을 빗나갔다.

믿을 수 없게도 노인은 말짱했고, 오히려 비릿하게 웃던 소년이 저만큼 나가떨어진 것이다.

노인이 소년을 밀어낸 것도 아니고, 소년 스스로 나가떨어진 것이 아님에도 불구하고 결과는 소년 스스로 나가떨어진 것처럼 되어버렸다.

소년의 얼굴에서 비릿한 웃음은 사라졌다.

이 어처구니없는 현상에 소년은 잠시 놀라는 눈치였으나, 이내 살기등등한 낯빛을 회복하고는 엉덩이를 털고 일어나 옆에 놓인 몽둥이를 움켜잡았다.

"그래 이젠 사람까지 패신다 이거지? 좋아. 아작 낸다,

오늘!"

소년은 몽둥이를 마구잡이로 휘두르며 노인에게 달려들었다.

노인은 어이가 없었다.

일백이십 평생 이런 막무가내는 처음이다.

"씨발! 너 죽고 나 죽자!"

소년은 몽둥이로 인정사정없이 노인을 후려갈겼지만, 결과는 처음과 동일했다.

콰당!

노인은 멀쩡했고, 소년만 저만큼 나가떨어진 것이다.

물론 이번에도 노인은 그저 가만히 서 있을 뿐이었고, 소년은 보이지 않는 막강한 힘에 밀려 손 한 번 써보지 못하고 튕겨져 버렸다.

흙먼지를 뒤집어쓴 소년은 잠시 멍한 표정이었으나 다시 용수철처럼 튀어 올라 노인을 공격했다.

소년은 번번이 나가떨어지면서도 전혀 포기할 기세가 아니었다.

오히려 전보다 더 사납게 달려들었다.

노인은 비로소 소년을 자세히 살피기 시작했다.

남루한 옷차림, 산발한 머리, 온몸에 땟국이 자르르 흘렀으며, 이목구비는 평범했다.

키는 그 또래에 비해 조금은 큰 편이었고, 체격은 호리호리했다.

그 조그마한 얼굴은 온통 고집과 아집으로 넘쳐흘렀고, 악과 깡으로 무장되어 있었다.

그 또래의 천진함과 순수함이란 눈을 씻고 봐도 찾아볼 수가 없었다.

소년은 계속하여 나가떨어지고 또 나가떨어졌지만 지친 기색조차 보이지 않았다.

애초에 발이 밟혔다는 핑계로 몇 푼의 돈을 뜯어내 허기진 배를 채우고자 일부러 시비를 걸었던 소년은 노인에게 일방적으로 당하면서 시비의 목적마저 상실해 버린 듯 보였다.

소년은 오뚝이처럼 발딱 일어나 다시 악을 쓰며 덤벼들었다.

"끄아아아! 죽엇!"

소년의 핏대 오른 얼굴엔 그 또래의 아이에게서는 찾아볼 수 없는 살기(殺氣)마저 진득하게 묻어났다.

노인은 조심스럽게 물었다.

"아이야, 네 이름은?"

"장한명… 아니, 몰라. 내 이름은 알아서 뭐할 건데? 씨발!"

급기야 노인은 더 이상의 소모전은 무의미하다는 결론에 이르렀다.

"그럼 이 늙은이가 사과를 하면 되겠느냐, 아이야?"

"이제 와서 무슨 사과야, 사과는! 엿이나 드셔!"

노인 공경이라곤 눈곱만큼도 모르는 놈이다.

소년은 계속하여 몽둥이를 휘둘러대며 노인을 공격했으나 며칠을 쫄쫄 굶은 상태라 오래 버티기엔 한계가 있었다.

소년은 기력이 탈진된 듯 바닥에 엎어진 채 바동거릴 뿐 끝내 몸을 일으켜 세우진 못했다.

그리고 끝내 그 바동거림조차 멈추었다.

노인은 바닥에 축 늘어진 소년을 보며 혀를 내둘렀다.

"보다 보다 이런 악바리는 처음 보는군. 허허……."

노인은 고개를 절레절레 내저어 보이며 몸을 돌렸다.

그리고 몇 걸음이나 걸었을까.

무슨 생각이 들었는지 노인은 몇 번의 망설임 끝에 급기야 걸음을 멈추었다.

죽은 듯 쓰러져 있는 소년이 마음에 걸렸음일까?

시간이 지나면 잃었던 기력이야 되찾을 테고, 날씨가 제법 쌀쌀하기는 했지만 얼어 죽을 정도는 아니므로 저대로 둔다 해도 마음에 걸릴 일은 아니었다.

무엇을 갈망했던 것일까.

노인은 갑자기 목이 타는 듯한 갈증을 느껴야 했다.

죽음을 눈앞에 둔 일백이십의 나이. 삶에 대한 미련마저 던져 버린 지 오래였다.

그러므로 더 이상의 부족함은 없다 여기며 인생의 마지막을 정리하고자 했던 노인은 갑자기 찾아든 알 수 없는 갈증에 당황하지 않을 수 없었다.

노인은 그 갈증이 어디서 기인한 것인지를 알고 싶어 한동안 고심했지만, 쉽게 그 해답을 찾을 수는 없었다.

한동안 고심하던 노인은 뭔가를 결심한 듯 소년을 어깨에 둘러맸다.

"그래, 악연도 인연이라면 인연이겠지. 가보자. 가다 보면 언젠가는 이 인연의 시비(是非)를 가릴 수가 있을지도. 껄껄!"

꿈 많은 생을 갈망하며 살아온 일백이십 년의 시간.

완전한 소멸로 세월의 고뇌를 풀고 비로소 자유인으로 살아가고자 했던 노인, 북천신유(北天神儒)는 뜻하지 않은 인연으로 업(業) 하나를 끌어안게 되었다.

이후로 오랫동안 악양 북부대로에서 욕설과 악과 깡으로 무장된 작은 악동을 봤다는 사람은 없었다.

그리고 그 숱한 인연 중에서 삼생(三生)에 걸쳐 옷깃만 스쳐도 기적일 수밖에 없는, 도무지 이루어질 수도 이루어져서도 안 되는 인연 하나가 옷깃도 아닌 발끝에서부터 비롯되었음은 운명으로 설명될 수밖에 없었다.

절연(絶緣)

삼간초옥(三間草屋) 지붕 위에 하얗게 눈 쌓이는 밤이면 가
난은 원수였고, 지독한 허기는 차라리 죽음보다 더한 고통이
었다.

허출한 창자 쓸어안고 백색(白色)의 대지(大地) 위에 서면
아이의 파리한 입술에서 뿌얀 입김 따라 파삭 터지던 말.

"저 눈이 모두 밀가루였음 얼마나 좋을까."

가두지 못한 세월이 아득히 흘렀건만, 어린 시절 내뱉었던
그 창백한 외침이 아직도 귓전에 쟁쟁하다.

휘스스.

날리는 하얀 눈꽃을 바라보며 북천신유는 세월 저편의 어

린 자신을 반추하며 길게 탄식했다.

"하얀 눈이 하얀 밀이 될 수 없음을 깨달았을 무렵, 차라리 한 알의 밀알로 세상을 살고자 했소. 돌이켜 보건대 그것은 가난이 지긋지긋해서 한 알의 밀알로 세상 가난을 모두 쓸어 담고자 했던 철부지의 어리석은 생각이었는지도 모르겠소."

북천신유는 현기 가득한 눈을 들어 하얀 눈 위에 고요히 서 있는 청삼중년인(靑衫中年人)을 바라보며 조용히 말을 이어갔다.

"한 알의 밀알로 살고자 했다면 차라리 농사꾼으로 사는 편이 현명했을 터인데 어찌하여 무림과 인연을 맺어 고해(苦海)를 가슴에 담으려는 어리석은 선택을 했던 것인지, 쯧쯧."

혀를 차는 북천신유를 바라보며 청삼중년인은 조용히 물었다.

"그 선택을 후회하십니까?"

북천신유는 고개를 저었다.

"이제 와서 후회한들 무슨 소용이 있겠소. 인연의 통로는 길목도 없고 지름길도 없어서 아무리 몸부림을 친다 해도 벗어날 수 없는 정신과 육신의 사슬이거늘. 그러므로 한 번 맺은 인연은 죽음으로도 끊을 수 없는 것이거늘."

청삼중년인은 부드러운 눈길로 북천신유를 그윽하게 바라보며 말했다.

"어르신께서 이루신 무림 십 년 평화는 불가능을 가능으로 실현시킨 위대한 업적이라 하지 않을 수 없습니다. 어르신께서 후회하실 만큼 무림 십 년 평화가 가치없지는 않을 터. 혹여 어르신을 상심토록 하는 다른 요인이라도 있으신지요?"

북천신유는 청삼중년인의 물음에 시인도 부인도 하지 않은 채 깊은 탄식을 흘렸다.

"요즘은 가끔 한 알의 밀알로 살고자 했던 철부지 어린 시절로 다시 돌아가고 싶다는 생각을 가끔 하곤 한다오. 다시 살아보고 싶은, 다시 산다면 후회없는 삶을 살아볼 수도 있지 않을까 하는… 헛허, 내가 너무 오래 산 모양이오."

"삼라만상(森羅萬象)의 이치를 깨우치시고 천기조차 성찰하는 경지에 오르신 어르신께도 후회하는 삶이 있을 줄은 몰랐군요."

"아마도 그것은 내가 무인(武人)이라는 허울을 쓰고 있기 때문이 아닌가 싶소."

"무슨 뜻이온지……?"

"난 예지자(豫知者)일 뿐 무인은 아니오. 미래를 보는 보잘 것없는 능력을 너무 과신했소."

"하지만!"

"그 그릇된 과신이 나로 하여금 무림의 일에 관여토록 하는 천기역행(天氣逆行)의 결과를 낳게 했소."

"하오나 어르신의 전지전능한 예지력 덕분에 무림은 근 일천여 년 동안이나 지속되어 왔던 난세를 종결지을 수 있었습니다.”

“…….”

“지난 십 년 동안 어르신께서 도래할 일곱 번의 난세를 정확히 예측하지 않았던들, 무림 처처에서 벌어질 수많은 살겁을 선견하지 않으셨던들 무림 십 년 평화는 요원한 꿈이었을 겁니다.”

“…….”

“거기에 천기를 짚어 천살(天殺)과 천마(天魔)의 기운을 받고 태어날 거세흉마의 출현을 미리 경고하여 발본색원토록 하지 않으셨던들, 그로 인해 지불해야 했을 피의 대가가 어찌 일, 이천 무인의 목숨으로 끝났겠습니까. 맹세코 어르신이 무림에 쌓은 수많은 업적은 천기역행의 산물이 아닙니다.”

“난 완벽하지 않소, 성군(聖君)!”

“물론 완벽하지 않을 수도 있습니다.”

“완벽하지 않으므로 나의 예언은 당연히 완벽하지 않았을 거요.”

“그럴 수도 있습니다.”

“완벽하지 않은 예언으로 인해 얼마나 많은 무고한 희생자가 발생했을지…….”

“하지만 무림 십 년 평화는 어르신의 예언이 완벽했음을 증명하고 있지 않습니까.”

북천신유는 어두워져 가는 허공을 암울한 눈빛으로 응시

했다.

 "한 치 앞을 볼 수 없는 것이 인간일진대… 순리에 맡길 일이었소."

 청삼중년인의 얼굴에 부드러운 미소가 떠올랐다.

 "그건 맞습니다, 어르신. 순리에 맡길 일이었습니다."

 청삼중년인이 조용히 흘린 뜻밖의 말에 북천신유의 노안에 가는 떨림이 일었다.

 청삼중년인은 어둠에 젖어가는 먼 산을 바라보며 말을 이었다.

 "어르신이 베푸신 무림 십 년 평화의 공덕을 천하무림인들이 어찌 모르겠습니까. 하지만 평화의 세월이 너무나 길었습니다. 덕분에 우린 이제 영웅이 없는 시대를 살게 되었습니다."

 "인정하오."

 "검을 쓸 일이 없어진 무인들은 검을 꺾고 검 대신에 호미와 괭이를 잡기 시작한 지 오래고, 무학은 나날이 퇴보하기 시작했으며, 구대문파(九大門派)를 비롯한 수많은 대소 문파들은 유명무실한 존재로 전락되어 근근이 그 명맥만을 유지하고 있을 뿐입니다. 아니, 그 명맥을 유지하기조차도 역부족인 것이 현실입니다."

 "안타까운 일이오."

 "무림 전체에 무기력증이 팽배해 있고, 자라는 어린아이에

게 무인은 꿈이 아닌 지 오래되었습니다. 산적이 무인을 부러
워하던 시대에서 무인이 산적을 부러워하는 시대로 바뀌었습
니다.”

“자연의 이치가 그렇소. 뭐든 넘치면 가치가 떨어지게 마
련인 것을…….”

“난세가 지옥인 줄 알았던 무림인들은 무림 평화를 오히려
지옥으로 여기고 있습니다.”

“허어…….”

“더욱 큰 문제는, 대부분의 무림인들이 난세를 그리워하고
있다는 겁니다.”

북천신유의 얼굴은 굳어졌다.

그는 잠시 고뇌하는 표정으로 멍하니 서 있다가 청삼중년
인을 향해 조용히 물었다.

“성군, 당신 생각은 어떻소? 당신도 그들과 같은 생각이
오?”

청삼중년인은 크게 웃는다.

“껄껄… 이미 알고 계시지 않습니까. 제가 무슨 생각을 하
고 있는지.”

북천신유은 고개를 끄덕였다.

청삼중년인의 말처럼 그는 이미 청삼중년인이 나타나는
순간부터 자신에게 닥칠 불행을 정확히 예감했다.

예감했으면서도 피하려 하지 않았던 것은 피할 수가 없었

던 것이 아니라 피하고 싶지 않았기 때문이다.

북천신유는 조용히 청삼중년인을 응시했다.

무릇 자연은 조화로 살아가는 법.

그러나 무림은 그 조화가 깨진 지 오래였다.

토양이 기름지기 위해선 적당한 자양분이 필요하다.

어쩌면 일천 년 무림사를 피로 물들였던 난세는 무림의 자양분과 같은, 없어서는 안 되는 절대적 구성 요소였는지도 모른다.

그 절대적 구성 요소가 신의 힘을 빌린 예지자의 예언으로 미처 꽃을 피워보기 전에 뿌리부터 잔인하게 제거되었다면, 그래서 찾아든 무림 평화는 균형을 상실한 부조화의 산물이었음이 틀림없다.

그리고 그 평화가 십 년을 넘게 지속되었다면 검(劍)을 숙명처럼 안고 살아가는 무인들에겐 치명적인 독(毒)이 되었으리라.

그리하여 한때는 무림 평화를 간절히 원했을 청삼중년인의 얼굴에 떠올라 있는 저 절망스러운 번뇌는 비단 청삼중년인 혼자만의 번뇌가 아닌 천하 무인 전체의 번뇌를 뜻할 테고 말이다.

북천신유는 청삼중년인의 번뇌를 충분히 공감했다.

그러므로 더 이상 시간을 끌 이유는 없다고 생각했다.

꿈 많은 생을 갈망하며 살아온 일백이십 년의 시간.

지금 이 순간이야말로 완전한 소멸로 세월의 고뇌를 풀어버리라는 하늘이 주는 마지막 배려인지도 모른다.

"세상의 밑알이 되어 살아가고자 했던 철부지에게도 확신과 믿음은 있었소."

북천신유는 물처럼 고요한 표정으로 물었다.

"성군께서도 가슴에 품은 자신의 생각에 그런 확신과 믿음이 있는지 묻고 싶소."

청삼중년인은 지체없이 고개를 끄덕였다.

"물론입니다."

북천신유는 빙그레 웃어보였다.

"그렇다면 망설일 이유가 없소. 뜻대로 하시오, 성군!"

고요하던 청삼중년인의 눈빛이 문득 가늘게 흔들렸다.

"마지막으로 제게 하실 말씀은……?"

"이 늙은이와 같은 전철을 밟지 않기를 바랄 뿐이오."

"무슨 뜻이온지……?"

"정도(正道)를 걷는다 해도 고통이 수반되게 마련이오."

"알고 있습니다."

"하지만 성군께서 가려는 길은 정도가 아니오."

이 말에 청삼중년인의 눈빛이 다시 흔들렸다.

북천신유는 담담히 말을 이었다.

"무림은 존재하는 그대로가 조화요. 그 조화를 인위적인 수단으로 깨려 한다면 훗날 성군 또한 뼈를 깎는 고통과 후회

속에서 살게 될 거요.”

청삼중년인은 조용히 검을 잡았다.

그리고 그는 위대한 현자의 마지막을 경배하듯 조용히 고개를 숙였다.

“어르신의 금옥양언, 가슴 깊이 새기겠습니다. 그리고 약속드리겠습니다. 제가 걷는 길이 정도이든 사도이든 결코 후회는 없을 거라는…….”

이어 청삼중년인은 숙였던 고개를 들었다.

순간 푸른 검 빛이 어둠을 뚫고 폭발했다.

폭발한 창백한 검 빛은 북천신유의 전신으로 수백 개의 유성(流星)처럼 쏟아져 내렸다.

북천신유의 눈빛은 흐려졌고, 몸은 가늘게 떨렸다.

그리고 검 빛은 나타날 때보다 더욱 빠르게 사라졌다.

단지 그뿐이었다.

청삼중년인은 아무 일도 없었다는 듯 어둠 속으로 유유히 사라져 갔고, 위대한, 아니, 위대했던 예지자 북천신유는 그가 평생을 머물렀던 낡은 초옥의 바닥으로 조용히 무너져 내렸다.

단 한 군데의 상처도, 한 방울의 선혈이 없었음에도 불구하고 그를 지탱하던 숨결은 조용히 꺼져 갔다.

그리고 탄식처럼 쏟아지는 한마디.

“어찌… 후회가… 없겠는가…….”

북천신유는 의식이 꺼져 가는 마지막 순간에 한 소년을 떠올렸다.

"이 늙은이의… 마지막 순간이… 정해져 있듯이… 성군 자네의 마지막 순간도… 정해져 있는 것을… 자네의 심장에 박힐 비수는… 장한명(長寒鳴)… 장한명… 장한명… 그 아이인 것을……."

第一章
장한(長恨)의 통곡

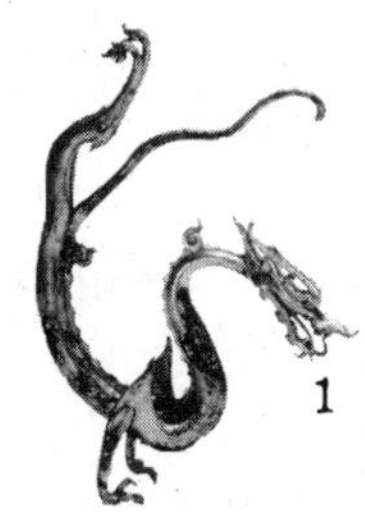

칠흑의 어둠.

"아악!"

"컥!"

무려 일천 번에 가까운 비명이 시간을 달리하여 터져 올랐다.

그리고 어둠은 죽음과 같은 적요를 되찾았고, 그 고요한 어둠 속으로 아홉 쌍의 눈[目]이 부유하듯 떠다녔다.

피에 굶주린 야수(野獸)의 눈빛처럼 붉게 젖어 있는 그 아홉 쌍의 눈은 한 장소에 이르러 느릿하게 그 움직임을 멈추었다.

아홉 쌍의 핏빛 동공에 동시에 비쳐진 물체는 한 소년(少年).

소년은 벽에 바짝 기대고 앉아 늘어지게 하품을 했다.

쿵쿵.

소년은 그렇게 앉아 있는 시간이 따분하고 무료한 듯 가끔 머리로 벽을 박아대며, 그 단순한 동작에 나름대로 특별한 의미를 부여하고 즐기는 것처럼 보였다.

소년은 주변에서 일어난 끔찍한 비명 소리에도 별 반응을 보이지 않았고, 코끝을 찌르는 피비린내에도 눈살 하나 찌푸리지 않았다.

그런 소년을 살기 어린 눈빛으로 바라보던 아홉 쌍의 눈에 분노가 일었다.

자신들을 무시하는 듯한 소년의 태도가 그들을 자극했음이 분명했다.

"죽여."

"아니, 죽일 가치도 없다."

"우리가 언제 가치를 따지며 살인했던가?"

"하지만 이놈은 특별해."

"뭐가 특별하다는 거야?"

"선택된 일천 명 중 놈의 자질이 가장 형편없었거든. 한마디로 쓰레기지."

"그래서?"

"우릴 선택했던 인간들에게 놈을 선물로 주는 거다."

"선물로?"

"그들은 늘 최상의 상품을 원했지. 그런 그 인간들이 유일하게 남겨진 최악의 상품을 봤을 때 과연 어떤 표정을 지을지 그게 궁금하거든."

"킬킬, 그거 정말 재미있을 것 같군."

"그래도 화근(禍根)은 제거하는 게 확실하지 않을까?"

"놈은 화근이 될 수 없다."

"어째서?"

"저 둔한 자질로는 앞으로 백 년(百年)이 지나도 지금의 상태 그대로일 테니까."

"하긴 신무학(新武學)은 아무나 연성할 수 있는 게 아니지."

"맞는 말이다. 일천 명 중 고작 우리 아홉만이 연성에 성공했을 뿐이니까."

"좋아, 그렇다면 놈을 살려두기로 한다."

순간 아홉 쌍의 눈은 서로 엇갈리며 소년을 스쳐 갔고, 이내 그 아홉 쌍의 눈은 소년의 시야에서 흔적도 없이 사라져 버렸다.

그들의 얼음처럼 차가운 음성만이 어둠 속을 맴돌았다.

"자아, 이제 천하무림을 어떻게 요리할까?"

"잘근잘근 씹어 삼켜야지. 크크!"

"토막 내는 건 어떨까?"

"카카, 그건 별로야. 갈가리 찢어 죽여야지."

"병신들, 그건 고통밖엔 주지 못해."

"그럼?"

"고통보다는 공포가 지옥을 느끼기엔 더 효과적이지. 크크!"

"공포, 그거 마음에 든다. 카카카!"

소년은 내내 침묵으로 일관했다.

소년은 아홉 쌍의 눈을 전혀 의식하지 못한 것처럼 보였다.

이윽고 어둠이 다시 죽음과 같은 고요를 되찾았을 때, 소년은 바닥을 향해 나직이 중얼거렸다.

"장한명은 일류가 되어야 한다. 삼류도 안 되고… 이류도 안 된다. 반드시 일류가 될 것이다."

소년은 조용히 바닥에 누웠다.

눈꺼풀 위로 잠이 쏟아져 내렸다.

소년은 잠꼬대처럼 중얼거렸다.

―당신은 삼류무사(三流武士)였으나 아들만은 일류가 되어야 한다며 고사리 같은 아들 손 이끌어 구대문파(九大門派)를 돌고 돌며 자신의 아들을 제자로 받지 않으면 평생 후회하게 될 거라고 입에 거품을 문 채로 호언하시던 아버지.

─믿고 믿었던 소림(少林)마저 아들을 외면하자 세상으로
부터 인정받지 못하는 아들의 평범한 근골이 당신의 탓인 양
피를 토하시며 '이 망할 놈의 세상… 모두 눈이 멀었어. 내 아
들을 나만큼 아는 인간 있으면 나와보라고 그래!' 하신 아버
지의 말씀, 속절없이 세월 속에 묻어버린 이 불효자의 죄를
어찌하오리까.

─언제 한번 내 날이다 싶게 사신 적이 없는 아버지.
삼류무사 곁에 있어봐야 삼류밖에는 될 수 없다며 평생 함
께 살자던 맹세를 깨고 아들의 등을 떠밀던 날, 그 뜨락에 불
던 바람 다 안으셔도 먼저 등을 보이지 않으셨지요.

─바람이 부는 쪽으로 몸을 숙이고 차마 먼 길 떠나는 아들
의 뒷모습을 볼 수 없어 꺼이꺼이 가슴으로 울어대시던 아버
지. 자식과의 생이별로 살갗이 찢기고 내장마저 얼어버릴 듯
한 그 고통을 어찌 속으로만 견디셨는지요.

─내생에 가장 아름다운 안식처(安息處).
당신의 존재함에 당신의 빛깔로 닮고 싶은 당신의 분신 장
한명(長寒鳴)이 맹세하나이다. 당신의 소망대로 일류가 되겠
습니다. 반드시 일류가 되겠습니다.

눈꺼풀이 천 근처럼 무겁다.

온몸의 뼈마디가 욱신욱신 쑤신다.

밤새 보이지 않는 거대한 손에 흠씬 두들겨 맞은 기분이었다.

그러고 보니 악몽(惡夢)을 꾸긴 꾼 것 같다.

얼마 동안인지는 확실치가 않다.

꽤나 오랫동안 천지(天地)가 뒤흔들렸던 것 같다.

천지라면 좀 거창하고, 아무튼 주변이 심하게 흔들렸던 것만은 사실이다.

꿈결에서도 보이지 않는 거대한 손을 느꼈다.

그 손은 어둠을 뒤흔들었다.

너무 심하게 흔들린 탓에 가벼운 현기증마저 느껴졌다.

속도 거북하다.

'그저 꿈일 뿐이다.'

아직은 비몽사몽(非夢似夢)이라 이 더러운 느낌이 꿈인지 현실인지 모호한 기분이었지만, 까짓, 어느 쪽이든 무슨 상관이 있으랴.

벌레처럼 꿈틀대며 일어나 볼까도 생각해 봤지만 그것도 귀찮다.

'마렵다.'

하루 한 번 사람을 귀찮게 하는 이 생리적인 욕구.

‘참자.’

그러나 또 한 가지 생리적인 욕구는 참기가 힘들다.

‘고프다.’

먹지 않으면 싸지도 않을 텐데, 이 간단한 논리를 어째서 신이 몰랐던 것일까?

이제는 결정해야 한다.

먹지 않고 싸지도 않는다.

아니면 먹고 싼다.

‘귀찮아.’

아무리 골백번 머리 굴려 생각해 봐도 먹지 않고 사는 방법을 찾아낼 수가 없다.

먹지 않으면 싸지도 않겠지만, 그건 자살 행위다.

죽을 수는 없는 일이다.

죽기엔 이 청춘이 아깝다.

그러므로 먹어야 한다.

먹어야 하므로 입을 벌려야 한다.

‘아아……’

소년(少年)은 입을 벌렸다.

순간, 어둠 속을 가르며 한줄기 흰빛이 소년의 벌린 입을 향해 떨어져 내렸다.

빛처럼 여겨졌지만 빛은 아니었다.

그것은 한 방울의 물이었다.

'겨우 한 방울… 쩝.'

소년은 아쉬운 듯 입맛을 다셨다.

삼킬 것도 없이 목 안으로 흘러들어 가버린 그 한 방울의 액체로 허기가 가신 것일까?

반듯하게 누운 채 죽은 듯 움직임이 없던 소년은 꿈틀거렸다.

최초엔 눈꺼풀이 움직였다.

이어 손가락이 꿈틀거렸고, 손목, 팔목이 움직였다.

두 다리도 움직였다.

"아아아……!"

이어 소년은 늘어지게 기지개를 켰다.

이렇게 또 하루가 시작된다.

소년의 일상은 기지개를 켜며 자신이 살아 있음을 깨닫는 순간으로부터 시작된다.

한데 오늘은 느낌이 이상했다.

악몽도 그렇고, 아직도 바닥이 흔들리는 듯한 현기증도 그렇다.

이런 기분은 살면서 처음인 것 같다.

"기분 참 더럽군."

소년은 뭔가 설명할 수 없는 불길한 예감에 사로잡혔다.

일 년 삼백육십오 일, 늘 한결같은 일상이다.

딱히 좋은 일도 나쁜 일도 있을 턱이 없었다.

그런데 불길하다.

"이건 뭔가?"

소년은 도무지 알 수 없는 이 심상치 않은 느낌에 고개마저 갸웃해 보였다.

갸웃한 고개가 미처 제자리를 찾기도 전의 일이었다.

'아아……!'

소년은 비로소 잊고 있었던 한 가지 일을 떠올렸다.

악몽보다 더 끔찍했던 그날의 공포가 주체할 수 없을 정도로 한꺼번에 밀려들었다.

소년은 떨리는 눈빛으로 주변을 더듬어갔다.

주변은 온통 칠흑의 어둠이다.

어디에도 빛은 찾아볼 수가 없었다.

이 어둠은 늘 소란스러웠다.

그러나 지금은 죽음과 같은 고요다.

새벽부터 울리던 기합 소리도 사라졌다.

온갖 종류의 병장기가 충돌하며 일으키던 불꽃도, 귀를 찢던 병장기의 소음도 사라졌다.

거친 호흡 소리도 사라졌고, 어둠을 가득 메운 역겨운 땀 냄새도 사라졌다.

발걸음 소리도 사라졌고, 때가 되면 음식을 씹어대던 시끄러운 소리도 사라졌다.

지난 이 년간 귀에 익었던 그 모든 소리와 냄새가 사라졌다.

대신 살이 썩는 악취가 진동한다.

악취는 참을 수 없는 고통으로 다가왔다.

소년은 악취를 제거해야겠다고 생각했다.

악취를 제거하지 않으면 머리가 터져 죽을 것만 같았기 때문이다.

소년은 벽을 짚고 천천히 몸을 일으켜 세웠다.

아득한 현기증이 밀려왔다.

두 다리에 힘이 풀려 잠시 중심을 잃고 비틀거렸지만, 소년은 결코 쓰러지지 않았다.

벽을 짚은 채 한참을 그렇게 어둠 속에 서 있던 소년은 비로소 현기증이 사라짐을 느끼고는 천천히 걸음을 옮겨 앞으로 나갔다.

뭉클! 발에 걸리는 뭔가가 있었다.

소년은 그것이 사흘 전에 죽은 시체라는 것을 이미 알고 있었다.

낡은 마의를 헐렁하게 걸친 청년이었다.

청년은 눈을 부릅뜬 채 죽어 있었고, 부릅뜬 눈엔 아직도 공포가 남아 있었다.

소년은 자세를 낮춰 청년의 눈을 감겨주었다.

영웅을 꿈꾸던 순박한 시골 청년이었다.

소년을 보면 고향에 두고 온 동생 생각이 난다며 늘 따듯하게 감싸주었던 청년이다.

그러나 청년은 영웅의 꿈을 접고 죽었다.

죽은 청년의 시체는 심하게 부패되기 시작했다.

소년은 괭이를 찾아 들고는 힘겹게 바닥을 파 내려갔다.

그리고 얼마 후 만들어진 구덩이에 청년을 묻었다.

소년은 땀에 젖은 이마를 손등으로 훔쳐 내며 청년의 무덤을 향해 말했다.

"일류가 될 수 있다고 했는데, 일류가 되었는지는 잘 모르겠어. 만약 정말로 일류가 되었다면 내 손으로 형의 복수를 해줄게. 약속할게, 형."

소년은 말을 끝내고 다른 장소로 옮겨갔다.

시체는 그곳에도 있었다.

서른이 넘어 보이는 장한이었다.

장한 역시 눈을 부릅뜬 채로 죽어 있었으며, 그 죽은 잿빛의 눈엔 아직도 공포가 살아 꿈틀거리고 있었다.

장가 못 간 노총각이면서도 나이가 많다는 이유로 늘 아저씨라고 놀림을 받아야 했던 장한이다.

놀림을 당하면서도 짜증 한 번 내지 않고 늘 사람 좋은 웃음을 흘려주던 장한이다.

코를 심하게 골아 밤이 되면 늘 외톨이가 되어야 했던 장한이다.

그 마음씨 고운 장한도 죽었다.

소년은 정성껏 장한의 무덤을 만들며 중얼거렸다.

"비록 양지 바른 곳은 아니지만 그래도 편히 쉬어, 아저씨."

그리고 소년은 지친 몸을 이끌고는 다시 장소를 옮겼다.

이번엔 스물이 채 안 되어 보이는 어린 소녀였다.

이제는 이곳 생활이 지겹다며 고향으로 돌아가게 해달라고 울어대던 소녀는 더 이상 울지 않았다.

잠을 잘 때도, 음식을 먹을 때도, 걸음을 걸을 때도 눈물 펑펑 쏟아내던 울보 소녀는 더 이상 울보가 아니었다.

소녀는 죽었다.

새벽부터 일어나 정성스럽게 땋아 올린 머리카락이 무참하게 잘려 나간 채 소녀는 다신 돌아올 수 없는 곳으로 떠났다.

소년이 마음에 든다며 자신의 몫인 만두 하나를 몰래 숨겨 살그머니 소년에게 내밀고는 수줍게 미소 짓던 소녀의 손엔 더 이상 만두는 없었다.

소년은 떨리는 손으로 소녀의 부릅뜬 눈을 감겼다.

그리고 떨리는 음성으로 속삭였다.

"복수해 줄게. 반드시."

소녀는 웃는 듯했다.

소년은 소녀를 안았고, 방금 판 구덩이에 조심스럽게 소녀를 누였다.

그리고 얼마의 시간이 지난 후, 소녀의 무덤은 완성되었다.

소년은 지친 듯 온몸이 땀에 흠뻑 젖었다.

그러나 소년은 멈추지 않았다.

이 어둠에서 악취가 사라지는 순간까지 소년은 움직일 생각이었다.

얼마나 많은 무덤을 만들어야 할지는 소년도 알지 못했다.

다만 새롭게 만들어지는 무덤 앞에서 소년은 자신도 모르게 같은 소리를 반복하고 있었다.

"기다려. 복수해 줄게."

그리고 소년은 지친 몸을 이끌고는 길고 긴 어둠을 가로질러 앞으로 나아갔다.

3

소년은 마침내 길고 긴 움직임을 멈추었다.

어둠 속에 무수히 만들어진 무덤.

소년으로서는 정성을 다해 만든 무덤이었지만, 일견하기에도 그 무덤들은 엉성해 보였다.

크기가 제각각 달랐을 뿐만이 아니라 모양도 달랐다.

무덤 주인들의 생전 모습이 달랐듯 무덤 또한 그 모습을 달리하고 있었다.

그러나 제아무리 잘 만들어진 무덤이라도 그 무덤이 아름다울 수는 없다.

무덤 전체에 깔려 있는 건 사연 다른 비감(悲感)뿐이었다.

소년의 몸은 먼지와 땀에 젖어 번들거렸다.

괭이를 잡고 있는 손바닥은 갈라지고 터져 핏물인지 땀인지 모를 끈끈한 액체를 쉼없이 흘려냈다.

두 다리는 금방이라도 무너질 듯 후들거렸고, 두 눈은 극심한 피로에 젖어 가늘게 떨렸다.

몸은 지쳤지만 두통은 사라졌다.

어둠을 가득 메웠던 악취의 대부분이 사라졌기 때문이다.

한결 숨 쉬기가 편했다.

그러므로 혼자 남겨졌다는 외로움만 견딜 수 있다면 이 어둠에서도 그럭저럭 살아갈 수 있을 것 같았다.

그렇게 하루가 지났다.

그리고 또 하루가 지났다.

소년은 죽을 것만 같았다.

반듯하게 누워 일체의 움직임을 죽인 채 힘의 낭비를 최소화하고 있긴 했지만, 허기로 인한 고통으로 이제 의식마저 흐려지기 시작했다.

'얼마나 굶은 거지?'

얼마나 굶었는지 기억조차 나질 않았다.

열흘?

아니, 보름?

아마도 인간이 하루 겨우 물 한 방울만 마시고 목숨을 부지할 수 있는 그 한계 날수만큼은 족히 굶었으리라.

이곳에서 보낸 지난 이 년의 세월 동안 하루 세 끼의 식사는 꾸준히 공급되었다.

성장기 소년들의 왕성한 식욕을 채우기엔 턱없이 부족한 식사량이었지만, 허기도 익숙해지자 그런대로 견딜 만은 했다.

적어도 한 달 전까지는 그랬다.

어떤 이유에서인지는 알 수가 없지만, 식사 공급이 일체 중단된 것은 지금으로부터 한 달여쯤 되었으리라.

굶어 죽지 않기 위해 지난 한 달을 하루 몇 방울의 물로 근근이 버티어왔지만 그조차 한계에 이르렀다.

초인적인 정신력이 아니었다면 소년은 이미 굶어 죽었을 것이다.

소년은 탈진 상태였다.

그 상태에서 일천여 무덤을 세우기 위해 남은 힘마저 모두 쏟아 부었으니 소년의 탈진 상태는 심각한 정도였다.

소년은 정말 이대로 죽을지도 모른다는 위기감을 느꼈다.

'안 돼.'

소년은 죽을힘을 다해 몸을 움직였다.

'이대로 죽을 수는 없다.'

굶어 죽기 위해 지난 이 년의 세월을 이곳에서 보낸 것이 아니잖은가?

자신의 손을 이끌고 이곳으로 온 노인은 말했다.

"일류가 되고 싶다고 했지? 약속하마. 반드시 널 일류로 만들어주겠다."

소년은 고개를 끄덕였다.

"좋아, 그럼 나도 이곳에서 이 년은 있어주지."

소년은 노인과의 그 약속을 지켰다.

그러나 노인은 약속을 어겼다.

소년의 생각으론 그랬다.

그러므로 지난 이 년의 고통스러운 세월을 보상받기 위해서는 노인을 기다려야 했다.

그전엔 죽어서는 안 되는 것이다.

죽지 않기 위해선 무엇이든 먹어야 한다.

소년은 몇 번을 망설인 끝에 무덤을 파기 시작했다.

자신의 손으로 덮은 흙을 다시 파기 시작한 것이다.

한참을 파기 시작하자 사체 한 구가 모습을 드러냈다.

소년은 눈을 질끈 감았다.

차마 그 사체를 볼 수가 없어서였다.

그리고 소년은 허리를 숙였다.

사체와의 거리가 좁혀지자 심한 악취가 소년의 콧속으로 파고들었다.

"우욱!"

소년은 토할 듯 허리를 꺾었지만, 먹은 것이 없는 소년이 토해낼 것은 없었다.

'미안하다.'

한참을 헛구역질해 대던 소년은 사체를 입으로 뜯기 시작했다.

'먹어야 한다.'

그러나 삼킬 수는 없었다.

"꾸에에엑!"

소년은 다시 심하게 헛구역질을 하기 시작했다.

그리고 소년은 목 놓아 울기 시작했다.

"꺼어어!"

소년의 구슬픈 울음은 적요의 검은 어둠을 깨며 멀리멀리 퍼져 나갔다.

무엇을, 누구를 용서 못해 견디던 울음을 한꺼번에 쏟아내는 것인지……

급기야 소년의 눈은 핏물에 젖었고, 울음은 핏물 섞여 터져
나왔다.
소년의 통곡은 처절한 파도 소리와 같았다.

第二章
위대한 창조(創造)

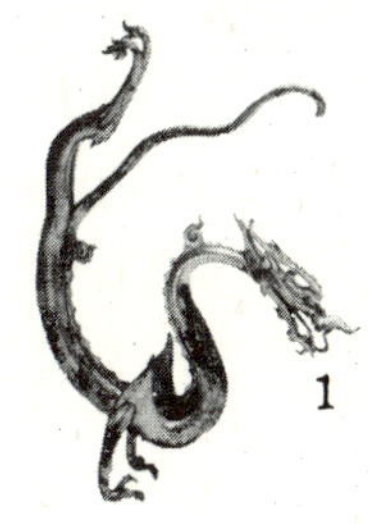

황산(黃山)에서 돌아오면 다시는 다른 산을 쳐다보지 않는다는 말이 있을 정도로 수려한 산세를 자랑하는 황산은 이제 무림의 성지(聖地)이다.

단지 황산 기슭에 천의맹(天義盟)이 둥지를 틀고 앉아 있다는 그 한 가지 이유만으로 황산은 무림 성지가 된 것이다.

십 년 전, 천의맹은 이 땅을 공포와 피로 물들이던 마교(魔敎)를 제압하고 피로 얼룩진 그 죽음의 제단 위에 평화를 심었다.

당시 팔만 사천 리 대륙 천하 곳곳에 마의 촉수를 내렸던 마교는 결코 한 달이라는 짧은 시간에 무너질 수 없는 악의

화신이었으나 믿을 수 없게도 마교는 불과 한 달 만에 천의맹
에 무릎을 꿇었다.

　이처럼 단시간 내에 난세의 주역을 제압시킨 전례는 없었
으며, 그로서 천의맹은 무림 역사를 새로 쓴 셈이 되었다.

　그로부터 십 년.

　무림에 더 이상 악(惡)과 마(魔)와 사(邪)와 흑(黑)이라는 단
어는, 그리고 난세라는 단어는 없었다.

　오로지 정의와 평화만이 존재할 뿐이었다.

　그 위대한 천의맹의 눈과 귀는 천심전(天心殿)이었고, 심
장은 천무원(天武院)이었으며, 머리는 천뇌원(天腦院)이었
다.

2

　입구가 삼각형인 거대한 무덤 속을 소녀(少女)는 혼자 걸었
다.

　이곳이 무덤이라고 말해준 사람은 없었지만 소녀는 본능
적으로 이곳이 무덤임을 느끼고 있었다.

　악마(惡魔)의 입과 같은 무덤의 통로를 따라 들어가는 소녀
의 얼굴엔 공포가 가득했다.

　가서는 안 되는 길인 줄을 알면서도 돌아서지 못하는 건 이
것이 숙명임을 알았음이다.

통로의 벽엔 온갖 기하학적인 도형(圖形)들로 가득했고, 괴이한 형태의 석조상(石造像)들이 마치 살아 움직이듯 두 줄로 도열한 채 사이한 기운을 쉴 새 없이 뿌려댔다.

그러나 소녀에게 더 이상의 공포는 없었다.

그녀는 마치 거역할 수 없는 마력에 이끌린 듯 묵묵히 통로를 따라 걷고 있을 뿐이었다.

그리고 마침내 소녀는 거대한 광장에 이르러 광장의 북쪽 끝에 놓인 엄청난 크기의 석관(石棺)을 마주 보게 되었다.

석관의 뚜껑은 소녀의 도착을 기다렸다는 듯이 굉렬한 폭음과 함께 터져 올랐고, 뚜껑이 열린 석관에선 검은 운무가 스멀스멀 기어나와 사방으로 퍼져 갔다.

소녀는 볼 수 있었다.

석관 안에서 느릿하게 몸을 일으키는 검은 그림자를.

치렁한 흑발(黑髮)의 소년(少年)이었다.

지독한 어둠 탓에 소년의 모습은 흐릿했다.

오랫동안 햇빛을 보지 못했는지 소년의 안색은 밀랍처럼 창백했다.

소년은 소녀를 향해 느릿하게 걸어왔다.

저벅저벅!

소년의 발걸음 소리는 무덤 속을 길게 울렸다.

산발한 소년의 머리카락이 살아 움직이듯 꿈틀대며 소녀를 향해 뻗어왔다.

그 살벌한 모습에 소녀는 오싹한 공포를 느꼈다.

소녀는 피하고 싶었으나 피할 수가 없었다.

극심한 공포로 비명이라도 지르고 싶었으나 어떤 소리도 소녀의 입 밖으로 새어 나오지 못했다.

소년은 바들바들 떨고 있는 소녀의 손을 잡았다.

순간 소녀는 전율하며 찢어지는 듯한 비명을 질렀다.

"아악!"

3

신기제갈(神技諸葛) 화운(華雲)은 비명과 함께 깊은 악몽에서 깨어났다.

그녀의 온몸은 땀에 흠뻑 젖어 있었다.

'늘 같은 꿈…….'

그녀는 침상에 누운 채 가슴 깊이 숨을 들이켰다가 천천히 토해내며 그 숨결에 알 수 없는 중얼거림을 실었다.

"일천백삼십팔 개… 백팔십 개… 구십육 장……."

늘 같은 꿈에 늘 같은 중얼거림이다.

그러나 오늘 그녀의 중얼거림은 그 끝을 맺지 못했다.

그녀의 중얼거림 속으로 문득 한 사내의 무심한 목소리가 흘러들었기 때문이다.

"또 악몽을 꾸셨군요, 전주(殿主)!"

언제 나타났는지 침실의 입구 쪽엔 어두운 그림자 하나가 깊게 드리워져 있었다.

화운은 이마로 흘러내린 땀에 젖은 머리카락을 쓸어 올리며 그림자를 향해 곱게 눈을 흘겨 보았다.

"바보. 와서 좀 도와주지 않고서……."

그림자는 당황한 듯 가볍게 흔들렸다.

"다음엔 노력해 보겠습니다, 전주!"

"풋! 노력한단 말이지?"

"예!"

"그러니까 내 악몽 속으로 들어와 그 끔찍한 악마를 일검에 날려 버린다?"

"할 수만 있다면 해보겠습니다."

"됐어. 말만으로도 충분해."

화운은 침상에서 일어나 흐트러진 머리카락을 대충 매만진 후 입구 쪽을 향해 걸어가 문을 양쪽으로 열어젖혔다.

그러자 문에 드리워진 그림자가 사라지며 대신 이십대 후반의 흑삼청년(黑衫青年)이 모습을 드러냈다.

아침 안개에 휘감긴 신비로운 모습의 청년.

청년의 치렁한 흑발 위로 맑은 아침 햇살이 눈부시게 부서져 내린다.

화운은 물었다.

"이곳이 어디지, 묵상(墨霜)?"

청년 묵상은 갸웃했다.

"몰라서 묻는지요?"

화운은 고개를 끄덕였다.

"난 가끔 내가 서 있는 이곳이 어디인지 잊어버릴 때가 있어. 그런 날은 이곳이 굉장히 낯설게 느껴지거든. 말해봐, 묵상. 이곳이 어딘지."

"이곳은 천의맹입니다."

"그리고?"

"천의맹 산하의 천심전(天心殿)입니다."

"나는 누구지?"

"천심전주 신기제갈 화운이십니다."

"그대는 누구고?"

"소인은 전주의 호위무사인 묵상입니다."

"내가 해야 할 일은? 아니, 천심전이 해야 하는 임무는?"

"천하의 대소사를 수집하여 그 경중을 따진 후 십 단계로 분류하고 관리하며 감독하는 임무입니다."

"십 단계 중 하위 삼단계인 경우는?"

"사건 당사자 간의 화해를 종용합니다."

"그렇다면 중위 삼단계는?"

"천심전이 직접 개입을 합니다. 원만한 해결을 위해선 필요에 따라 강제력을 동원하기도 합니다."

"상위 삼단계는?"

“상위 삼단계는 난세 이전의 상황으로 분류되며, 천심전의 손을 떠나 상부의 관할로 넘어갑니다.”

“그럼 마지막으로 특급 일단계는?”

“난세이거나 난세에 준하는 위급 상황으로 분류되며, 천외천궁(天外天宮)의 심사를 거친 후 천하인의 중지를 모아 천하지대망(天下之大網)을 선포합니다.”

“좋아, 이제야 머리가 맑아지는군.”

화운은 곱게 웃어 보였다.

묵상의 무심하던 눈빛이 흔들렸다.

묵상은 느낀다.

이 어린 전주가 천하제일미는 아닐지라도 그 미소만큼은 천하제일소(天下第一笑)임을.

화운은 묵상의 곁을 스쳐 지나며 산보하듯 천천히 대리석 길을 따라 걸었고, 묵상은 묵묵히 화운의 뒤를 따랐다.

두 사람이 걸어가는 대리석 길은 일견 평범해 보였지만, 이 대리석 길을 중심으로 좌우에 펼쳐진 수많은 건물들은 결코 평범할 수가 없었다.

위대한 천의맹은 수백 채의 건물과 수십 개의 크고 작은 연무원, 광장, 정원으로 구성되어 있었고, 방은 일만 실이 넘었으며, 건물과 연무원과 광장, 정원과 방은 삼 장이 넘는 성벽이 휘감아 그야말로 금성철벽의 위용을 자랑했다.

성벽 네 모퉁이에 십자형으로 들어간 모서리엔 각루(角樓)

가 세워져 있었으며, 지하는 외부의 침입을 막기 위해 사십여 장 두께의 벽돌을 깔아 날개가 달린 날짐승이 아니고서야 천의맹의 침입은 불가능했다.

천의맹의 방대함은 대륙제일이었다.

그러므로 그 방대한 조직을 수용할 건축물 역시 방대해야 함은 지극히 당연했다.

이 방대한 건축물 안에는 천하인이 경외하는 일궁(一宮), 이원(二院), 삼전(三殿), 사루(四樓), 오당(五堂), 칠각(七閣)의 핵심 세력이 각자 주어진 위치에서 천하무림의 안녕과 평화와 질서를 위해 불철주야 각고의 정진을 거듭했다.

무림의 평화는 저절로 이루어진 것이 아니었다.

보이지 않는 곳에서 천하무림의 안녕과 평화를 위해 움직이는 천의맹의 조직이 없었다면 무림 십 년 평화는 감히 상상도 못할 일이었다.

이 위대한 땅의 중심을 가르는 것이 화운이 걷고 있는 대리석 길이었으며, 이 대리석 길은 혈맥(血脈)처럼 천의맹의 모든 건물과 통해 있었다.

화운은 이 대리석 길을 걷는 아침 산책을 즐겨했다.

이곳을 걷고 있노라면 천의맹의 심장 뛰는 소리가 들리는 듯했기 때문이다.

그 진동을 느끼고 있노라면 화운은 비로소 자신의 무료한 일상이 결코 무료한 것이 아님을 자각했다.

아무리 하찮은 일이라도 천의맹 안에서의 일은 천하를 움직이는 힘의 시발점이 될 수 있었다.

천의맹 안에서 누군가 기침을 하면 단지 그것만으로도 천하는 폭풍에 휩싸일 수 있는 것이다.

그러므로 화운은 단 한순간도 긴장의 끈을 늦출 수가 없었다. 때문에 하루를 준비하는 이 아침의 시간이 그녀에겐 가장 소중한 시간이기도 했다.

문득 뒤를 따르던 묵상이 아침의 고요를 깼다.

"저어……."

그러나 묵상은 선뜻 말을 맺지 못하고 망설였다.

화운은 가볍게 웃었다.

"싱겁긴, 말을 시작했으면 끝을 맺어야지, 묵상."

이 말에 용기를 얻은 듯 묵상은 조심스럽게 물었다.

"늘 같은 악몽을 꾸시는지요?"

화운은 갸웃했다.

"그걸 어떻게 알았지?"

"늘 같은 잠꼬대를 하시니까요."

"같은 잠꼬대?"

"일천백삼십팔 개… 백팔십 개… 구십육 장……."

"아……!"

"그 숫자는 무엇을 의미하는 건지요, 전주?"

화운은 피식 웃었다.

"별 의미 없어. 벽에 그려진 도형의 숫자, 통로에 놓인 석조상의 숫자, 통로의 입구에서 광장까지의 거리 등등이니까."

묵상은 기가 막힌다는 표정을 지었다.

"그 많은 것을 그 짧은 순간에 다 파악하셨다는 겁니까?"

화운은 다시 갸웃했다.

"뭐가 어렵지, 그게?"

"……."

"지금까지 내가 걸어온 대리석 길의 사각형 보도의 숫자는 일천이백삼십칠 개, 우리 두 사람을 스쳐 간 사람의 숫자는 백이십팔 명, 백이십팔 명 중 검을 멘 사람은 삼십오 명, 도를 멘 사람은 삼십 명, 창은 이십칠 명, 백색 의복은 사십칠 명, 황색 의복은 이십오 명, 흑색 의복은 삼십삼 명, 내게 인사한 사람이 백이십 명, 내가 인사한 사람이 두 명, 함께 인사한 사람이 여섯 명……."

"으……!"

"열려진 창문이 쉰다섯 개, 닫힌 창문이 여든여섯 개. 아직 창문을 열기엔 이른 아침인 것이 분명해. 날씨도 제법 쌀쌀하거든."

"걷는 내내 오로지 그 숫자만을 세고 계셨습니까?"

"아니. 난 오늘 내가 해야 할 업무를 정리하고 있었지. 접수된 일천사백 건의 대소사를 보다 효율적으로 정리하는 작엄은 없을까 하는. 상부에 보고해야 할 백여든네 건의 사건에 내 개인적인 사심이 결부된 것은 없을까 하는."

"맙소사!"

"왜, 그게 그렇게 어려운 거야? 누구나 다 그럴 수 있는 게 아니었어?"

"끄응!"

묵상은 할 말은 잃고 말았다.

묵상이 화운을 이해할 수 없듯이 화운이 묵상을 이해 못하는 건 그녀의 입장에선 당연했다.

"봐, 묵상. 어려운 게 아냐. 평범한 사물을 평범하지 않은 관점으로 바라보면 어렵지 않아. 저 앞에서 곧장 나를 향해 걸어오고 있는 사람, 왼쪽 다리의 보폭이 오른쪽 다리에 비해 약 삼 촌 정도 짧다. 그건 왼쪽 다리가 불편하거나 선천적으로 왼쪽 다리가 짧은 기형이기 때문인지도 모르지. 저런 특이한 보폭을 지닌 사람은 천의맹 내에선 이화신군(梨花神君) 능조운(陵朝雲)뿐이다."

"아……!"

"올해로 그는 세수 팔십이 세의 고령이며, 남해 이화궁(梨花宮) 출신으로서 한때는 남해 일대의 최고수로 명성을 떨쳤고, 그의 이화탈백수(梨花奪魄手)는 마교의 팔대마신(八大魔神) 가운데 한 명을 박살 낼 만큼 그 위력이 대단하다고 하더군. 그는 현재 천뇌원의 팔대호원(八大護院) 가운데 일인이며……."

숨조차 쉬지 않고 말을 흘려내던 화운은 문득 입을 다물었다.

이화신군 능조운이 그녀의 앞에서 공손히 공수의 예를 올렸기 때문이다.

팔십이 넘은 나이에 고작 스물밖에 안 된 자신에게 고개를 숙인다?

물론 있을 수 있는 일이다.

하지만 상대가 천뇌원의 팔대호원이라면 얘기는 달라진다.

천뇌원은 천의맹의 대뇌 역할을 하는, 그야말로 일인지하 만인지상의 권력을 쥐고 있다고 해도 절대로 과언은 아니었다.

그러므로 천뇌원 소속이라는 그들의 자부심은 대단했고, 그 자부심이 때론 지나쳐 겸손하고는 거리가 먼 도도한 사람들로 비쳐지기도 했다.

그런 그들은 특별한 경우가 아니면 타인에게 인사하는 법이 거의 없었다.

물론 특별한 경우라면 지금과 같은 상황이겠지만, 화운으로서는 이화신군 능조운이 보이는 특별함이 쉽게 이해되지 않았다.

'이유가 있겠지.'

간단히 결론을 내린 화운은 이화신군 능조운을 향해 물었
다.

"무슨 일이신지요?"

능조운은 시종일관 공손함을 잃지 않았다.

"잠시 시간을 내주셔야겠소, 전주."

공손함을 잃지는 않았으되 정중한 청은 아니었다.

화운의 미간에 보일 듯 말 듯 주름이 잡혔다.

"지금 말인가요?"

"그렇소."

"무슨 일인지 모르겠지만 지금은 곤란하군요. 밀린 업무가
워낙 많아서."

"지금 천뇌원으로 가시는 일이 그 어떤 업무보다도 위급하
고 중하오. 그야말로 촌각을 다투는 일이오, 전주."

"당신 생각이 그렇다는 건가요?"

"아니오. 그럴 자격이 내겐 없소. 천뇌원주께서 전주께 전
하라는 말씀이 그렇소."

화운은 고개를 갸웃했다.

"천하의 대소사는 물론이거니와 천의맹의 모든 대소사까
지도 우리 천심전에서 관리 감독하고 있다고 생각했는데 그
건 아니었던 모양이네요."

"이유는 나중에 원주께서 직접 설명드릴 것이오. 서두르셔
야 하오, 전주. 이 일은 천의맹은 물론이거니와 천하무림의

생사가 걸린 일이오.”

“이런!”

화운은 경악했다.

천의맹에 몸을 담은 지 칠 년.

그동안 무림은 내내 평온했고, 가장 큰 사건이라고 해봐야 자존심을 내세운 가문과 가문의 난투극과 치정과 원한에 얽힌 몇백 건의 살인 사건이 전부였을 뿐이다.

그러므로 천의맹의 생사와 천하무림의 생사가 걸린 일이라는 말이 내포하는 무게를 화운으로선 전혀 실감할 수 없었을 뿐만 아니라 심지어는 낯설게 느껴지기조차 했다.

4

화운은 천뇌원주 사마량(司馬良)을 본 적이 없다.

단지 그에 관한 전설만을 귀에 못이 박히도록 들었을 뿐이다.

전설은 천뇌원주 사마량이 무인은 아니라 전했다.

본래 학자 출신인 그는 우연한 기회에 무학을 접하게 되었고, 그 뒤로부터 무학에 심취하여 무인 아닌 무인의 길로 들어서게 되었다고 했다.

엄밀히 따지면 그는 무학을 연성하지 않았으므로 무인은 아니다.

그러나 무학에 관한 지식은 인간의 한계를 벗어난 것이라 했다.

그는 초인적인 두뇌를 지녔으며, 그 초인적인 두뇌로 천하 무학의 근원인 소림칠십이종절예(少林七十二種絶藝)의 팔만 사천 가지 치명적인 오류와 단점을 지적했을 때, 소림사를 위 시한 천하인은 전율하지 않을 수 없었다.

최초엔 반신반의했던 소림사도 결국 천뇌원주 사마량의 지적을 겸허히 받아들였고, 그 후로 그 겸허함이 소림을 더 강하게 완성시켰다는 일화는 그가 남긴 수많은 일화 중 하나 였을 뿐이다.

무림인 모두는 인정한다.

진검 승부가 아니라 논검 승부라면 천뇌원주 사마량의 적 수는 이전에도 없을 것이며, 이후에도 없을 거라고.

지금 화운은 그 전설 속의 인물을 지척에 두고 있다.

그녀는 묘한 흥분에 사로잡혀 있었다.

아니, 어쩌면 한 번도 본 적이 없는 상대에 대한 경외심인 지도 몰랐다.

"들어오시오."

안에서 누군가의 조용한 음성이 흘러나왔다.

동시에 집무실의 문이 양쪽으로 열렸고, 화운은 눈을 감아 야만 했다.

한줄기 눈부신 햇살이 그녀의 눈을 멀게 했다.

그녀는 눈부신 햇살을 피해 눈을 감았다 떠야 했고, 얼마의 시간이 지나자 천천히 초점이 맞춰지면서 주변의 모습이 들어왔다.

집무실은 아담한 크기였고, 정갈한 분위기였다.

눈처럼 흰 대리석 바닥이 벽까지 뻗어 있었고, 반월형의 창문을 통해 눈부신 햇빛이 쏟아져 들어왔다.

그 창문 쪽엔 검은 대리석 서탁이 놓여 있었으며 그 서탁에 한 사내가 앉아 뭔가를 열심히 적고 있었다.

사내의 치렁한 머리카락과 넓은 어깨로는 눈부신 햇살이 황금빛으로 잘게 부서져 내렸다.

사내는 등을 보인 채 사무적인 목소리로 화운을 반겼다.

"어서 오시오, 전주."

이어 사내는 붓을 놓으며 가볍게 손을 저어 이화신군 능조운을 향해 물러가라는 손짓을 해 보였다.

이화신군 능조운은 이내 허리를 숙여 보인 후 집무실의 문을 닫고는 사라졌다.

그러자 사내는 천천히 화운을 향해 몸을 돌렸다.

화운은 비로소 사내를 자세히 살필 수가 있었다.

그런 그녀의 얼굴에 언뜻 놀라움과 의아함이 스쳤다.

사내는 그녀가 상상했던 천뇌원주 사마량의 모습과는 거리가 멀었다.

알려진 천뇌원주 사마량의 나이는 일흔이 넘었다.

그러나 사내는 이제 겨우 서른 남짓이었다.

천의맹을 상징하는 백색의 무복(武服)을 걸친 것이 아니었으며, 무복 대신에 검은색 상복(喪服)을 단정히 입고 있었다.

게다가 사내는 관옥처럼 그 용모가 수려했다.

눈빛은 물처럼 고요했으며, 그 고요함 속엔 온유함이 함께 녹아 있었다.

화운은 그 고요하며 온유한 눈빛에서 극도의 피로를 읽을 수 있었다.

그는 요즘 인생에서 가장 힘든 시기를 지나온 가여운 영혼처럼 느껴졌다.

"시생은 공손우(公孫羽)라 하오."

그의 목소리는 가식이 없고 친절하기까지 했다.

'공손우라……?'

화운으로선 들어본 적이 없는 이름이다.

천의맹의 모든 맹도의 신상 내력을 훤히 꿰뚫고 있다고 자부하던 화운이다.

그러므로 공손우라는 사내는 천의맹의 인물이 아니거나, 아니면 천의맹 소속이되 자신의 통제에서 벗어나 있는 인물임이 분명했다.

"공손우라면 천뇌원주 사마량이 아님이 분명하군요."

공손우는 고개를 끄덕였다.

"그렇소. 그러므로 내게 특별히 예를 갖출 필요는 없소."

“원주께서 날 청한 것이 아니었던가요?”

“아니, 맞소.”

“맞는다면 귀공 대신에 원주께서 이 자리에 계셔야 하는 게 아닌지요?”

“당연히 그렇소. 하지만 현재 천뇌원주는 공석이며, 작고하신 원주를 대신하여 시생이 모든 권한을 대행하고 있소. 물론 적법한 절차를 밟아 새로운 천뇌원주가 선임되면 시생의 역할은 끝나게 되는 것이지만.”

화운은 경악했다.

“잠시만요.”

그녀는 갑자기 극심한 현기증을 느껴야 했다.

“작고라고 했나요?”

“그렇소.”

“미안합니다. 제가 잘못 들은 것 같아서 다시 확인해야겠습니다. 작고라면 천뇌원주 사마량, 그러니까 귀곡천뇌(鬼谷天腦) 사마량 어른께서 작고하셨다는 말씀인가요?”

“그렇소.”

“맙소사! 어떻게 그런 일이……?”

“원주께선 피살당하셨소.”

“그것도 피살을?”

화운은 할 말을 잃어버렸다.

비로소 공손우가 걸친 검은 상복에 대한 의문이 풀렸다.

잠시의 침묵이 흐른 후 그녀는 믿을 수 없을 정도로 빠르게 냉정을 회복했다.

그녀는 물처럼 고요해진 얼굴을 들어 올리며 물었다.

"맹주께서도 원주의 피살 사실을 알고 계시는지요?"

공손우의 얼굴에 언뜻 감탄의 빛이 스쳤다.

화운은 공손우에 대해서 아는 바가 전무했지만, 공손우는 신기제갈 화운에 대해서 누구보다도 잘 알고 있었다.

생전의 천뇌원주 사마량이 칭찬을 아끼지 않았던 몇 안 되는 인물 가운데 화운이라는 이름 두 글자도 포함되어 있었기 때문이다.

십삼 세의 어린 나이에 천의맹에 들어와 불과 칠 년 만에 천심전의 전주 자리를 꿰어 찬 그녀의 타고난 재능과 자질은 하늘이 내린 것으로밖에는 설명이 안 될 만큼 그녀는 불세출의 재원이었다.

천뇌원주 사마량의 피살은 그녀에게 통제할 수 없는 충격을 주었음에도 믿을 수 없을 정도로 빠르게 냉정을 회복하는 그녀를 보며 천뇌원주 사마량의 칭찬이 허언이 아니었음을 공손우는 인정하지 않을 수 없었다.

"맹주께서는 아직 원주의 피살 사실을 모르고 계십니다."

"세상에, 이 엄청난 사건을 맹주께 보고드리지 않았다는 건가요?"

"늦었지만 보고의 정식 절차는 지금 밟고 있소. 천의맹에

서 일어나는 어떤 대소사든 천심전에 보고하는 것이 가장 우
선하는 수순으로 알고 있소만.”

“하지만 예외가 있습니다.”

“알고 있소. 이번 사건과 같은 특별한 경우엔 직접 맹주께
보고를 해야 한다는 예외의 조항이 있음을 말이오.”

“그런데 왜?”

“원주의 피살은 난세의 전조요.”

“난세의 전조?”

“어차피 맹주뿐만이 아니라 천하무림인이 알아야 할 일이
오. 아울러 천하지대망을 선포해야 하오. 하지만 문제가 있
소.”

“문제라면?”

“어느 누구도 이 사건의 중요성을 인지하지 못하리라는 거
요. 십 년 무림 평화의 달콤함에 깊이 젖어 있는 천하무림인
들은 고작 한 사람이 피살된 이 단순한 사건이 난세의 전조라
는 사실을 인정하려 들지 않을 거라는 얘기요.”

“그, 그건……”

화운은 무슨 말인가를 하려다 입을 다물었다.

‘하긴, 나 역시도 인정하기 어려우니……’

공손우는 조용히 말을 이었다.

“고심 끝에 전주의 도움을 받는 것이 최선이라는 생각에
전주를 청하게 되었소.”

"이해가 안 되는군요. 제가 무슨 도움을 줄 수 있다는 것인지……."

"전주께서 이 사건의 위중함을 직접 눈으로 확인하신 후, 과연 난세의 전조가 확실하다는 결론에 이르시면 직접 맹주께 보고를 올려주시면 큰 도움이 되겠소. 전주의 보고는 맹주께서도 맹신하시니 이 수순이 최선이라는 것엔 의심의 여지가 없소."

"좋아요. 그건 어렵지 않아요. 그리고 그건 마땅히 우리 천심전에서 해야 할 임무이기도 하구요. 한데……."

화운은 잠시 말을 끊었다가 길게 숨을 들이켜고 난 후 말을 이었다.

"그전에 귀공에 대해서 몇 가지 질문을 하겠습니다. 난 귀공에 대해서 아는 바가 전혀 없으니."

"하십시오."

"공께서는 천뇌원주 사마량과는 어떤 관계이신지?"

"시생은 천뇌원주 사마량 어르신의 종복이었소."

"종복?"

화운은 어이가 없었다.

그녀는 거듭 공손우를 살폈지만, 그의 어디에서도 하찮은 종복의 천한 냄새를 찾아낼 수는 없었다.

공손우는 빙그레 웃었다.

"아마도 시생이 이 신성한 원주의 집무실 덕을 보는 모양이오. 하지만 이 신성한 집무실이 시생을 신성하게 만들 수는 없을 터. 맹세코 시생은 천뇌원주 사마량 어르신의 종복이었소."

"물론 그럴 수도 있겠지만 종복이 주인을 대신해서 천뇌원주의 권한을 대행한다는 것은 이치에 맞질 않아요."

"천뇌원의 법은 천뇌원주에 의해서 만들어지는 것이 전례였소. 다시 말해 천뇌원의 법은 천의맹주의 영역 밖이었다는 얘기요. 무슨 뜻인지 이해하시겠소?"

"그러니까 원주의 종복이 공석인 원주의 자리를 대행해야 하는 것이 천뇌원주 사마량에 의해 만들어진 법이라는 얘기로군요. 그런가요?"

"그렇소."

"그렇다면 할 말 없군요."

"다음 질문을 받겠소."

"공에 관한 질문은 그만 하기로 하죠. 괜한 시간 낭비인 듯하니까요. 대신 천뇌원주 사마량의 피살에 관해 몇 가지 질문을 하겠습니다."

"아니, 그 질문은 사양하겠소."

공손우의 뜻밖의 반응에 화운의 얼굴은 굳어졌다.

공손우는 탄식했다.

"시간이 없소, 전주. 질문 대신에 전주의 눈으로 직접 확인하는 게 어떻겠소?"

화운은 뇌리엔 수많은 의혹이 들끓어올랐지만 더 이상의 질문은 포기했다.

공손우의 정중한 한마디에 마치 최면에라도 걸린 듯한 느낌이었다.

공손우는 젊고 지쳐 보였지만 상대를 압도하는 신비한 영웅적인 분위기를 풍겨내고 있었다.

5

천의맹의 지하에 지상의 천의맹보다 더 규모가 큰 지하 서고가 있음을 화운은 오늘에서야 비로소 알게 되었다.

그리고 지하 서고에 진열된 수만 권의 책이 모두 무학에 관련된 무서(武書)라는 사실도 물론 오늘 처음 알게 되었다.

또한 이 지하 서고가 천뇌집무헌(天腦集武軒)으로 불리며, 지난 십 년 동안 이 천뇌집무헌에선 정도무림의 무학을 한 단계 더 진화시키기 위한 치열한 연구가 거듭되어 왔음도 오늘에서야 알게 되었다.

공손우의 설명에 의하면 진화를 위한 모든 작업은 천뇌원주 사마량의 지휘 아래 백팔 명의 무학사(武學士)가 함께해 왔다는 것이다.

화운은 놀라움을 금치 못했다.

공손우의 차분한 설명은 단지 듣고 있는 것만으로도 망치로 뒤통수를 두들겨 맞은 듯한 커다란 충격으로 다가왔다.

　지난 칠 년 동안 자신이 걷고 뛰며 울고 웃었던 그 희망의 땅 아래 이처럼 어마어마한 규모의 지하 서고가 존재하고 있었다는 사실이 한편으론 현기증 나는 충격이었지만, 한편으론 알 수 없는 배신감으로 다가왔다.

　화운에게 있어 천의맹은 그녀의 삶 그 자체였다.

　그러므로 그녀는 천의맹에 관한 한 모든 것을 알고 있다고 자부했다.

　그러나 오늘 그녀의 그런 자부심은 무참히 짓밟혔다.

　알고 있는 것보다 모르는 것이 더 많을 수도 있다는 회의와 천의맹을 모두 안다고 생각했던 자신의 어리석음에 대한 자괴지심마저 들었다.

　"천의맹은 무림에 십 년의 평화를 가져다주었지만 그 평화가 영속(永續)되리라는 보장은 그 어디에도 없소. 세상에 영원한 것은 없듯이 이 고요한 평화는 언젠가 깨어질 것이오."

　"……."

　"그리고 도래할 난세를 이끌 마의 세력은 무려 십 년 동안 비축된 그 가공할 힘을 한꺼번에 폭발할 것이며, 그 살겁의 힘은 상상할 수도 없으리만치 거대하고 막강하여 무림은 그 유래를 찾아볼 수 없는 끔찍한 난겁에 빠져들게 될 것이오."

　"……."

　"그때서야 비로소 무림인들은 무림 십 년 평화가 달콤한

꿀이 아닌 독이었음을 깨닫게 되겠지만, 깨닫는 순간 그들이 볼 수 있는 건 지옥일 뿐이오. 그리고 무림은 십 년의 평화를 내주고 십 년의 암흑기에 빠져들게 될 것이오.”

어두운 지하 통로를 다소 앞서 걸어가며 나직이 말하는 공손우의 어깨가 가늘게 떨렸다.

그는 도래할 끔찍한 난세를 이미 예감하고 있는 듯 보였다.

“그런 미래의 불안감과 위기의식이 없었다면 지금의 천뇌집무헌은 존재조차도 하지 않았을 거요.”

화운은 고개를 끄덕였다.

“정도 무학의 진화가 도래할 난세를 막을 수 있는 유일한 대안이라고 확신했던 거로군요.”

“그렇소.”

“그래서 천하 무학을 집대성한 진화된 무학을 창출했나요?”

“아니오.”

“실패했다는 건가요?”

“아니오.”

“……?”

“진화와는 별개의 전혀 새로운 무학이 창출되었소.”

“새로운 무학?”

“우린 그 무학을 신무학(新武學)이라 불렀소.”

“신무학?”

"신무학은 한마디로 기적의 무학이오. 이 땅에 존재하는 모든 무학의 이론을 버려야 만들어질 수 있는… 그야말로 신의 영역을 침범한, 인간 한계를 벗어난 무학이오."

"말도 안 돼!"

화운은 강하게 도리질을 쳤다.

존재하고 있는 모든 무학을 신앙처럼 맹신하고 있는 그녀로서는 이해도 납득도 할 수 없는 말이었기 때문이다.

무학은 고대무학과 근대무학의 이론을 근거로 하여 끊임없이 재창출된다.

끊임없이 재창출되는 새로운 무학이 그녀에겐 신무학의 개념이지 존재하는 모든 무학의 이론을 무시하고 만들어진 새로운 무학이 신무학의 개념일 수는 없었다.

'불가능한 일이다.'

화운은 근 일천여 년 동안 이어져 온 고대무학과 근대무학의 이론 자체를 버리고는 새로운 무학을 창출할 수 없다는 자신의 확고한 믿음에 칼질을 할 생각은 추호도 없었다.

"손으로 하늘을 모두 가릴 수는 없소. 하지만 눈을 감으면 간단히 하늘을 가릴 수 있소. 그런 이치요. 눈을 감아야 비로소 이해할 수 있는 것이 신무학이오. 하지만 불행히도 지금 내가 이 자리에서 전주께 신무학을 완벽히 이해시킬 방법도 시간도 없소."

"이해할 수는 없어도 가정은 가능합니다. 당신 말대로 신무학이 신의 영역까지 침범한 인간 한계 밖의 무공이라면 도래할 끔찍한 난세는 더 이상 걱정하지 않아도 되겠군요. 신의 영역을 침범할 정도로 대단한 무학이라면 아무리 강한 마의 세력일지라도 순식간에 파멸로 이끌 수가 있을 테니까요."

"불행히도……."

공손우는 걸음을 멈추며 말끝을 흐렸다.

피로해 보이는 그의 눈빛이 어둡게 가라앉았다.

6

지상의 천뇌원주 집무실과 완벽하게 닮은 또 하나의 집무실이 지하에 있었다.

놓여 있는 집기의 위치와 방향마저 완벽하게 일치했다.

한 가지 다른 점이 있다면 이곳 지하 집무실엔 눈부신 햇빛이 없다는 것이었지만, 그것도 야명주의 불빛이 대신하여 크게 다를 것도 없어 보였다.

이 지하 집무실엔 한 사람이 죽은 채로 방치되어 있었다.

의자에 앉아 서탁에 엎드린 채로 죽어 있는 그는 천뇌원주 사마량이었다.

지척에 있었으면서도 살아 있는 모습으로는 단 한 번도 볼 수 없었던 사람이다.

그는 그만큼 화운이 닿을 수 없는 위치에 있었다.

평소 존경했던 사람과의 첫 대면이 살아 있는 모습이 아닌 싸늘히 식은 사체라는 이 비극적인 현실이 안타깝기는 했지만, 그보다는 사인에 대한 의문이 더 강했다.

"살해되신 지 얼마나 되었죠?"

화운의 질문에 공손우는 간단히 대답했다.

"사흘이오."

"사흘 동안이나 방치했다는 건가요?"

"현장 그대로를 유지하는 것이 전주께 도움이 되리라 생각했기 때문이오."

"놀랍군요. 경황이 없었을 그 순간에도 그 점까지 염두에 두셨다니 말입니다."

"경황이 없었던 건 사실이지만 나로서는 달리 선택의 여지가 없었소."

"잠시 주변을 살펴봐도 될까요?"

"물론이오."

화운은 공손우를 뒤로하고는 천천히 서탁으로 다가갔다.

주변을 살핀다고는 했지만, 그녀의 시선은 천뢰원주 사마량의 사체에서 떠나질 않았다.

시간이 흐르면서 그녀의 얼굴은 점차 굳어지기 시작했다.

이마엔 식은땀이 맺혔고, 끝내는 몸까지 가늘게 떨었다.

그녀는 신음과도 같은 말을 흘렸다.

"도대체 누가 이런 잔인한 짓을……?"

믿을 수 없게도 천뇌원주 사마량의 몸은 피골이 상접하여 살과 근육은 아예 찾아볼 수조차 없었던 것이다.

천뇌원주 사마량이 걸친 묵빛 장삼 밖으로 삐져나온 손과 목, 귀밑과 얼굴의 일부만을 볼 수 있었지만, 보이는 모든 부분은 사흘 전에 죽은 사체의 모습이 결코 아니었다.

온몸의 수분이 모조리 빠져나간 듯 바짝 메말라 있는 사체를 보면서 화운은 체내의 혈액이 한 방울도 남김없이 체외로 빠져나갔을지도 모른다는 추측을 조심스럽게 이끌어냈지만 이내 고개를 흔들고 말았다.

천뇌원주 사마량의 몸 어디에서도 출혈의 흔적은 찾아볼 수 없었기 때문이다.

천뇌원주 사마량이 엎드려 있는 서탁은 물론이거니와 대리석 바닥에도 혈흔은 없었다.

눈에 안 보이는 내부의 출혈이라면 이처럼 단시간에 사체가 바짝 마른 육포처럼 건조될 리는 만무했다.

'그렇다면 과다한 출혈로 인한 사망은 아니다.'

결론은 명쾌했지만 그것은 화운이 얻고자 한 답이 아니었다.

화운은 자신이 알고 있는 지식과 상식 모두를 동원해서 이 사인을 명확히 규명하고자 했으나 눈으로 보고 판단하는 것만으로는 어려움이 있었다.

"사체의 정면을 볼 수 있을까요?"

화운의 질문에 공손우는 주춤했다.

"보는 것은 상관없지만 기회는 오직 한 번뿐이오."

"무슨 뜻인지……?"

"살인자는 원주의 살과 뼈, 근육과 피를 한꺼번에 녹여 버렸소."

"아!"

"때문에 원주의 사체를 만지는 순간, 우린 우리에게 남겨진 귀중한 살인의 증거 하나를 잃게 될지도 모르오. 그래도 상관없다면 전주 뜻대로 하시오."

"아뇨. 사체를 훼손할 순 없죠."

화운은 이내 포기하고 한 걸음 뒤로 물러섰다.

그리고 눈을 지그시 감고 뭔가 골똘히 생각하는 듯하다 눈을 뜨며 차분한 어조로 말했다.

"내가 진기로 상대의 내장을 녹이는 잔인한 마공이학이 있다는 소리는 들어봤지만, 특정 부위를 남기고 선택된 부위만을 녹이는 그런 무공이 있다는 소리는 들어본 적이 없습니다. 독으로도 그건 불가능하죠."

"상식을 깨면 반드시 불가능한 것만도 아니오."

"쉽게 이해가 안 되는 말씀이로군요."

"간단히 말해서 신무학이라면 가능하다는 얘기요."

"이해가 안 되기는 마찬가지로군요."

"미안하오. 내가 어떤 설명을 하든 신무학을 경험해 보지 못한 전주로서는 이해하기가 어려울 거요."

"좋아요. 그건 차차 이해하기로 하고, 우선 이곳 상황을 제가 보고 느낀 대로 정리해 보죠."

화운은 서탁 주변을 걸으며 말을 이었다.

"이곳은 외부자의 침입이 거의 불가능한 곳입니다. 천의맹의 철통같은 경계망을 뚫기도 어려울뿐더러, 천뇌집무헌의 존재가 완벽한 비밀로 유지되었던 만큼 외부에 그 비밀이 누설되지 않고서는 설사 천의맹의 경계망을 뚫는다 해도 이곳을 침입하기란 불가능하다는 얘기입니다."

"계속하시오."

"외부자의 침입을 배제한다면 이 끔찍한 살인은 내부자의 소행으로 간단히 결론내릴 수 있습니다."

화운은 서탁 앞에 서서 집무실의 석문을 정면으로 바라보며 살짝 아미를 찌푸렸다.

"이 살인에 가담한 내부자는 모두 아홉 명입니다. 그들 아홉 명의 살인자는 외부의 저항 없이 이곳 집무실에 침입한 후 약 한 시진을 머물고는 유유히 사라졌습니다. 그들이 이곳에 한 시진을 머물러야 했던 이유를 알 수는 없지만, 온몸의 내장과 뼈와 살과 피와 근육이 서서히 녹아드는 끔찍한 고통 속에서 죽어가는 원주의 모습을 보며 살인의 희열과 쾌감에 젖어 있었을 그들에게 한 시진은 결코 긴 시간이 아니었을 테지요."

“…….”

  말없이 화운의 설명을 듣고 있던 공손우의 눈가에 파르르 경련이 일었다.

  “그들은 자신들의 흔적을 기꺼이 남겼습니다. 이곳 서탁과 석문으로 연결된 바닥엔 그들의 발자국이 흐릿하게 남아 있으며, 발자국 주변으로는 이곳에서는 볼 수 없는 검은 흙이 묻어 있습니다.”

  “먼지일 수도 있소.”

  “맹세코 먼지는 아닙니다.”

  “아홉 사람이 아닐 수도 있잖소?”

  “남겨진 흙의 양을 따지면 정확히 아홉 사람 분이 맞습니다.”

  “단지 눈으로 보는 것만으로 그것을 알 수 있단 말이오?”

  화운은 가볍게 미소 지었다.

  “지상의 대리석 길을 수없이 반복해서 걷고 또 걷다 보면 대리석에 남겨진 발자국만으로도 세상을 보게 됩니다.”

  “좋소. 그건 그렇다고 칩시다. 그럼 그들이 이곳에서 한 시진가량 머물렀다는 증거는?”

  “그것도 어렵지 않아요. 대리석 길에 남겨진 수많은 발자국의 흔적은 같은 사람의 발자국이더라도 남겨진 시간에 따라 각기 다르게 보이죠. 이곳 집무실의 바닥 또한 대리석이니 그들이 머물렀던 시간을 알아내는 건 그리 어려운 일이 아닙니다.”

“대단하오. 정말 놀랍소!”

공손우는 진심으로 감탄했다.

박수를 쳐도 되는 분위기였다면 그는 두말없이 박수라도 힘껏 쳐댔을 것이다.

그리고 그는 면전의 가녀린 여인을 이곳에 끌어들인 자신의 결단이 탁월한 선택이었음을 재삼 확인했다.

화운은 물었다.

“그들 아홉 명의 살인자는 누구죠? 공께서는 그들이 누구인지 알고 계신 듯한데…….”

“물론 알고 있소.”

공손우의 눈빛은 다시 어둡게 가라앉았다.

그리고 그는 말없이 몸을 돌려 집무실을 빠져나갔다.

화운은 말없이 그를 따라 나섰다.

그런 그녀는 힘없이 처진 공손우의 어깨를 보면서 폭풍전야와 같은 고요한 불안감에 휩싸였다.

第三章
신(神)의 피살

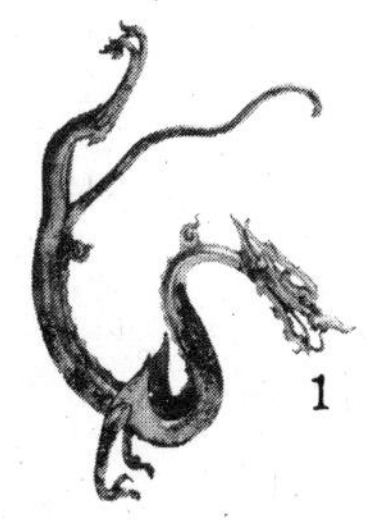

"나의 주인이신 천뇌원주 사마량 어르신과 백팔 명의 무학 사는 십 년의 노력 끝에 마침내 신무학을 창조했고, 그들은 창조된 신무학을 백팔번뇌(百八煩惱)라 명명(命名)했소. 신무 학을 백팔번뇌라 부른 까닭은 신무학이 백팔 가지의 절예로 구성되어 있으며 그 자체가 풀 수 없는 번뇌 덩어리였기 때문 이오."

어두운 지하 통로를 따라 걸어가며 공손우의 말은 잔잔하 게 이어졌다.

"창조된 신무학 백팔번뇌는 인간의 한계를 벗어난 신의 영 역이었으며, 그 영역은 아무도 밟지 못했던 전인미답지와 다를 게 없었소. 그러므로 천뇌원주 사마량은 물론이거니와 백팔 명의 무학사 역시 신무학 백팔번뇌의 시작과 끝을 정확하게 규명할 수가 없었소. 다시 말해 이론은 완벽했으되 이론이 현실로 적용될 수 있을지는 아무도 장담 못했다는 얘기요.”

공손우의 뒤를 따르던 화운은 공손우의 설명에서 한 가지 의문점을 발견했다.

“그렇다면 신무학 백팔번뇌가 완벽한 무학이 아니라 이론만 완벽한 실패작일 수도 있겠군요.”

“그렇소. 그래서 우린 신무학 백발번뇌의 성공과 실패를 가늠하기 위한 다양한 시험에 착수했소.”

“시험이라면 어떤 시험을 말씀하시는 건지……?”

“백팔번뇌가 고대무학과 근대무학의 이론을 무시하고 만들어진 신무학이었던 만큼 연공법 역시 우리가 알고 있는 무학과는 차원을 달리했소. 때문에 우리는 시험자를 선택하는 과정에서도 차원을 달리한 시도를 꾀하는 수밖에 없었소.”

“……”

“우린 백팔번뇌를 연공할 시험자를 자질과 체질, 나이와 성별, 그리고 타고난 품성에 따라 선별하여 비밀리에 모집했소.”

“……”

“그 과정이 쉽진 않았지만 우린 결국 어렵게 모집된 일천

명의 시험자를 이곳 천뇌집무헌의 연무장에서 동고동락케 하며 백팔번뇌를 연공시키기 위한 준비를 이 년 전에 완벽하게 끝낼 수가 있었소. 시험에 들어간 지 이미 이 년이 지났다는 얘기요.”

“일천 명의 시험자라고 했나요?”

“그렇소. 더도 덜도 아닌 일천 명이었소.”

“마, 맙소사! 이곳 지하에 일천 명을 동시에 수용할 연무장이 있었단 말인가요?”

“그 정도 크기의 연무장을 만드는 건 문제가 아니었지만, 그보다는 자질과 체질, 나이와 성별, 타고난 성품에 따라 시험자를 분류하는 작업이 몇 배나 더 어려운 난제였소.”

“음!”

“결국 우린 나이와 성별, 성품, 체질에 따라 분류하는 작업은 포기했고, 단지 자질만을 기준으로 해서 일천 명을 각기 백 명씩 열 개 조(組)로 분류하는 데에 만족해야 했소.”

“몰랐군요. 무림 성지의 지하에서 그런 엄청난 일이 진행되고 있을 줄은.”

“하늘이 내린 천골을 타고난 기재는 일조에 편성했으며, 가장 둔한 자질의 둔재는 십조에 편성했소.”

“굳이 둔재를 시험자로 선택한 이유는 뭐지요?”

“신무학 백팔번뇌는 기재가 아닌 둔재에게 더 적합한 무공일 수도 있다는 일부 무학사들의 의견 때문이었소. 물론 그것이 일부의 의견이긴 했지만, 우린 모든 가능성에 매달려야 했기 때문에 그 의견을 무시할 수는 없었소."

이후로도 공손우의 설명은 한참이나 계속되었다.

공손우의 설명을 말없이 듣고 있는 화운은 마치 꿈을 꾸고 있는 기분이었다.

공손우의 말은 들으면 들을수록 현실과는 괴리가 있는 몽상처럼 들렸기 때문이다.

신무학 백팔번뇌가 둔재에게 더 적합한 무공일 수도 있다는 말은 아예 망상(妄想)처럼 들렸다.

둘 중 하나일 것이다.

자신이 제정신이 아닌 실성한 자의 말을 듣고 있는 것이거나, 아니면 그들을 이해하기엔 자신의 지적 수준이 턱없이 어리거나.

그녀는 차라리 전자이길 바랐다.

만에 하나 후자라면 자신의 머리가 터져 버릴 것만 같아서였다.

화운은 더 이상 공손우의 말을 듣고 있기가 힘들었다.

공손우의 말 한마디 한마디는 너무나 충격적이어서 그것을 사실로 인정하고 감당하기에 그녀는 너무나 지쳐 있었다.

그래서 그녀는 이쯤에서 결론을 내려야 한다고 생각했다.

"지난 이 년 동안 신무학 백팔번뇌의 연공에 성공한 사람이 몇 명이나 되는지요?"

그러나 그녀는 자신의 질문에 치명적인 맹점이 있음을 발견하고는 쓰게 웃는다.

"미안합니다. 질문, 취소할게요. 제가 말도 안 되는 질문을 던졌군요. 이 년이라면 무학의 입문 단계를 벗어나기에도 턱없이 부족한 시간이라는 것을 깜박했네요."

"꼭 그렇지만은 않소. 신무학이 지닌 최대 장점 중 한 가지는 그 연공 속도가 일반 무학과는 비교도 할 수 없으리만치 빠르다는 거요. 그러므로 신무학의 이 년 연공은 일반 무학의 이백 년 연공과 맞먹는다고 할 수 있소. 어쩌면 그 이상일지도……."

"서, 설마……!"

이번에도 화운의 충격은 컸다.

화운은 애써 충격을 누르며 급히 물었다.

"물론 이론이 그렇다는 거겠죠?"

공손우는 조용히 걸음을 멈추었다.

그리고 어둡게 말했다.

"맞소. 그것 역시 이론뿐이었소. 돌이켜 보면 신무학 백팔번뇌가 최초로 창조되었을 때에도 천뇌원주 사마량 어르신은 물론이거니와 함께 그 작업에 참여했던 백팔 무학사 모두가 회의적인 반응을 보였던 것 같소."

"……."

"왜냐하면 신무학 백팔번뇌는 이론상으론 완벽했지만, 그것이 현실화되기엔 무리가 있다는 비관론이 창조되기 이전부터 팽배해 있었기 때문이오.”

“대세가 그러했다면 수많은 부작용이 따를 수 있는 시험은 포기했어야 하지 않나요?”

“말씀드렸잖소. 우린 모든 가능성에 매달렸다고. 때문에 성공 가능성이 전무했어도 이 년의 시험은 예정대로 진행되었을 거요.”

“그래서 결국 성공했나요?”

불쑥 질문을 던져 놓고 답을 기다리는 화운의 입술은 바짝바짝 타 들어갔다.

답을 기다리는 그 짧은 순간이 마치 억겁처럼 길게 느껴졌다.

그러나 공손우의 입에서 답은 쉽게 나오지 않았다.

한참을 어두운 통로에 굳어진 듯 서 있던 공손우는 피 토하듯 긴 탄식을 흘렸다.

“무려 아홉 명이나 성공했소.”

화운은 어이가 없었다.

“무려라니요? 겨우라는 표현을 써야 하는 게 아닌가요? 일천 명 중 고작 아홉 명만이 성공했을 뿐인데…….”

그저 감각적으로 말을 받아치던 화운의 얼굴이 일순간에 창백하게 질린다.

그녀는 떨리는 음성으로 물었다.

“서, 설마, 천뇌원주 사마량의 지하 집무실에 남겨진 아홉 명의 흔적이……?”

공손우는 흐려진 얼굴을 끄덕였다.

“그렇소. 바로 그들이오.”

“아아!”

화운은 비로소 살인자들의 윤곽을 잡으며 신음과 같은 탄성을 흘렸다.

그러나 거기에도 강한 의혹은 남아 있었다.

“이해가 안 되는군요, 성공한 그들 아홉이 어째서 천뇌원주 사마량을 공격한 것인지. 따지자면 천뇌원주 사마량은 그들에게 은인과 같은 존재일 텐데 그 은인을 잔인하게 살해할 이유가 없지 않나요?”

2

한순간 화운은 심장이 멎는 듯한 충격에 사로잡혔다.

말없이 공손우의 뒤를 따라 지하 통로를 걸어가던 그녀는 지하 통로의 모습이 자신이 꿈에서 봤던 그 무덤의 지하 통로와 아주 흡사하다는 사실을 비로소 깨달았던 것이다.

마치 꿈이 현실로 그대로 재현된 듯한 느낌이었다.

다른 점이 있다면 꿈의 그곳은 거대한 악마의 무덤이었고, 이곳은 신성한 천뇌집무헌이라는 차이뿐이었다.

평소라면 금방 깨달았을 이 불가사의한 현상을 이제야 깨닫게 된 것엔 이유가 있었다.

천뇌원주 사마량의 죽음에 얽힌 충격적인 사실들로 인해 그녀의 냉철한 사고가 무너졌던 것이 가장 큰 이유였고, 꿈은 그저 꿈일 뿐이라는 그녀의 평소 철학이 가져다준 방심이 두 번째 이유라면 이유일 수도 있었다.

화운은 떨리는 눈빛으로 지하 통로를 살폈다.

몇 번을 보고 또 봐도 지하 통로는 분명 삼각형이었다.

게다가 통로의 양쪽으로는 괴이한 모습의 석조상들이 두 줄로 늘어서 있었으며, 통로의 좌우 석벽엔 기하학적인 도형들로 가득했다.

그 형태도 꿈과 일치했다.

화운은 신음처럼 속으로 중얼거렸다.

'일천백삼십팔 개… 백팔십 개… 구십육 장……'

그런데 마치 우연의 일치처럼 바로 그 시점에 공손우는 걸음을 멈추었다.

"이곳이 연무장이오."

공손우의 이 말에 화운은 어리둥절한 표정을 지으며 주변을 두리번거렸다.

어디에도 연무장은 없었다.

연무장이 없다면 연무장으로 통하는 석문이라도 있어야 했다.

그러나 석문조차도 화운은 발견할 수 없었다.

화운이 발견한 것은 공손우의 손동작뿐이었다.

공손우는 기하학적인 도형들 중 하나를 엄지와 검지로 지그시 눌렀다.

순간 쿠르르르! 하는 기괴한 음향과 함께 지하 통로의 벽이 서서히 갈라지기 시작했다.

'기관 장치(機關裝置)!'

화운은 비로소 자신이 쉽게 연무장의 입구를 발견할 수 없었던 이유를 깨닫고 눈앞에 펼쳐진 절묘한 기관 장치에 감탄을 금치 못했다.

지하 통로의 벽은 양쪽으로 갈라졌다.

그리고 마침내 일천 명의 시험자가 지난 이 년 동안 신무학 백팔번뇌를 연공하기 위해 머물렀을 연무장의 실체가 어둠을 뚫고 서서히 그 장대한 모습을 드러냈다.

화운은 입을 딱 벌렸다.

연무장은 그녀가 상상했던 것 이상으로 광대했다.

폭은 삼십여 장이 넘어 보였고, 연무장을 휘감은 어둠의 끝은 보이지도 않았다.

그러나 그녀가 정작 놀란 건 연무장의 규모 때문이 아니었다.

공손우가 들고 있는 화섭자의 불빛이 이르는 곳엔 그녀가 감히 상상도 못했던 장면이 펼쳐져 있었다.

수많은 무덤.

무덤은 연무장을 가득 메우고 있었으며, 숫자를 셀 수 없을 만큼 많았다.

"아아……!"

화운은 자신이 늘 꿔왔던 악몽을 다시 떠올렸다.

'무덤!'

비로소 악몽의 중심에 있던 거대한 무덤의 실체를 파악한 느낌이었다.

무덤의 숫자와 크기는 달랐지만 등골이 오싹하는 사이한 느낌은 동일했다.

얼음처럼 차가운 냉기가 화운의 피부를 할퀴었다.

'춥다.'

사실 이 느낌은 일부만 맞는다고 화운은 생각했다.

누군가 자신을 지켜보는 느낌이었다.

피와 살과 뼈를 가진 사람이 아니라 어둠 속의 유령이다.

화운은 극심한 오한을 느끼며 석상처럼 굳어 있는 공손우를 올려다보았다.

그녀는 공손우의 입을 통해 듣고 싶었다.

일천 명의 시험자 대신 연무장을 꽉 채우고 있는 이 무덤의 진실을 말이다.

그러나 공손우는 침묵으로 일관했다.

그의 얼굴에 떠올라 있던 온유함은 더 이상 찾아볼 수가 없었다.

현기로 가득했던 그의 눈빛은 그 빛을 잃은 채 가늘게 떨렸다.

그 역시도 이런 상황을 예측하지 못한 듯싶었다.

화운은 이 침묵이 가져다주는 무게를 견디지 못하고 먼저 침묵을 깼다.

"대체 이곳에서 무슨 끔찍한 일이 있었던 거죠? 설명해 보세요, 공! 일천 명에 가까운 시험자들은 다 어디로 사라졌으며, 이 눈앞에 펼쳐진 무덤의 주인은 누구인지!"

공손우는 길게 숨을 들이켰다.

그리고 길게 내쉬는 그의 숨결엔 비통한 탄식이 녹아 있었다.

"우린 신무학 백팔번뇌의 연공에 성공한 아홉 시험자를 반천구마신(反天九魔神)이라 칭했소."

"마신? 신? 그들에게 감히 그럴 자격이 있었나요?"

"신무학 백팔번뇌가 신의 영역을 침범한 무학인만큼 그 무학을 연성한 그들이 신의 영역에 있음을 인정하지 않을 수 없었소."

"틀렸어요. 인정하지 않을 수 없었던 것이 아니라 인정하고 싶었겠죠."

"무슨 뜻이오?"

"신무학 백팔번뇌가 신의 영역을 침범한 무학이라는 건 당신들 생각일 뿐, 신이 인정한 건 아니라는 뜻입니다. 당신들은 미쳤어요. 당신들 모두가 신이 되고자 하는 열망에 사로잡혀 이 끔찍한 짓을 공모한 범죄자들이라는 겁니다."

"……."

"미친개가 주인을 문다고 해서 개가 사람이 될 수 있는 건 아니죠. 안 그런가요? 그런데 당신들은 개가 사람이 될 수 있다는 망상에 사로잡혀 있었던 것입니다. 그래서 아홉 마리의 괴물을 만들어낸 것이고."

"……."

"어쨌든 좋아요. 반천구마신이든 반천구마견이든 지금 명칭 따위가 중요한 것은 아니니까요. 문제는 당신들이 만들어낸 아홉 마리의 괴물이 이곳 연무장의 시험자들을 어떻게 했냐는 겁니다. 그 괴물들이 천 명에 가까운 시험자들을 모두 살해한 건가요? 이 무덤들의 주인이 살해된 일천여 명의 시험자들인가요?"

"불행히도 그렇소."

"살해 동기는?"

"없소."

"말도 안 돼! 무려 일천 명에 가까운 시험자들을 살해했으면서도 그 살해 동기조차 없었다는 것이……!"

"미친개가 주인을 물었을 뿐이오."

"하지만 미친개는 미쳤기 때문에 주인을……."

"그들도 미쳤소."

"마, 맙소사!"

화운은 또다시 할 말을 잃고 말았다.

이유를 알 수 없는 분노가 머리끝까지 치밀어 올랐지만, 그래서 공손우의 뺨이라도 후려갈겨 주고 싶었지만, 그럴 가치도 없다는 생각에 애꿎은 입술만을 잘근잘근 깨물었다.

공손우는 무덤 사이로 걸어가며 말을 이었다.

"전주 말씀대로 개는 개일 뿐, 개가 사람이 될 수는 없소. 그렇듯 인간이 신이 될 수는 없었소. 그건 단지 인간의 한계를 넘고자 하는 어리석음이 만들어낸 간절한 소망이었을 뿐이오. 그러므로 신무학 백팔번뇌는 인간이 만들어낸 미완의 작품에 지나지 않았소."

"미완의 작품이라면 그 부족한 만큼의 부작용 또한 만만치는 않았을 터인데?"

"그렇소. 신무학 백팔번뇌엔 치명적인 오류가 있었소. 절대의 선을 추구했던 백발번뇌이지만, 절대선이 절대마로 돌변할 수도 있는 그 치명적인 오류를 신무학 백팔번뇌를 창조했던 창조자들조차도 예측하지 못했소."

"……."

"반천구마신이 탄생하면서 비로소 창조자들은 신무학 백팔번뇌의 치명적인 오류를 인지하게 되었지만, 그 오류를 인지했을 때는 시험자 대부분이 이미 살해된 뒤였소."

“……”

“시험자들뿐만이 아니라 백팔 명의 무학사와 천뇌원주 사마량 등 창조자들 모두가 피살되는 참변을 면할 수가 없었소. 그리고 이 모든 비극은 미처 손을 쓸 사이도 없이 불과 두 시진 만에 종결되었소.”

“끔찍하군요. 도래할 난세를 막고자 세워진 천뇌집무헌이 난세를 창조한 결과를 낳은 셈이 되고 말았으니.”

“불행히도 그렇소.”

“하지만 고작 아홉입니다. 그들 아홉이 이 평화의 땅에 난세를 불러일으킬 거라고는 생각하지 않습니다. 그들의 능력이 인간 한계를 벗어난 것이라 할지라도 그들은 겨우 아홉에 불과하니까요. 그들 아홉을 제압하지 못할 정도로 천의맹이 허약하진 않다고 생각합니다.”

공손우는 고개를 저었다.

“그들은 인성을 상실한 마물들이오. 그들이 원하는 것은 죽음과 피, 그리고 세상을 향한 저주요. 그들이 원한다면 이 땅이 무림사에 그 유래를 찾아볼 수 없는 잔혹의 난세로 빠져들어 가는 것은 그야말로 시간문제요.”

“……”

“문제는 시간이오. 그들은 시간이 흐를수록 점점 더 강해져서 끝내는 천의맹조차도 그들을 제압할 수 없는 지경에 이르게 될 것이오.”

"그렇다면 시간과의 싸움이겠군요."

"그렇소. 그들은 완성되어 가는 중일 뿐 완성된 것은 아니오. 완성되기 전에 제압할 수만 있다면 희망은 있소."

"완성되기까진 얼마의 시간이 필요하죠?"

"두 달… 아니, 한 달… 어쩌면 그보다 훨씬 빨리 진행될 수도."

"확실한 것은 아무것도 없군요. 그들이 얼마나 강한지, 그리고 얼마나 더 강해질 수 있는지, 절대마로 완성되기까진 얼마의 시간이 필요한지……."

"천하지대망을 선포하는 것만이 그들을 막을 수 있는 유일한 대안이오, 전주!"

"현재로썬 불가능해요. 세상 어느 누구도 천의맹의 지하에서 일어났던 이 끔찍한 사건을 인정하려 들지 않을 테니까요. 이 사건을 지금 세상 밖으로 드러내면 지나는 개도 웃을 일입니다. 너무나 끔찍하고 황당해서 믿고 싶어도 믿고 싶은 생각이 눈곱만큼도 들지 않을 테니까요. 게다가 반천구마신이 천의맹의 지하에서 창조되었다는 사실이 아무런 여과 없이 세상 밖으로 흘러나가게 되면 천의맹의 십 년 위업은 하루아침에 무너지게 될 것입니다."

"바로 그 점 때문에 고심 끝에 전주의 도움을 청하게 된 것이오."

"어쨌든 지금 가장 시급히 처리해야 할 일은 그들의 살겁이 진행되기 전에 그들을 제압해야 하는 일입니다. 아울러 세상 사람들을 이해시킬 만한 그들에 대한 자료를 수집하는 일도 병행되어야겠죠."

"그리고 진행되는 상황을 그때그때 보고해 주시면 고맙겠소."

"물론 그래야겠죠."

"천하지대망을 선포해야 한다는 확신이 서면 가장 먼저 나를 찾아주시오. 원주께 필히 드릴 말씀이 있으니."

"그러죠."

화운은 간단히 고개를 끄덕였다.

상황이 위급하고 어려워질수록 냉정해지는 화운이다.

그녀는 믿을 수 없게도 빠르게 냉정을 회복했다.

"어쨌든 그들이 이곳을 떠난 지 겨우 사흘이 되었다면 아직은 희망은 있습니다."

화운은 돌아섰다.

더 이상 이곳에 지체해야 할 이유가 없었기 때문이다.

결국 그녀의 가녀린 어깨 위에 천의맹과 무림의 운명이 걸린 셈이다.

그 무거운 짐을 지고 걸어가는 화운의 뒷모습을 보며 공손우는 얼굴 가득 안타까움을 떠올렸다.

"전주께 신의 가호가 함께하기를……."

화운은 걸음을 멈추고는 고개를 저었다.

"아뇨. 신의 가호 따위는 필요없어요. 난 단지 반천구마신에 대한 당신들 창조자의 예측과 판단이 형편없이 빗나간 것이기를 바랄 뿐입니다. 당신들 창조자의 모든 우려가 그저 기우로 끝나기를……."

공손우는 고개를 끄덕였다.

"나 또한 그러기를 간절히 바라고 있소."

"정말 그렇다면 두 손 모아 간절히 기도나 드리세요. 아니면 무고하게 희생당한 이곳 무덤 주인들에게 엎드려 백배 사죄를 하든지."

공손우를 대하는 화운의 태도에서 공손함은 사라졌다.

그것은 공손우와 창조자들에 대한 무언의 시위와도 같았다.

공손우는 화운의 한마디 한마디가 비수가 되어 가슴에 꽂혔지만, 그는 겸허히 그녀의 비난을 가슴에 담았다.

숨을 쉬고 있다는 사실만으로도 그는 지금 충분히 감사하는 마음이었다. 어쩌면 살아 있다는 것이 그에겐 죽음보다 더한 고통일지도 모르겠지만 말이다.

문득 무덤 사이를 걸어가던 화운은 우뚝 걸음을 멈추었다.

공손우의 부름이 있었던 것도 아니고, 멈추어야 할 사적인 이유가 있던 것도 아니었다.

그녀의 발목을 잡는 다른 이유가 있었다.

'……?'

　들릴 듯 말 듯 바람 소리처럼 흐릿하게 들려오는 중얼거림 하나.

　환청과 같았던 그 중얼거림은 환청이 아니었다.

　끊어질 듯 이어져 오는 그 중얼거림이 끈질긴 생명력을 지닌 생명체처럼 결국에는 또렷하게 화운의 귓전을 파고든 까닭이다.

　그러나 또렷하긴 했어도 그것이 사람이 내는 소리라는 확신만을 가져다주었을 뿐이지 알아들 수 있을 정도는 아니었다.

　불과 일 장 뒤에 있는 공손우의 중얼거림은 아니었다.

　화운의 얼굴은 굳어졌다.

　'누구?'

　이곳에 공손우와 자신 외에 다른 사람이 있을 거라곤 꿈에도 생각 못했기에 놀라움은 더 컸다.

　"들었나요?"

　화운은 공손우를 향해 물었다.

　공손우는 의외로 태연했다.

　"들었소."

　화운은 공손우의 태연함이 의아했다.

　"이곳에 우리 말고 다른 사람이 있다는 사실을 알고 계셨나요?"

　"반천구마신이 남긴 유일한 생존자요."

"유일한 생존자?"

화운은 마른침을 꿀꺽 삼킨 후 다시 물었다.

"그러니까, 천 명의 시험자 중 한 명?"

"그렇소."

"아아!"

화운은 뜻밖의 사실에 자신도 모르게 신음과 같은 탄성을 내질렀다.

그리고 그녀는 중얼거림이 들려온 방향으로 급히 몸을 돌렸다.

너무 빨리 몸을 돌린 탓에 중심을 잃고 하마터면 넘어질 뻔한 그녀는 간신히 중심을 잡고서 시선을 모았다.

그런 그녀의 눈이 갑자기 커질 대로 커졌다.

연무장의 북쪽 끝 어둠 속에 웅크린 어둠보다 더 짙은 그림자 하나가 그녀의 검은 동공에 희미하게 비쳐졌다.

그녀는 그림자를 향해 걸어가며 소리쳤다.

"거기, 괜찮나요?"

그림자의 형체는 흐릿했다.

그녀는 지체없이 공손우가 들고 있는 화섭자를 빼앗아 들었다.

그리고는 어둠 속에 웅크린 유일한 생존자를 향해 화섭자를 가깝게 가져갔다.

마침내 화섭자의 불빛을 통해 유일한 생존자의 모습이 선명하게 비쳐졌다.

"세, 세상에!"

화운은 경악하며 한 걸음 뒤로 물러섰다.

화섭자 불빛에 비쳐진 유일한 생존자(生存者)의 모습은 실로 끔찍했다.

산발한 머리카락은 앞쪽으로 가지런히 모은 두 발을 덮고 있었고, 누더기와 같은 옷은 옷이 아니라 걸레처럼 너덜거리며 유일한 생존자의 주요 부분만을 근근이 가리고 있었다.

일견하기엔 사람이 아니라 짐승처럼 보였다.

하지만 이 첫 느낌이 화운을 놀라게 한 것은 아니었다.

산발한 머리카락과 너덜거리는 옷에 감추어진 유일한 생존자의 몰골은 눈을 뜨고는 차마 볼 수 없는 목불인견이었고, 그 참혹한 모습이 화운을 경악케 한 것이다.

유일한 생존자는 뼈만 앙상했다.

살과 근육은 찾아보려야 찾아볼 수조차 없었다.

눈은 퀭하고 뺨은 움푹했으며 입은 벌린 채였다.

벌린 입에서 힘없이 흘러나오는 중얼거림이 아니었다면 누가 봐도 영락없는 해골이었다.

그 모습은 화운이 얼마 전에 봤던 천뇌원주 사마량의 처참한 사체와 흡사했다.

가느다란 숨결이 느껴진다는 점이 다를 뿐이었다.

나이를 가늠하기도 어려웠다.

보이는 것만으로 판단하자면 아흔이 넘은 노인의 마지막 모습이었다.

남자인지 여자인지조차도 구별이 안 되었다.

유일한 생존자는 손으로 괭이를 움켜잡고 있었다.

가죽만 남은 앙상한 그 손은 갈라지고 터져서 뼈가 드러나 보일 정도였다.

그리고 그 곪아터진 상처에서 나온 끈적끈적해 보이는 누런 진물은 괭이자루를 타고 송진처럼 흘러내렸다.

그 손에선 역겨운 악취마저 풍겨 나왔다.

화운은 휘청였다.

아득히 밀려오는 현기증에 그녀는 그만 바닥으로 무너져 내릴 뻔했다.

화운은 피가 맺히도록 입술을 깨물며 흐트러진 정신을 수습했다.

그리고 그녀는 무섭도록 냉정한 음성으로 말했다.

"고작 사흘을 굶었다고 이런 몰골이 될 수는 없습니다. 도대체 얼마나 굶겨야 이런 처참한 몰골이 될 수 있을지 경험해 보지 못한 나로선 짐작조차 할 수 없습니다."

"……."

"하지만 공께선 알고 계시리라 믿습니다. 이 유일한 생존자를 잔인하게 굶겨 죽일 생각이셨을 테니까요. 어쩌면 시험자 전체를 굶겨 죽일 생각이었는지도 모르죠. 실패한 그들을 살려서 세상 밖으로 내보낼 생각은 눈곱만큼도 없었을 테니까요."

공손우는 고개를 저었다.

"맹세코 그런 일은 없었소."

"지금 날더러 공의 그 맹세를 믿으라는 건가요?"

"믿고 싶지 않아도 믿으시오, 전주. 천뇌원주 사마량 어르신이 당한 것과 같은 수법으로 그도 당한 것뿐이오."

"같은 수법이라면 이 사람도 죽었어야 당연한 게 아닌가요?"

"그가 살아 있는 건 그의 선택이 아니라 반천구마신의 선택이었소. 반천구마신이 유일한 생존자를 남긴 건 유일한 생존자에 대한 경멸일 수도 있고 창조자들에 대한 조롱일 수도 있소. 어느 쪽이든 그들에겐 그럴 만한 가치는 있었을 거요."

"가치라……."

화운은 유일한 생존자에게 한 걸음 더 다가서며 코웃음을 쳤다.

"그따위 것에 가치를 두어 온전한 사람을 이 지경으로 만든 것이라면 그들 반천구마신이 무림을 어떻게 파괴해 갈지 짐작이 되고도 남는군요."

천하무림의 암울한 미래가 심히 걱정되는 바였지만, 화운에겐 그건 나중의 일이었다.

지금 당장은 면전의 유일한 생존자가 걱정이다.

유일한 생존자는 당장에라도 숨을 멈출 것만 같은 위급한 상황이었다.

사지를 움직일 기력조차 없는지, 아니면 움직일 생각이 없는 것인지 그는 그저 뭔가를 쉼없이 중얼거리고 있을 뿐 손끝 하나 까닥이질 않았다.

더 이상 지체할 시간은 없었다.

그녀는 유일한 생존자에게 바짝 다가섰다.

순간, 공손우가 급히 그녀를 가로막았다.

"더 이상의 접근은 위험하오, 전주!"

화운은 아미를 찡그렸다.

"위험하다구요? 어째서죠?"

"그도 지난 이 년 동안 이곳에서 머물렀소."

"계속하세요."

"천 명의 시험자가 신무학 백팔번뇌에 매달렸듯 그 또한 그랬소."

"그래서요?"

"그가 반천구마신과 다를 이유는 없다는 뜻이오."

"그러니까 저 유일한 생존자도 절대마(絶對魔)의 마성(魔性)에 빠져 있을 수 있다?"

"그렇소."

"한 가지만 묻죠."

"……?"

“이 연무장의 무덤은 누가 만든 것이죠?”

공손우는 주춤했다.

화운은 손으로 무덤들을 가리키며 말했다.

“천뇌원주 사마량의 사체를 살인의 증거로 남긴 공께서 이 수많은 살인의 증거들을 땅에 묻었을 리는 만무합니다. 제 말이 틀렸나요?”

공손우는 화운의 물음에 시인도 부인도 하지 않았다.

“공께서 무덤을 만든 것이 아니라면 이 무덤들을 누가 만들었을까요? 이 많은 무덤을 만들기 위해선 손바닥이 갈라지고 찢어지고 짓무르는 고통을 감내해야 했을 텐데… 그런 고통을 반천구마신이 감내했을 리는 만무하죠.”

“…….”

“반천구마신은 잔인하게 시험자들을 살해했고, 이 무덤을 만든 사람은 잔인하게 살해되어 방치된 사체들을 수습했습니다. 그런데도 공께선 반천구마신과 이 무덤을 만든 사람이 다를 이유가 없다고 말씀하십니다. 정말로 그렇게 생각하시나요?”

화운의 칼끝처럼 날카로운 물음에 공손우는 고통을 느끼는 듯 미간을 찡그렸다.

“전주의 말씀대로 적어도 지금까지는 다를 수가 있소. 다행히 그가 신무학 백팔번뇌의 연공에 실패했다면 말이오. 아니, 성공보다는 실패할 가능성이 훨씬 크기에 위험한 존재는 아니다고 말씀드릴 수 있지만, 그건 단지 그럴 수도 있다는 가능성일 뿐이지 그렇다고 단정 지을 수는 없소.”

“타고난 자질에 준하여 분류되었다는 십 조 가운데 그는 어디에 속해 있었죠?”

“반천구마신은 하늘이 내린 천골로 구성된 일조에 속해 있었지만, 그는 십조에 속해 있었소.”

“말하자면 반천구마신은 하늘이 내린 천골을 타고난 기재들이고, 그는 하늘마저 외면한 둔재라는 얘기로군요.”

“그렇소.”

“잘되었군요. 그가 정말로 신무학 백팔번뇌의 연공에 실패했다면 그건 신의 은총이요 축복일 테니까요. 그래서 세상은 늘 공평한 법이죠. 그의 둔한 자질이 결국 그를 살린 셈이니까요.”

“단정은 금물이오, 전주!”

화운은 묘한 미소를 지었다.

“이미 단정 짓고 있었던 것은 아닌가요? 아니라면 유일한 생존자가 이 무덤들을 만들기 전에 공은 어떤 식으로든 저 유일한 생존자를 제거하려 들었을 테니까요.”

“……”

“반천구마신이 저 유일한 생존자를 죽이지 않았던 것도 같은 맥락일지도 모르죠. 어쩌면 상대에 대한 철저한 무시일 수도 있고… 어쩌면 창조자들에 대한 조롱일 수도 있고… 여러

가지 추측이 가능하지만 그 모든 추측의 이면엔 앞으로 백 년이 지나도 그가 신무학 백팔번뇌를 연성할 수 없을 거라는 경멸이 깔려 있었을 테죠."

공손우는 이 가녀린 여인에게 진심으로 탄복했다.

그가 고심 끝에 얻어낸 결론들을 그녀는 너무나 쉽게 파악해 낸다.

그리고 내려진 그녀의 결론은 공손우가 듣기에도 참으로 명쾌했다.

그 결론에 반론을 제기할 바늘 끝만큼의 빈틈도 그녀는 보이지 않았다.

"일부의 무학사들은 신무학 백팔번뇌가 기재보다는 오히려 둔재에게 더 적합할 수도 있다는 논리를 폈소. 그러나 이 년의 시간이 지난 지금 그들의 그런 논리가 틀렸음이 입증되었소. 다시 말해, 이곳의 유일한 생존자가 신무학 백팔번뇌를 연성했을 가능성은 전무하다는 거요."

"그렇군요. 짐작대로 그렇게 단정 짓고 계셨군요."

"하지만 그는 지난 이 년 동안 이곳 연무장에서 생활했소. 그러므로 그는 걸어다니는 신무학 백팔번뇌요. 백팔번뇌를 연성하진 못했어도 그 요결은 완벽하게 머릿속에 들어 있을 거라는 뜻이오."

"그것이 그가 외부로 나가는 데 결정적인 장애가 될 수 있다는 뜻인가요?"

　"게다가 그는 천뇌집무헌에서 벌어진 끔찍한 사건을 직접 눈으로 본 유일한 목격자이기도 하오. 반천구마신이 제압되기 전에 그의 입을 통해서 그가 경험하고 목격했던 사건의 전말이 외부로 유출된다면 무림은 엄청난 혼란에 휩싸이게 될 거요. 우려했던 대로 천의맹이 쌓은 십 년의 위업은 바닥으로 곤두박질치게 될 것이며……."

　"물론 그럴 수도 있지만 지금 무엇보다 우선해야 하는 건 그 어떤 수단과 방법을 동원해서라도 반천구마신을 서둘러 제압해야 하는 일이 아닌가요?"

　"틀렸소, 전주!"

　"틀리다니요?"

　"우리 천뇌원이 전주께 바라는 건 반천구마신의 제압이 아니오. 전주와 전주가 이끄는 천심전의 능력으론 절대 반천구마신을 제압할 수가 없소. 반천구마신을 힘으로 제압할 적합한 대상을 찾았다면 우린 천심전 대신에 천무원을 택했을 거요."

　"그건 인정하죠."

　"하지만 일개 조직으론 반천구마신을 절대로 상대할 수가 없소. 내 말을 믿기 어렵겠지만 머지않아 전주께선 내 말이 틀리지 않았음을 직접 목격하게 될 거요. 전주의 임무는 반천구마신을 난세의 주범으로 지목하되, 그들이 난세의 주범임을 천하인에게 설득하는 과정에선 천뇌집무헌의 존재를 철저히 배제시키는 일이오. 그리고 천하지대망이 선포되도록 천하인을 유도하면 전주의 할 일은 끝나는 거요."

화운은 어처구니없다는 표정으로 말했다.

"그렇군요. 그래서 천하지대망을 선포해야 한다는 확신이 서면 가장 먼저 공을 찾아달라고 부탁했던 거로군요. 눈 가리고 아웅 하라는 말씀을 전하기 위해서."

공손우는 고개를 숙였다.

"비난받아 마땅한 일인 줄은 알지만 천의맹을 위해선 다른 선택의 여지가 없소."

화운의 아미가 살짝 치켜 올라갔다.

"말씀이 틀리는군요. 공께선 내게 원주의 피살은 난세의 전조이므로 그 사실을 천하무림인은 물론 맹주께도 알려야 한다고 하셨습니다. 아울러 십 년 무림 평화의 달콤함에 빠져 있을 천하인이 원주의 피살만을 놓고 쉽게 난세를 인정하려 들지 않을 것이므로 어쩔 수 없이 우리 천심전의 도움을 청할 수밖에 없었다는 공의 입장도 분명하게 밝히셨구요."

"그렇소."

"그런데 그때로부터 반나절이 채 지나지 않은 지금 공께선 사건의 중심에 서 있는 천뇌집무헌을 사건에서 철저히 은폐시키고 반천구마신의 존재만을 부각시켜야 한다고 강조하고 있습니다. 공의 일구이언을 어떻게 받아들여야 하는 걸까요?"

공손우는 탄식했다.

"그때는 그럴 수밖에 없었소. 천뇌집무헌과 반천구마신의 존재를 전혀 모르고 있는 전주를 설득할 방법이 따로 없었기 때문이오."

"좋아요. 그건 그럴 수도 있다고 치죠. 하지만 공의 요구대로 천뇌집무헌의 존재는 은밀하게 이 지하에 묻어버리고 반천구마신만을 집중 부각시키자면 꽤 많은 시간이 필요합니다."

"……."

"반천구마신을 난세의 주범으로 몰기 위해선 그들이 맹활약할 시간이 필요할 테니까요. 희생자가 많으면 많을수록 좋겠지요. 그래야 반천구마신이 어느 날 갑자기 하늘에서 뚝 떨어진 인간 마물들이라고 해도 천하인은 의심없이 받아들일 테니까요."

화운은 측은한 눈빛으로 유일한 생존자의 상태를 살폈다.

"하지만 그 시간이면 반천구마신은 절대마로 완성될 테고, 그렇게 되면 천하지대망을 선포한다고 해도 그들을 막을 수 있으리라는 보장은 없습니다."

"……."

"그리고 그 시간 동안 그들의 잔혹한 살행에 희생당할 무고한 무림인들은 자신들이 왜 죽임을 당해야 하는지 그 이유조차도 모른 채 비참한 최후를 맞겠죠."

“…….”

“그들의 목숨은 어떻게 보상할 건가요? 그런 희생을 감수하고서라도 천뇌집무헌의 만행 아닌 만행을 은폐시켜야 할 가치가 있는 걸까요?”

쏟아지는 화운의 말은 신랄했다.

“그렇게 해서라도 천의맹이 쌓아올린 십 년 평화의 위업을 지켜내야 하는 것일까요?”

공손우는 무겁게 고개를 끄덕였다.

“그렇소. 지켜내야 하오. 반천구마신의 창조는 누구도 예측하지 못한 불행일 뿐이오. 거기에 티끌만 한 악의는 없었소. 그러므로 도래할 난세를 막고자 십 년의 생명을 기꺼이 내놓았던 창조자들의 순수한 열정은 보호되어야 마땅하다는 생각이오. 그럴 수만 있다면 내 한목숨 기꺼이 내놓겠소.”

화운은 숨을 깊이 들이켰다.

한편으론 창조자들을 향한 공손우의 깊은 신뢰와 충정은 이해가 되었다.

하지만 그것은 공손우의 입장일 뿐 진심으로 천하무림을 위하는 길은 아니었다.

천의맹은 천하무림의 안녕과 평화를 위해 만들어진 천하무림의 수호신이다.

때문에 천하무림의 희생을 강요하면서까지 천의맹이 천하무림의 수호신으로 존재해야 할 이유는 없다는 것이 화운의 확고한 신념이었다.

화운은 화섭자를 공손우에게 넘기고 다짜고짜 유일한 생존자를 안아 들었다.

유일한 생존자의 몸은 종잇장처럼 가볍게 들렸다.

엉겁결에 화섭자를 받아 든 공손우는 그녀의 느닷없는 행동에 적이 놀란 듯 가볍게 미간을 찌푸렸다.

"어쩔 생각이오, 전주?"

"데려가겠어요."

"경고했소. 그가 외부로 나가면 천의맹에 치명적인 독이 될 수도 있다고 말이오."

"독이 될지 득이 될지는 두고 볼 일이지만, 독이 아닌 득이 될 수 있음을 앞서 충분히 설명드린 것으로 알고 있습니다. 그 설명이 부족했다면 다시 설명드릴 수도 있습니다만."

말투는 부드러웠지만 지금 자신의 행동에 목숨이라도 건 듯 화운의 태도는 단호하고 비장하기까지 했다.

공손우는 그녀의 단호함에 가슴이 답답해짐을 느끼며 고개를 저었다.

"아니, 더 이상의 설명은 필요없소."

"다행이군요."

"하지만 명심하시오. 만에 하나 우려했던 대로 유일한 생존자가 천의맹에 치명적인 독으로 작용한다면 그 모든 책임을 전주께서 감당해야 한다는 것을."

다분히 공격적인 공손우의 이 말에도 화운의 단호함은 꺾이지 않았다.

"기꺼이 목숨이라도 내놓죠. 하지만 공 역시도 천 명에 가까운 시험자의 무고한 죽음을 마땅히 책임져야 할 겁니다. 그건 당신과 창조자들이 치러야 하는 당연한 인과응보이고, 피한다고 피해질 수 있는 건 아닐 테니까요."

화운은 이 말을 끝으로 공손우를 비껴 앞으로 걸어나갔다.

냉정하게 돌아서서 걸어나가는 화운을 바라보는 공손우의 입에선 깊은 탄식이 흘렀다.

강제로라도 화운을 제지하고 싶었지만 이내 고개를 저었다.

지난 며칠 감당하기 어려운 고뇌로 불면의 밤을 보내야 했던 그이지만 냉철함은 잃지 않았다.

화운의 행동이 가져다줄 이해득실을 따지기에 앞서 그는 화운을 잡을 명분이 미약함을 자인하지 않을 수 없었다.

하늘을 우러러 한 점 부끄러움 없는 삶을 살고자 했던 그에게 천뇌집무헌이 가져다준 불행은 견딜 수 없는 죄책감으로 다가왔지만, 그래서 그 불행을 은폐시키고자 했지만 그게 최선이 아님은 그도 잘 알고 있었다.

'이제 운명은 하늘에 맡긴다.'

결국 희미해져 가는 화운의 신형을 바라보며 공손우는 자신이 혼자 감당해야 할 이 고통스러운 짐을 그녀가 일부라도 덜어내 주기를 간절히 기원하는 심정으로 조용히 눈을 감았다.

3

말없이 연무장을 빠져나가던 화운은 무슨 생각이 들었는지 갑자기 걸음을 멈추었다.

그녀는 유일한 생존자를 살폈다.

손끝 하나 움직일 수 없을 것 같던 유일한 생존자의 몸에서 미세한 진동이 느껴졌다.

유일한 생존자는 가엾게도 떨고 있었다.

화운은 느꼈다.

유일한 생존자가 자신의 품에서 벗어나려 한다는 것을 말이다.

이런 예기치 못한 유일한 생존자의 행동에 화운은 의아함을 금할 수 없었다.

'어째서……?

그 해답을 찾고자 화운은 유일한 생존자의 눈을 응시했다.

주변은 음산할 정도로 어두웠지만 믿을 수 없게도 유일한 생존자의 눈은 맑았다.

뭔가를 쉴 새 없이 중얼거리는 유일한 생존자의 입만이 살아 있다고 느꼈던 화운은 유일한 생존자의 눈을 보며 그 눈 역시 살아 있음을 느꼈다.

화운을 바라보는 그 눈빛은 간절해 보였다.

뭔가를 끊임없이 갈망하는 듯한 그 눈엔 화운을 원망하는 빛도 함께 들어 있었다.

화운은 자신을 향한 유일한 생존자의 원망을 느끼며 더 깊은 의아함에 사로잡혀야 했다.

"내게 말하고 싶은 게 있는 건가요?"

화운은 답답한 마음에 큰 소리로 물었지만, 유일한 생존자는 알아들을 수 없는 중얼거림을 흘릴 뿐이었다.

화운은 알아들을 수 없는 유일한 생존자의 중얼거림을 알아듣기 위해 귀를 기울였다.

백 장 밖에서 바늘 떨어지는 소리도 느낄 수 있을 만큼 뛰어난 청력을 지닌 그녀였으나, 발음이 정확하지 않은 유일한 생존자의 중얼거림을 알아듣기란 쉽지가 않았다.

'도대체 무엇을 말하고 싶어하는 걸까?

화운은 별수없이 자신의 귀를 유일한 생존자의 입에 바짝 가져다 댔다.

유일한 생존자의 가느다란 숨결이 느껴졌다.

그 숨결은 끊어질 듯 미약하게 이어졌다.

그 숨결과 함께 흘러나오는 유일한 생존자의 중얼거림은 화운의 귓전으로 실낱처럼 흐릿하게 스며들었다.

몇 번을 반복해서 듣고서야 화운은 비로소 유일한 생존자가 그토록 간절히 말하고자 했던 몇 마디를 파악해 내는 데 성공했다.

　─장한명은 기다려야 해. 그 노인이 일류로 만들어준다고 했거든. 노인은 약속했어. 노인은 반드시 약속을 지킬 거야. 노인이 올 때까지 장한명은 여기 남아 있어야 해.

　이 같은 중얼거림을 유일한 생존자는 쉼없이 앵무새처럼 되뇌고 있었던 것이다.

　화운의 가슴은 미어졌다.

　이 순진한 사람은 아직도 창조자들에 대한 미련을 버리지 못하고 있다.

　창조자들이 가져다준 것은 끔찍한 지옥일 뿐인데도 그 지옥을 느끼지도 못하고 있는 것이다.

　자신의 죽음이 코앞에 다가와 있음에도 그 죽음마저 거부하며 일류가 되고자 갈망하는 그 무지함엔 심한 거부감마저 일었지만 화운은 타인의 평탄치 않았을 삶을 자신의 주관만으로 쉽게 평가해서는 안 된다는 생각에 이내 거부감을 접었다.

　"창조자들은 당신과의 약속을 지킬 수 없게 되었습니다. 그들은 당신이 만든 무덤의 주인들처럼 다신 돌아올 수 없는 곳으로 떠났으니까요. 당신이 바라는 일류의 의미를 정확히 파악하기는 어렵지만, 그게 무엇이든 그건 이제 당신의 몫입니다. 아무리 거친 파도라고 해도 넘을 수 없는 파도는 없습니다. 넘고자 하는 의지만 있다면 넘을 수 있습니다. 당신에게 그런 의지가 있기를 바랄 뿐입니다.”

화운의 말을 알아들었음인가.

유일한 생존자의 눈썹 끝에 파르르 경련이 일었다.

그리고 그 맑은 눈에 격렬한 절망의 빛이 떠올랐다.

동시에 믿을 수 없을 정도로 크게 소리치는 유일한 생존자.

“안 돼―!!”

그것은 절망의 끝에서 솟아나는 절규였다.

第四章
그리고 그는 살아남았다

百八煩惱

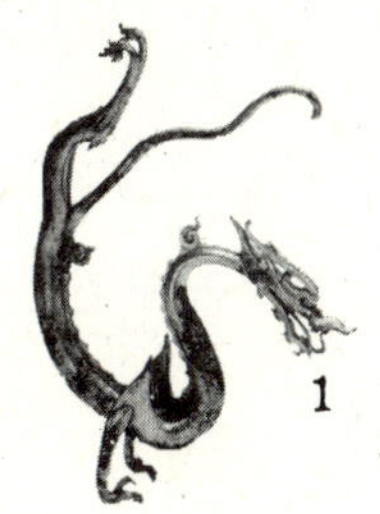

1

날은 저물었다.

아침을 열고 나섰던 길은 한나절을 훌쩍 삼키고야 말았다.

그 한나절의 시간은 길고 긴 악몽과도 같았다.

화운은 천뇌원을 나서며 지하의 음산한 어둠과는 사뭇 다른 맑은 어둠에 긴 한숨을 내쉬었다.

고요한 밤의 색채는 더욱 짙어지고, 그 위로 조용한 침묵이 깔린다.

화운의 팔에 안긴 유일한 생존자는 일체의 움직임을 멈추었다.

일류가 되고자 하는 그 간절한 열망과 미련마저 포기했는지 눈을 감은 채 호흡마저 멈춘 듯하다.

두 팔에 느껴지는 따스한 온기가 아니었다면 영락없는 사자(死者)의 모습이었다.

"전주."

깊은 어둠을 뚫고 묵상이 무심한 모습을 드러낸 건 바로 그때였다.

표정없는 그 얼굴에서 화운에 대한 반가움이 희미하게 스며 나왔다.

그런 그의 두 눈은 화운을 스쳐 화운의 팔에 안겨 있는 유일한 생존자를 향해 움직였다.

유일한 생존자를 발견한 순간 그는 흠칫 굳어졌다.

묵상의 눈은 유일한 생존자의 처참한 몰골을 스쳐 다시 화운의 얼굴로 옮겨졌다.

화운은 쓰게 웃으며 고개를 저었다.

"설명하자면 길다, 묵상."

묵상은 지체없이 고개를 끄덕이며 두 팔을 내밀었다.

"피곤해 보이십니다. 넘기세요. 소인이 들겠습니다."

"아니, 괜찮아. 그보다는 이 사람을 씻길 따뜻한 물 좀 준비해 줘."

"네?"

"악취가 심하거든."

"아, 네. 알겠습니다."

말이 끝나기도 전에 묵상은 바람처럼 사라졌다.

2

묵상의 얼굴에 곤혹스러움이 떠올랐다.

이처럼 처참하게 망가진 몰골을 본 적이 없다.

게다가 그런 몰골로 숨을 쉬고 있다는 것이 경이롭기까지
했다.

너무나 형편없이 망가져 나이는 물론이거니와 성별조차
구별이 어려웠다.

묵상은 건드리면 그대로 부서져 버릴 것만 같은 이 눈앞의
해골을 보며 난감한 표정을 지었다.

따듯한 물로 가득 채워진 통나무 욕조에 집어넣기 위해선
해골이 걸친 누더기부터 먼저 벗겨내야 하지만 그것도 쉽지
는 않을 것 같았다.

손끝 하나 움직일 기력조차 없는 것처럼 보이던 해골은 믿
을 수 없게도 묵상의 손을 완강하게 거부했다.

거부의 몸짓이 몸을 뒤트는 정도였지만, 묵상의 눈엔 그 단
순한 동작이 처절한 몸부림으로 비쳐졌다.

'그것참……'

상대가 자신을 완강히 거부하든 말든 강제로라도 옷을 벗
겨 욕조에 밀어 넣으면 그만이겠지만 조심해서 다루어야 한

다는 전주의 당부를 외면할 수는 없었다.

　잠시 망설이던 묵상의 귓전으로 문득 낯선 목소리가 파고
들었다.

　"꺼져."

　묵상은 이 소리가 해골이 낸 거라고는 미처 생각하지 못했
다.

　묵상은 흠칫 놀라며 급히 주변을 돌아봤다.

　그러나 욕실엔 오로지 묵상과 해골뿐이었다.

　"귀찮아. 날 이대로 내버려 둬."

　이어 들려오는 낯선 목소리에 묵상은 비로소 주변을 둘러
보던 눈길을 해골에게 고정했다.

　믿을 수 없게도 낯선 목소리의 주인은 해골이었던 것이다.

　'졸도하겠군.'

　묵상은 숨을 쉬는 일조차도 힘들어하는 해골이 말을 하자
아연실색하지 않을 수 없었다.

　저 몰골에 의식이 있다는 것만으로도 신기하기 그지없었
는데, 말까지 하자 더욱 신기하게 여겨졌다.

　그런데 영 말투가 마음에 들지 않았다.

　듣기 거북할 정도로 해골의 말투는 공격적이며 사나웠다.

　"씨발, 사람 말이 말 같지 않아?"

　점입가경. 저 메말라 갈라 터진 입술로 이젠 욕설까지 서슴
없이 내뱉는다.

묵상은 기가 막혀 대꾸조차 하지 못했다.

“가라. 귀찮다…….”

정말 귀찮은지 해골은 눈을 감고 입을 다물었다.

결국 고개를 설레설레 내저으며 얼굴이 붉게 상기된 채로 묵상은 욕실을 나설 수밖에 없었다.

화운은 그런 묵상을 보며 고개를 갸웃했다.

“어째서……?”

묵상은 쓰게 웃으며 말했다.

“남자는 싫다는데요, 전주.”

화운은 미간을 찌푸렸다.

“거부를?”

묵상은 고개를 끄덕였다.

“잡아먹을 기세던데요. 무서워서 죽는 줄 알았습니다.”

“저런…….”

“아무래도 전주께서 직접 나서야…….”

“음…….”

화운은 잠시 망설이다가 결심한 듯 욕실의 문을 열고 들어섰다.

욕실 안은 희뿌연 수증기로 가득했다.

그녀는 느릿하게 유일한 생존자를 향해 다가서며 말했다.

“사람을 믿는다는 게 쉽진 않겠지만 그래도 날 믿어보세요.”

화운은 유일한 생존자의 뒤로 가서 형편없이 헝클어진 머리카락을 부드럽게 풀어 내렸다.

"알 것도 같아요. 지난 이 년 동안 당신이 느꼈을 고통과 절망을……. 그리고 자신을 버린 창조자들에 대한 배신감도."

유일한 생존자의 몸이 가늘게 떨렸다.

"장한명이라고 했나요? 그래요, 장한명. 이것만은 약속드릴게요. 난 그들처럼 당신에게 고통과 절망을 주진 않을 겁니다. 또한 당신을 배신하지도 않겠습니다. 당신이 원한다면 내 목숨을 걸고서라도 당신을 끝까지 지켜 드리겠습니다."

유일한 생존자 장한명은 무슨 말인가를 하려는 듯 입을 달싹거렸으나 끝내 아무런 말도 내뱉질 못했다.

결국 신음과 같은 한숨만을 흘려내며 눈을 감았다.

묵상을 대하던 살기등등한 태도와는 차이가 있었다.

헝클어진 머리카락을 풀어내던 화운의 손은 장한명의 어깨로 조심스럽게 옮겨갔다.

그리고 잠시 장한명의 반응을 살피던 화운은 장한명의 누더기를 어깨부터 조심스럽게 벗겨 내리기 시작했다.

순간 장한명은 움찔하며 감은 눈을 번쩍 떴다.

화운은 부드러운 음성으로 말했다.

"걱정할 것 없어요. 적어도 이곳엔 당신을 해칠 사람은 없으니까요."

그러나 그 어떤 달콤한 말로도 장한명을 안심시킬 수는 없

는 듯 장한명은 온몸을 더욱 격렬하게 떨며 극도의 불안감을
내비쳤다.

그의 호흡은 점점 거칠어져 갔다.

나중에는 컥컥대며 제대로 숨조차 쉬지 못했다.

금방이라도 숨이 멎을 듯했다.

화운의 얼굴엔 곤혹스러움이 떠올랐다.

그 어떤 것이라도 그녀 앞에선 난제가 될 수 없었다.

범인으로서는 감히 따를 수 없는 냉철한 판단력과 이지력
을 함께 지닌 그녀에게 난제란 무료한 일상을 자극하는 단순
한 즐거움에 지나지 않았다.

하지만 지금 자신에게 보이는 장한명의 격렬한 불안감 앞
에선 그녀도 난감할 수밖에 없었다.

그녀는 결국 장한명의 옷을 벗겨 내려가던 동작을 멈추고
장한명의 불안한 심리가 안정을 되찾을 때까지 기다리기로
생각을 굳혔다.

화운이 동작을 멈추자 비로소 장한명의 안색이 천천히 평
정을 되찾아가는 듯 보였다.

그런 장한명을 바라보며 화운은 깊은 생각에 잠겼다.

'한때는 순결한 영혼을 지녔을 사람이다. 보통의 사람들처
럼 풍부한 감성과 이성적 사고로 주변 사람들을 믿고 의지하
며 살아왔을 사람이다. 그러나 지금 이 사람의 정신과 육신은
극도로 피폐해진 상태이며 사람에 대한 믿음과 신뢰가 철저

히 무너진 상태이다.'

화운은 장한명을 돌아 정면으로 천천히 걸음을 옮겨갔다.

'무너진 믿음과 신뢰가 회복되지 않는다면 세상 사람 모두를 적으로 여기며 평생을 불행하게 살아가야 할 것이다. 그러므로 지금 내가 가장 먼저 해야 할 일은 이 사람에게 나에 대한 믿음을 심어주는 일인지도 모른다.'

내심 중얼거리던 그녀의 얼굴에 문득 만감이 교차되었다.

잠시의 시간이 흐른 후, 그 얼굴에 떠올랐던 만감은 하나의 감정으로 정리되었다.

남겨진 감정은 갈등이었다.

그녀의 얼굴에 떠오른 갈등은 짙어졌다 흐려지곤 했다.

그리고 얼마의 시간이 흐른 후, 그녀는 갈등의 감정마저 정리한 듯 고개를 흔들어 갈등의 빛을 모조리 털어냈다.

모든 감정을 정리한 그녀는 편안해 보였다.

그녀는 수증기에 젖어 이마에 바짝 달라붙은 머리카락을 쓸어 올렸다.

"누군가를 사랑해 본 적이 있나요?"

오랜 침묵을 깨고 그녀의 입에서 흘러나온 첫 마디는 이것이었다.

그러나 장한명의 반응은 냉담했다.

장한명은 더 깊이 고개를 숙이며 화운의 물음을 차갑게 외면했다.

화운은 개의치 않고 꿈을 꾸는 듯한 얼굴로 말했다.

"제겐 사랑하는 사람이 있습니다. 평생을 함께하기로 한 사람입니다. 즐거움과 고통, 죽음까지도 함께 나누기로 한 사람입니다. 제가 숲이 되고자 하면 기꺼이 나무가 되어준 사람이고, 제가 바다가 되고자 하면 기꺼이 섬이 되어준, 제겐 누구보다 소중한 사람입니다."

여전히 장한명의 반응은 냉담했다.

화운이 어떤 말을 내뱉든 장한명은 철저히 무관심하기로 작정한 사람처럼 보였다.

상대의 호의를 호의로 받아들일 수 없고, 진심을 진심으로 받아들일 수 없을 만큼 그는 그렇게 정신적으로 육체적으로 심하게 피폐되어 있었다.

그러므로 그에게 화운의 말은 그저 사치한 언어의 유희일 뿐 그 이상의 의미는 없었다.

"그 사랑하는 사람에게도 벗은 몸을 보여준 적은 맹세코 없습니다."

이렇게 말하는 화운의 음성이 가늘게 떨렸다.

순간 장한명은 움찔했다.

"……?"

그가 보이는 최초의 반응이었다.

숙였던 고개마저 반쯤 들어 올렸다.

그리고 두 사람 사이엔 시간이 멈추어 버린 듯 무서우리만치 고요한 침묵이 흘렀다.

그 침묵은 오래가지 않았다.

사라락!

침묵을 깨는 소리였다.

그리고 고개 숙인 장한명의 눈앞으로 떨어져 내린 건 화운의 옷이었다.

믿을 수 없게도 화운은 걸치고 있던 옷을 자신의 손으로 벗어 내리고 있었던 것이다.

이런 화운의 뜻밖의 행동에 장한명의 눈빛이 크게 흔들렸다.

고개를 숙이고 있어 화운의 행동 전체를 볼 수는 없었지만 그녀의 발끝에 떨어지는 몇 겹의 옷이 무엇을 의미하고 있는지는 짐작되고도 남았다.

장한명의 몸까지 가늘게 떨렸다.

화운은 계속하여 옷을 한 겹씩 벗어 내리다가 끝내는 눈을 감고 말았다.

"온전한 정신으로 낯선 사람에게 이렇듯 알몸을 보인다는 건 저로선 상상도 못해봤던 일입니다. 아마도 다른 상황이었다면 소녀는 알몸을 보이느니 차라리 혀를 깨물었을 겁니다."

말하는 화운의 눈썹 끝에 미세한 경련이 일었다.

장한명의 눈빛이 더욱 크게 흔들렸다.

흔들리는 그 눈엔 당혹감마저 떠올랐다.

그리고 화운의 마지막 속옷이 그녀의 몸에서 떨어져 나오자 장한명은 차라리 눈을 감았다.

"순결한 아녀자의 몸으로 어찌 수치스러움이 없겠습니까. 솔직히 혀를 깨물고 죽고 싶을 만큼 수치스럽습니다. 하지만 이럴 수밖에 없는 것은, 이래야 서로 공평할 것 같아서입니다."

화운은 감았던 눈을 뜨며 장한명을 주시했다.

장한명이 눈을 감고 있자 화운은 쓰게 웃으며 말을 이었다.

"처음 사람으로 태어날 때의 그 모습 그대로라면 상대에 대한 막연한 편견과 의심, 그리고 불신을 털어낼 수도 있지 않을까 하는 한 가닥 기대가 결코 과욕은 아니리라 믿습니다."

화운은 천천히 장한명에게 다가갔다.

장한명은 여전히 눈을 감은 상태였다.

"소녀를 믿으라 강요하진 않겠습니다. 당신이 소녀를 믿지 못하듯 소녀 또한 당신을 믿지 못합니다. 서로를 신뢰할 만큼 우린 서로를 깊이 알지 못합니다. 살아온 삶이 달랐던 만큼 서로를 이해하기엔 시간이 필요합니다."

화운의 손이 장한명의 어깨에 조심스럽게 올려졌다.

장한명은 다시 움찔했다.

그러나 더 이상의 반응은 보이지 않았다.

"눈을 떠요. 그리고 소녀를 봐요."

화운이 부드럽게 속삭였다.

장한명은 어떤 마력에 이끌린 듯 천천히 감았던 눈을 떴다.

화운의 진심이 얼어붙은 장한명의 마음까지 녹인 듯 화운을 대하는 장한명의 태도는 전과는 확연히 달랐다.

화운에 대한 불안감과 경계심이 완전히 사라진 것은 아니었지만, 전처럼 격렬하진 않았다.

"이것 한 가지만은 분명해요. 우린 서로에게 필요한 존재라는 것. 소녀에겐 당신이 필요하고 당신에겐 소녀가 필요하다는 것."

화운의 이 말에 장한명의 눈빛은 흐려졌다.

그리고 뭔가를 말하려는 듯 파리한 입술을 달싹거렸으나 그 입에서 흘러나온 건 이번에도 신음과 같은 탄식뿐이었다.

화운은 장한명이 하고 싶은 말이 무엇인지 알아들었다는 듯 고개를 끄덕였다.

"지금 당신에게 가장 필요한 것은 휴식입니다. 그래야 탈진된 기력을 되찾을 수 있을 테고, 망가진 몸을 추스를 수 있을 테니까요. 그러니 휴식 외엔 아무런 생각도 하지 말아야 합니다. 그저 지금은 제게 당신을 안심하고 맡기시면 됩니다."

마침내 화운의 손이 움직였다.

누더기와 같은 장한명의 옷을 조심스럽게 벗겨 내리기 시작한 것이다.

순간 잠시 누그러졌던 장한명의 불안감과 경계심이 다시 격렬하게 피어올랐다.

그러나 화운의 손길은 멈추지 않았다.

그리고 장한명의 누더기를 완전히 벗겨 내리기까지는 그리 오랜 시간이 걸리지 않았다.

순식간에 장한명은 실오라기 하나 걸치지 않은 태초의 모습 그대로가 되었다.

핏기라곤 찾아볼 수 없던 창백한 장한명의 얼굴엔 그 순간 믿을 수 없게도 홍조가 떠올랐다.

불안감과 경계심은 참을 수 없는 수치심으로 돌변했다.

뼈만 앙상한 몸은 사시나무 떨 듯 무섭게 떨렸다.

화운은 장한명의 나신을 보며 탄식했다.

'휴우! 이런 몸으로 살아 있다는 게 정말 기적이 아닌가.'

벗겨놓은 장한명의 알몸은 더욱 참혹했다.

뼈에 가죽만을 발라놓은 듯한 그 모습은 인간의 끈질긴 생명력이 보일 수 있는 마지막 한계처럼 느껴졌다.

문득 장한명의 손끝이 움직였다.

그리고 손끝의 움직임은 점차 손목, 팔로 옮겨져 갔다.

마침내 장한명의 양손과 양팔이 서서히 움직이기 시작했다.

그렇게 움직이는 양손으로 장한명은 자신의 사타구니를

가렸다.

그 동작은 믿을 수 없게도 빨랐다.

그런 모습을 보며 화운은 자신도 모르게 나직한 웃음을 흘리고야 말았다.

"풋!"

손끝조차 움직이기 힘든 상황에서도 자신의 사타구니를 필사적으로 가리고 있는 장한명의 본능적인 행동에 웃음을 참을 수가 없었던 것이다.

장한명의 그 단순한 행동에선 어린아이와 같은 순수함이 묻어났고, 그 순수함을 느끼는 순간 낯선 사람 앞에서 느껴야 했던 화운의 수치스러운 감정은 봄눈 녹듯 사라졌다.

화운은 한결 가벼워진 마음으로 장한명을 번쩍 안아 들었고, 그렇게 안아 든 몸을 욕조에 천천히 밀어 넣었다.

장한명은 체념한 듯 눈을 감고는 어떤 거부의 몸짓도 보이지 않았다.

화운의 말처럼 그는 화운에게 자신의 모든 것을 맡기고 있는 듯 보였다.

3

화운의 집무실(執務室).

화운은 집무실의 창가에 팔짱을 끼고 선 채 깊은 생각에 잠겨 있었다.

창밖의 화원으로 던져진 그녀의 눈빛엔 고뇌가 한 짐이었다.

'오늘로써 반천구마신이 천뇌집무헌을 피바다로 만들고 세상 밖으로 나간 지 열흘째가 되는 날……'

짧다면 짧은 시간일 수도 있겠으나, 반천구마신에겐 그 열흘이 결코 짧지 않은 시간이라는 게 화운의 생각이었다.

단 하루 만에 유일한 생존자만을 남기고 천뇌집무헌를 완벽하게 파괴시킬 만큼 그들이 지닌 마성과 살성은 인간의 한계를 벗어난 전율과 공포 그 자체였다.

'그런 그들이 그 끔찍한 마성과 살성을 그대로 지닌 채 천의맹의 영역 밖으로 빠져나간 것이 확실하다면 천의맹 주변 일대는 이미 피바다로 변해 있어야 한다. 그런데 어디에서도 그들이 펼친 살겁의 흔적을 찾아볼 수가 없다.'

정파무림의 스물한 곳 대소 문파는 여전히 건재했으며, 그 주변에선 단 한 건의 살인도 없었다.

구주삼십육혼을 불러 반천구마신이 남겼을 흔적을 찾기 위해 하룻밤을 꼬박 새며 매달렸지만 별 소득은 없었다.

구주삼십육혼(九州三十六魂).

그들은 정확히 삼십육 등분된 대륙의 정보를 지역별로 관리 감독하는 천심전의 핵심 인물이다.

그들은 지역별로 수많은 정보 수집자들을 거느리고 있었

으며, 그들 모두가 거느린 정보 수집자들의 숫자는 어림잡아
도 십만이 넘는다.

그 방대한 정보망은 개방(丐幇)을 능가한 지 오래였다.

그러므로 구주삼십육혼의 움직임은 대륙 전체의 정보가
움직이는 것과 다를 바가 없다고 해도 과언이 아니었다.

그런 그들이 약속이라도 한 듯 현재의 무림은 전과 다름없
이 무사평온하다고 힘주어 말했다.

이 땅의 어디에도 난세의 조짐은 없다고 이구동성으로 단
언했다.

그들 구주삼십육혼은 새벽이 오기 전에 모두 물러갔지만,
그들이 남긴 말은 아직도 귓전에 쟁쟁하게 남아 있었다.

'그러나 그것은 표면적인 무림의 모습이었을 뿐, 현재 무
림은 언제 터질지 모르는 활화산과 다를 바가 없다.'

반천구마신은 무림을 통째로 날려 버릴 만한 엄청난 위력
의 화약과 같은 위험하기 짝이 없는 존재들이다.

때문에 반천구마신이 무림에 존재하는 이상, 그리고 그들
을 빠른 시간 내에 제압하지 못하는 이상 무림은 결코 난세를
피할 수 없게 되는 것이다.

'하지만 흔적이 없는 그들 반천구마신을 어디에서 찾는단
말인가?'

여기에 화운의 고뇌가 있었다.

이미 얼굴이 알려진 무림인을 찾아내는 건 어려운 일이 아

니다.

그리고 흔적을 남긴 범죄자를 찾아내는 것도 쉬운 일이다.

반천구마신은 전혀 무림에 알려지지 않은 존재라는 데에 문제가 있었다.

그러므로 그들이 흔적을 남기지 않고 숨어버린다면 그들을 찾을 방법은 없다.

더욱이 그들 아홉이 동시에 움직인다면 모를까, 그들이 독자적으로 움직인다면 그들을 찾기란 더욱 막막해진다.

'어쩌면 그들은 자신들이 절대마로 완성될 때까지 기다리고 있는 것인지도 모른다.'

생각이 여기에 미치자 화운은 더 조급해질 수밖에 없었다.

'그들이 흔적을 남기지 않은 것이 아니라 어쩌면 우리가 흔적을 찾아내지 못하는 것일 수도 있다. 단 한 걸음을 옮겨도 흔적은 남게 마련이다. 그 감춰진 흔적을 반드시 찾아내야 한다.'

화운의 시선은 자신의 백양목좌(白楊木座)에 깊이 몸을 묻고 잠들어 있는 장한명에게로 향했다.

'현재로썬 저 사람이 유일한 희망이다. 저 사람만이 반천구마신의 흔적을 찾아낼 수 있다. 반천구마신의 사소한 습관까지도 알고 있을 유일한 사람이므로.'

그러나 화운의 표정은 이내 어두워졌다.

반천구마신이 절대마로 완성되기 전에 그들을 제압해야

한다.

'서둘러야 한다.'

그러나 문제는 장한명이다.

장한명에겐 회복할 시간이 필요했다.

칠 일 전에 비해선 상당히 호전된 상태이지만, 장한명의 상태는 여전히 불안했다.

그는 지난 칠 일 동안 밥을 먹는 시간과 생리현상을 해결하는 시간 외엔 나머지 모든 시간을 잠으로 채웠다.

덕분에 뼈만 앙상했던 몸에 약간의 살이 붙긴 했지만, 정상으로 회복하기 위해선 얼마나 더 시간이 걸려야 할지 모른다.

장한명은 어둠을 극도로 싫어했다.

그는 빛을 따라 움직이는 해바라기와 같았다.

지난 이 년 동안 칠흑의 연무장에서 생활해야 했던 그지만, 그 어둠이 결코 좋은 기억으로 남아 있진 않은 모양이었다.

빛이 흐려진 약간의 음영이라도 그는 징그러운 뱀이라도 밟은 사람처럼 공포에 떨며 한사코 그 자리를 피하려 했다.

별수없이 화운은 집무실의 백양목좌를 빛이 드는 창가 쪽으로 옮길 수밖에 없었고, 한밤에도 서너 개의 유등을 한꺼번에 켜놓아야 했다.

어쨌든 장한명에게 화운이 쏟는 정성은 지극했다.

때가 되면 하루 삼시 세 끼를 손수 장만해서 직접 장한명에게 먹여주는 수고를 마다하지 않았고, 더럽고 역겨운 생리적

현상까지도 기꺼이 수발했다.

그녀가 자신의 목숨 이상으로 사랑하고 있는 연인에게도 보이지 않았던 정성을 장한명에게 쏟는 건 그녀의 말처럼 장한명이 그녀에게 절대로 필요한 존재라는 것이 첫 번째 이유였을 테지만, 인간적인 순수한 연민도 무시할 수 없는 이유가 되었음을 부인하긴 어려웠다.

'가엾은 사람.'

화운은 세상모르고 깊이 잠이 든 장한명을 보며 나직이 한숨지었다.

서로를 알기엔 함께 있었던 시간이 턱없이 짧았다.

대화다운 대화 한마디 나눠본 적이 없으니 짧은 시간이 더 짧게 느껴질 수밖에 없었다.

약간의 살이 오르긴 했어도 여전히 나이조차 짐작할 수 없다.

그러나 어둠을 극도로 싫어하는 장한명을 보며 화운은 그가 지난 이 년 동안 그 어둠에서 느꼈을 고통과 절망이 얼마나 끔찍했던 것인지 능히 짐작이 되었다.

집무실의 창가로 스며드는 새벽 달빛이 시리도록 차갑게 느껴졌다.

화운은 겉옷을 벗어 웅크린 채로 잠들어 있는 장한명에게 덮어주었다.

그녀는 한참 동안 잠든 장한명의 얼굴을 바라보다가 몸을 돌려 집무실의 입구 쪽으로 걸어갔다.

새벽바람이라도 쐬면 답답한 가슴이 진정될 수도 있을 것 같아서였다.

문득 집무실의 문을 열기 위해 손을 내밀던 그녀가 멈칫했다.

잠을 자고 있는 줄 알았던 장한명이 잠꼬대처럼 뭔가를 중얼거렸기 때문이다.

최초엔 그것이 잠꼬대인 줄만 알았다.

그래서 그 잠꼬대를 무시하고 집무실의 문을 열기 위해 다시 손을 뻗던 화운의 동작은 한순간 뻣뻣하게 경직되고 말았다.

"한 가지 질문해도 돼?"

장한명의 입에서 흘러나온 이 소리는 장한명의 입에 바짝 귀를 들이대지 않고서도 알아들을 수 있는 최초의 말이었다.

가래가 끓는 듯한 그 목소리는 듣기엔 다소 거북했지만, 그리고 그 목소리만으론 나이를 짐작할 수가 없었지만 발음은 그런대로 정확했다.

그 정확한 발음으로 내뱉은 말이 하대(下待)라는 것이 화운의 기분을 상하게 할 수도 있었지만 그녀는 개의치 않았다.

기분이 상하기는커녕 장한명이 스스로 입을 열어 말을 했다는 것이 신기하게만 여겨졌다.

화운은 장한명을 향해 빠르게 몸을 돌렸다.

그녀의 시선은 빠르게 장한명을 쓸어내렸다.

과연 장한명은 눈을 뜨고 있었다.

그 시선은 천장에 고정되어 있었지만, 눈을 뜨고 있음은 그가 깨어 있음을 분명하게 말해주었다.

화운은 마른침을 꿀꺽 삼키며 말했다.

"질문이라고 했나요?"

장한명은 여전히 천장에 시선을 둔 채로 고개를 끄덕였다.

"그래."

다시 흘러나온 장한명의 이 말도 충분히 알아들을 수 있을 만큼 발음이 분명했다.

그러나 화운은 여전히 불안했다.

온전치 않은 저 목에서 흘러나오는 목소리가 언제 또 갑자기 목 안으로 잠겨 버릴지 모르는 일이었기 때문이다.

화운은 조급한 마음에 평소의 냉정을 잃고 급히 말했다.

"말씀하세요, 어떤 질문이든 모두."

장한명은 잠시 입을 다물고 침묵했다.

그리고 화운의 얼굴에 조급함이 더해질 무렵, 그는 다시 입을 열었다.

"그 아홉 연놈들이 천하무림을 어떻게 요리할 것 같아?"

"연놈들이라면?"

"반.천.구.마.신!"

"아!"

화운은 눈을 크게 떴다.

그 눈은 가늘게 떨리고 있었다.

"솔직히 말씀드리자면, 우린 그들이 천하무림을 어떤 방법으로 파괴할지 전혀 감을 잡지 못하고 있습니다. 무림에 출도하자마자 그들이 무림을 피바다로 만들 거라는 우리의 예상은 빗나갔고, 그들은 우릴 비웃기라도 하듯 완벽하게 자신들의 흔적을 지우며 움직이고 있습니다. 그러므로 열흘이 지난 지금 그들의 흔적은 어디에도 남겨지지 않았으며……."

"그건 이미 들어서 알고 있어."

"들어서?"

"내내 잠을 자고 있었던 것은 아니니까."

"아!"

비로소 화운은 장한명이 자신과 구주삼십육혼의 대화 가운데 일부를 들었음을 알아챌 수 있었다.

하긴 자신은 반천구마신에 대한 작은 단서라도 찾아내기 위해서 구주삼십육혼의 보고에 온통 정신을 집중하고 있었으므로 설령 장한명이 눈을 뜨고 있었다 해도 그걸 느낄 여유는 눈곱만큼도 없었다.

더욱이나 그녀는 장한명이 깨어 있을 거라곤 전혀 생각지도 못했다.

지난 칠 일 동안 장한명은 한 번 잠이 들면 흔들어 깨우기 전엔 일어나는 법이 없었기 때문이다.

화운은 곱게 눈을 흘겼다.

“얄미워라. 들었으면 들었다고 미리 말씀해 주실 일이지.”

장한명의 얼굴에 은은히 홍조가 떠올랐다.

“어쨌든 좋아요. 미리 들었든 지금 들었든 그건 중요한 것이 아니니까요. 결론은 우린 반천구마신에게 철저히 농락당하고 있다는 겁니다. 한심한 일이죠. 그들은 절대마로 점점 완성되어 가고 있을 텐데, 우린 그저 길게 목을 빼고 그들의 흔적이 나타나길 기다리고 있을 뿐이니…….”

문득 장한명은 화운의 말을 잘랐다.

“연놈들 중 하나가 ‘자아, 이제 천하무림을 어떻게 요리할까? 라고 그들의 동료에게 물었지.”

“……?”

“그러자 연놈들 중 다른 하나가 ‘잘근잘근 씹어 삼켜야지’라고 대답했다.”

화운의 눈이 점점 커져 갔다.

“또 다른 하나가 말했어. ‘토막 내는 건 어떨까? 라고.”

“끔찍하군.”

“다른 하나는 ‘그건 별로’라고 말했지. 그 새끼는 천하무림을 갈가리 찢어 죽이기를 원했지.”

화운은 몸을 부르르 떨었다.

그녀의 심장은 터져 나갈 듯 빠르게 뛰기 시작했다.

장한명은 얼굴을 돌려 그런 화운을 바라보며 말을 이어

갔다.

"연놈들 중 가장 잔인해 보이는 다른 새끼가 말했어. 잘근 잘근 씹어 삼키고, 토막 내고, 갈가리 찢는 건 고통밖에 줄 수 없다고 말이야."

"아아!"

"그 새끼는 마지막으로 이런 말을 남겼지."

"무슨 말을?"

화운은 궁금증을 참지 못하고 급히 물었다.

장한명은 숨이 찬 듯 서너 번 연속하여 길게 숨을 들이켠 후 이윽고 말했다.

"그 잔인한 새끼는 고통보다는 공포가 지옥을 느끼기엔 더 효과적이라고 말했어."

"공포?"

화운의 몸은 굳어졌다.

그 말의 의미를 정확히 파악할 수는 없었지만, 단지 그 말을 듣는 것만으로도 오싹한 한기를 느껴야 했다.

온몸에 소름마저 돋았다.

장한명은 힘이 드는지 거칠게 숨을 몰아쉬었다.

그는 축적된 체력을 모두 소진한 듯 보였다.

"괜찮나요?"

화운이 걱정스러운 얼굴로 물었다.

장한명은 한참이 지난 후에야 간신히 고개를 끄덕였다.

“견딜 만해.”

화운은 비로소 안심했다.

그녀는 장한명의 정면으로 다가가서 조용히 말했다.

“이제부턴 내가 묻는 말에만 간단히 대답하세요.”

“그럴게.”

“당신이 말한 그들이란 반천구마신을 지칭하는 건가요?”

“맞아.”

“그들이 혹시 다른 말은 하지 않던가요?”

“…….”

장한명은 입을 다물었다.

호흡이 다시 거칠어졌다.

그는 잠시 눈을 감았다 뜨며 힘겹게 말했다.

“다른 말도 했지만, 그건 나에 관한 말이라서 당신에겐 별 도움이 되지 못할 거야.”

“그래도 듣고 싶군요.”

“그, 그건…….”

장한명의 얼굴에 곤혹스러움이 떠올랐다.

화운은 이내 생각을 바꾸었다.

“알겠어요. 그 말은 나중에 차차 듣기로 하죠.”

장한명은 조용히 눈을 감으며 말했다.

“아무튼 방금 내가 했던 말이 당신에게 도움이 되었으면 좋겠어.”

화운은 부드럽게 미소 지었다.

"도움이 되지 않아도 상관없습니다. 당신이 말을 하게 되었다는 것만으로도 기쁘니까요."

"고마워."

간단히 대답한 장한명은 이내 깊은 잠에 빠져들었다.

짧은 몇 마디였지만 그 말을 하기 위해 그는 죽을힘을 다한 듯 보였다.

그런 장한명을 바라보는 화운의 얼굴에 안쓰러움과 연민이 떠올랐다.

그녀는 장한명이 완전히 안정을 되찾을 때까지 조용히 기다렸다.

장한명의 거칠었던 숨결이 고르게 변하자 비로소 안심한 화운은 조용히 집무실을 빠져나갔다.

4

새벽안개에 휘감긴 채 화원의 가장자리를 돌고 도는 화운.

'공포… 공포… 공포……'

지금 그녀의 뇌리를 가득 채운 건 '공포'라는 한 단어뿐이었다.

'그들은 단순한 살육만을 원하는 것이 아니다. 그들의 목적은 살육이 가져다주는 짧은 고통이 아니라 천하무림에 새

로운 공포와 두려움을 창조하려는 것이다. 고통보다 공포가
지옥을 느끼기엔 더 효과적이라는 말은 아마도 그런 의미일
것이다.'

그녀의 생각은 끊임없이 이어졌다.

'죽어가는 상대의 고통을 보는 건 암살자들에겐 가장 큰
희열이지만, 반천구마신은 암살자들이 느끼는 그런 단순한
희열 따위엔 만족하지 않으려 한다. 어쩌면 그들은 단순한 희
열보다는 자신들의 위대한 힘을 공포와 두려움이라는 무기로
과시하고 싶어하는 건지도 모른다.'

생각을 거듭할수록 화운의 마음은 무거워져만 갔다.

암살자를 상대하는 건 쉬운 일이다.

암살자는 단순하다.

암살의 실패는 죽음을 의미하고 성공은 부를 의미한다.

때문에 그들이 추구하는 건 완벽한 살인의 미학이 아니다.

그들이 추구하는 궁극의 목적은 그저 상대의 숨통을 끊는
일이다.

그 방법이 다소 지저분하다 해도 그것이 그들에겐 수치가
아니다. 그들에게 수치란 암살의 실패뿐이다.

반면 반천구마신이 추구하는 궁극의 목적은 완벽한 살인
의 미학이다.

'단 한 번의 살인으로 백 번의 살인만큼의 공포를 줄 수 있
다면 그것이야말로 진정한 살인의 미학이겠지.'

공포는 완벽한 살인 미학의 완성이다.

공포의 최대 장점은 철심(鐵心)마저 무너뜨리고 끝내는 믿음마저 빼앗는다는 것이다.

'무림을 지탱하던 십 년 평화의 절대적 믿음이 상실되면 무림은 걷잡을 수 없는 혼란에 휩싸이게 될 것이다. 그들이 노리는 건 바로 그 혼란일 테고.'

초추(初秋)의 새벽바람은 살을 엘 만큼 차갑다.

화운은 그러나 살 속으로 파고드는 한기를 전혀 느끼지 못했다.

그녀는 오로지 '공포'라는 두 글자에만 매달렸다.

결국 그녀가 내릴 수 있는 결론은 여전히 답은 없다라는 것이었다.

반천구마신이 몰고 올 공포의 의미는 나름대로 해석이 가능했지만, 그들이 어떤 식으로 무림에 공포를 가져다줄지에 대해선 캄캄했다.

신이 아닌 이상 그들이 펼칠 공포의 수단과 방법을 알 길은 없었다.

화운의 마음은 돌덩이처럼 무거웠다.

이쯤 되면 반천구마신은 재평가되어야 마땅했다.

'그들을 단순히 마성과 살성만으로 창조된 똥오줌 못 가리는 괴물들로 치부할 수는 없는 일이다.'

그들은 믿을 수 없게도 고도의 지능까지 겸비했다.

‘어렵다.’

화운은 고개를 저으며 땅이 꺼질 듯한 긴 한숨을 내쉬었다.

그런 화운을 지켜보는 묵상의 마음 또한 어둡다.

밤을 새웠으니 지쳤을 법도 한데, 그녀는 어둠이 걷혀가는 이 새벽에도 잠을 이루지 못하고 길 잃은 영혼처럼 방황하고 있었다.

그 고결한 얼굴엔 고뇌가 가득하다.

요즘 들어 부쩍 말수마저 줄었다.

보는 사람을 즐겁게 하던 그 맑은 미소마저도 사라졌다.

가끔은 넋이 나간 사람처럼 그저 멍하니 하늘만 쳐다보며 긴 한숨을 쏟아내곤 했다.

‘어째서?

대체 무엇이 그녀로 하여금 고뇌의 바다에서 헤어나지 못하게 하고 있는 것일까?

그것이 무엇이든 한달음에 달려가 그녀가 안고 있는 고뇌를 풀어주고 싶다.

티끌만 한 힘이라도 도움을 주고 싶다.

그리고 저 가녀린 어깨를 가슴 저리게 안아주고 싶다.

그러나 묵상은 고개를 저었다.

‘아서라, 묵상. 부질없는 욕심이다. 그녀에겐 이미 사랑하는 사람이 있지 않더냐. 고백하지 않는 사랑은 죽은 꽃과 같다 했지만, 넌 기꺼이 죽은 꽃으로 남아야 한다. 잊지 말아라,

묵상. 연화불(連花佛)을 외면한 파계(破戒)의 약속을.'

묵상은 조용히 합장했다.

눈을 지그시 감은 그의 입에선 탄식과 같은 중얼거림이 흘러나왔다.

"아미타불."

5

다시 칠 일의 시간이 빠르게 흘러갔다.

장한명의 회복 속도는 믿을 수 없을 정도로 빨랐다.

해골과 같았던 그의 몸엔 보기 좋게 살이 올랐다.

아직은 마른 몸이었지만, 헐렁하기만 했던 유삼이 잘 어울린다 싶을 정도로 체중은 불어났다.

뛰어다닐 정도는 아니지만 혼자 걷기도 했다.

혼자 걸을 수 있게 된 장한명이 즐겨 찾는 곳은 집무실 앞의 화원이었다.

초가을의 화원엔 온갖 기화요초가 만발했다.

장한명은 유난히 국화를 좋아했다.

국화 중에도 특히 들국화를 좋아했다.

국화를 보는 그의 모습은 행복해 보이기까지 했다.

어둠을 극도로 싫어했지만 국화를 보는 순간만큼은 어둠도 마다하지 않았다.

달빛 교교한 오늘 밤도 그는 국화 옆에 있었다.

집무실의 백양목좌에 앉아 열려진 창을 통해 장한명을 바라보는 화운은 달빛에 젖어 있는 장한명의 얼굴에서 마침내 나이를 찾아냈다.

'열여섯? 아니, 열일곱? 어쩌면 그 이상일 수도. 하지만 아직은 소년티를 벗지 못했다.'

저 어린 나이에 천뇌집무헌에서 겪었을 고통을 생각하니 다시 가슴이 아파온다.

그 척박한 환경에서 지난 이 년의 세월을 보낸 장한명의 성격은 거칠었다.

사람을 보는 눈엔 적의가 가득했다.

생명의 은인이라고 할 수 있는 화운에게만은 그 적의를 거두었지만, 그렇다고 경계심을 완전히 거둔 것은 아닌 듯 보였다.

자신의 뒤틀린 감정을 말에 실려서 내보내듯 장한명의 말투 또한 거칠기 이를 데가 없었다.

존대는 없다.

누구에게든 하대였다.

화운은 이해했다.

그럴 수밖에 없는 환경 속에서 이 년을 짐승처럼 거칠게 살아온 사람이었으므로 거친 말로 내재된 분노를 폭발하고 있는 것인지도 모른다.

장한명은 주기적으로 고개를 돌려 화운이 창가에 그대로
머물러 있는지를 확인했다.

고개를 돌리던 순간은 불안한 모습이었으나 화운이 창가
에 앉아 있음을 확인한 뒤엔 그 얼굴에서 불안함은 씻은 듯이
사라졌다.

아직도 그는 화운이 곁에 있지 않으면 극도로 불안해했다.

장한명의 용모는 지극히 평범했다.

이마는 반듯하고 이목구비는 또렷했지만 평범함 이상은
아니었다.

하지만 그 평범한 얼굴이 결코 평범하겐 보이지 않았다.

평범한 얼굴임에도 오히려 비범하게 보이는 건 바로 장한
명의 눈 때문이었다.

화운은 살아오는 동안 장한명의 눈처럼 아름다운 눈을 본
적이 없었다.

그 눈을 가만히 바라보고 있노라면 자신의 영혼이 그 눈으
로 빨려 들어가는 듯한 착각마저 들었다.

장한명의 맑은 눈에 빠져 잠시 넋을 놓고 있던 화운은 열려
진 창문을 덜컹 흔들며 스쳐 지나는 차가운 밤바람 소리에 흠
칫 놀라 황망히 정신을 수습했다.

그녀는 마치 도둑질하다 들킨 사람처럼 얼굴을 살짝 붉혔
다.

'이런, 또 정신을 잃었네. 이상하네. 분명히 이번만은 정신

을 놓지 않으려 했는데 말이지. 훗!'

화운은 가볍게 웃으며 천천히 자리에서 몸을 일으켜 세웠다.

장한명의 아름다운 눈에 빠져 잠시 현실을 잊고 있었던 그녀에게 다시 무거운 고뇌가 밀려들었다.

요즘 그녀 주변의 현실은 암울했다.

장한명의 말문이 트이면서 화운이 가장 먼저 시작한 작업은 반천구마신의 인상착의를 확보하는 일이었다.

다행스럽게도 장한명은 반천구마신의 세세한 부분까지 정확히 기억하고 있었다.

반천구마신은 칠남이녀로 구성되었다.

나이는 이십대 전후.

체격은 보통이 절반, 보통 이상이 절반.

걸친 옷은 누더기.

그들에겐 무기란 없다.

무기가 없다는 건 무기가 필요없다는 의미로도 해석된다.

무기가 필요없을 만큼 강하다면 무기는 짐이 될 뿐이다.

굳이 무기를 지니지 않아도 세상에 무기는 널려 있다.

주변 어디에서든 흔히 볼 수 있는 나뭇잎, 나뭇가지, 풀잎 등에 상승의 내공이 실리면 그 하찮은 생명체는 보검보다 강해진다.

'반천구마신의 무공이 이미 그 정도의 경지를 넘어섰다면

세상에 존재하는 모든 사물이 무기가 되고도 남을 테지.'

그들 용모의 특징은 우선 모발 색에서 찾아볼 수 있었다.

여섯은 흑발이었으며 둘은 적발, 나머지 한 명은 백발이라는 것이었다.

모발 색을 제외하곤 그림이 아닌 글로 적을 수 있는 얼굴의 특징은 별로 없었다.

이목구비는 달릴 곳에 제대로 달려 있다 했고, 얼굴 어느 쪽에 점이 있느냐 없느냐 하는 정도는 그들을 찾는 데 오히려 혼선만 가져올 것 같아서 배제시켰다.

'같은 위치에 점이 박힌 다른 사람이 반천구마신으로 오인될 소지가 농후하고, 얼굴을 덮고 있는 수북한 수염 또한 깎아버리면 그만이라서 특징이 될 수는 없다.'

뺄 것은 빼고 더할 것은 더해서 글로 완성된 반천구마신의 인상착의는 천심전의 정보망을 통해 순식간에 대륙 전체에 뿌려졌다.

고도로 훈련된 전서구에 의해 반천구마신의 인상착의가 대륙의 이쪽 끝에서 저쪽 끝까지 뿌려지는 데 걸리는 시간은 대충 나흘.

그렇다면 가장 먼 대륙의 변방이라도 나흘 후부터는 반천구마신에 대한 흔적이 포착될 것이다.

천심전은 그렇게 포착된 반천구마신에 대한 정보를 빠르게 입수하게 된다.

가까운 지역의 정보는 반나절이면 입수가 가능하고, 변방이라고 해도 나흘이면 입수가 가능하다.

반천구마신의 인상착의를 대륙에 뿌린 건 칠 일 전이다.

칠 일의 시간이면 변방을 제외한 대부분의 지역으로부터 반천구마신에 대한 정보가 입수되어야 한다.

그러나 날아오는 수많은 전서(傳書)엔 다양한 무림 정보만 들어 있을 뿐 불행히도 반천구마신에 관한 정보는 빠져 있었다.

그 어떤 전서에서도 반천구마신의 흔적은 찾아볼 수가 없었다.

그러므로 반천구마신이 천뇌집무헌을 열고 세상 밖으로 나간 지 십칠 일째가 되는 오늘까지도 그들의 종적은 묘연할 수밖에 없었다.

'더 이상 기다리는 건 시간 낭비일 뿐이다.'

화운은 탄식했다.

애초부터 반천구마신과의 싸움은 힘의 싸움이 아니라 시간 싸움이었다.

그들이 절대마로 완성되기 전에 그들을 제압해야 한다는 절박함을 안고 뛰어든 싸움이었던 만큼 시간은 화운에게도 반천구마신에게도 삶과 죽음의 경계를 결정짓는 가장 중요한 무기인 셈이다.

그런 의미에서 지금 칼자루는 반천구마신이 쥐고 있다고

해도 과언이 아니었다.

　시간이 흘러가는 만큼 승패의 저울추는 반천구마신 쪽으로 점점 더 기울어져 갈 것이다.

　'지옥으로 가는 한이 있더라도 이제 이 싸움의 정면으로 뛰어들어야 한다. 더 이상 물러설 시간도, 공간도 없다.'

　화운은 절박한 심정으로 무림 출도를 결심했다.

　언제까지나 천심전의 정보망만을 믿고 무작정 기다릴 수는 없다.

　아니, 그럴 마음의 여유가 없었다.

　이젠 화운이 직접 반천구마신을 찾아나서야 한다.

　반천구마신을 찾아낼 수 있다는 확신은 없었지만 다른 선택의 여지는 없었다.

　직접 움직인다면 천심전의 정보망이 놓쳤을 반천구마신의 흔적을 찾아낼 수 있을지도 모른다는 희망은 있었다.

　'작은 흔적이라도 찾을 수 있다면 미궁(迷宮)과도 같았던 반천구마신의 행보가 의외로 쉽게 드러날 수도 있을 터.'

　이쯤 되자 화운의 마음은 급해졌다.

　반천구마신을 직접 찾아 나서기로 작정한 이상 망설일 이유는 없었다.

　그녀는 지체없이 서탁의 붓을 들었다.

　천심전을 떠나기 전에 그녀가 가장 먼저 해야 할 일은 서면으로나마 자신의 출행을 한 사람에게 알리는 일이었다.

굳이 말하지 않아도 대답하지 않아도 기다림에 익숙한 우리 사랑은 늘 변함이 없습니다. 당신은 제게 말씀하셨습니다. 무인의 삶은 내일을 기약할 수 없는 삶이기에 하루를 살아도 감사하라고, 사랑하고 또 사랑하라고. 사랑합니다. 사랑하고 또 사랑합니다. …(중략)……. 잠시 천심전을 떠납니다. 잠시라곤 했지만 언제 돌아올지 기약은 없습니다. 떠나야 하는 이유는 돌아와서 말씀드리겠습니다. 다시 뵈올 그날까지 건강하소서.

　　　　　꿈에서도 당신만을 사랑하는 화운 배서(拜書).

일필휘지로 휘갈긴 그녀의 글은 짧았지만, 한 사람을 향한 절절한 사랑이 넘쳐 났다.

화운은 글을 끝냈음에도 불구하고 붓을 한동안 놓지 못했다.

붓을 놓으면 그것으로 두 사람의 사랑이 끝나 버리는 것처럼 그녀는 붓을 놓기를 망설이고 또 망설였다.

돌아온다고 했지만 돌아올 수 있으리라곤 장담할 수 없다.

그것이 그녀의 마음을 한없이 무겁게 했다.

돌아올 수 없다면 사랑하는 사람과 영영 이별하게 되는 것이다.

한달음에 사랑하는 사람에게 달려가고 싶다.

그 길이 천리만리는 아니다.

사랑하는 사람은 마음만 먹으면 언제든지 볼 수 있는 지척의 거리에 있다.

하지만 그녀는 포기했다.

사랑하는 사람을 만나게 되면 영영 그 사람 곁을 떠날 수 없을 것 같아서였다.

결국 그녀는 깊은 한숨을 내쉬며 붓을 놓았다.

바로 그때였다.

"떠날 건가?"

들려오는 음성은 나직했으나 화운의 귓전에 뇌성처럼 크게 울렸다.

그만큼 화운의 놀라움은 컸다.

상대는 손을 뻗으면 닿을 만큼 가깝게 자신에게 접근해 있었다.

상대가 그렇게 접근하는 동안 화운은 전혀 상대의 기척을 느끼지 못했다.

있을 수가 없는 일이었다.

천심전주인 화운의 무공은 출신입화(出神入化)의 상승 경지에 올라 있었다.

실전의 경험이 적은 것이 흠이긴 하지만 청력은 실전의 경험과는 무관하다.

비록 화운이 깊은 사념에 잠겨 있었다고 하더라도 상대가 지척으로 접근하는 동안 전혀 느끼지 못할 만큼 청력이 둔감하진 않다는 얘기다.

화운은 열려진 창문 밖을 응시했다.

'없다.'

당연히 있어야 할 장한명이 그 자리에 없었다.

화운은 비로소 자신의 등 뒤로 바짝 접근한 상대가 장한명임을 알아챌 수 있었다.

너무 놀란 탓에 목소리만으론 상대가 장한명인지 아닌지 확신할 수 없었던 것이다.

"한 가지 부탁을 드려도 될까요, 장 공자?"

화운은 몸을 돌리지 않은 상태로 말했다.

화운의 뒤에 선 장한명의 얼굴에 의아함이 스쳤다.

"집무실의 입구에서부터 지금 서 있는 그 자리까지 다시 걸어와 줄 수 있나요?"

화운의 말에 장한명은 이번엔 어리둥절한 표정을 지어 보였다.

"어째서?"

"너무 어려운 부탁인가요?"

"뭐, 어려울 것까지야."

장한명은 고개를 갸웃거리며 집무실의 입구 쪽으로 걸어 갔다.

다시 걸어야 할 이유는 알 수 없었지만, 따지고 보면 어려운 부탁은 아니다.

못 들어줄 이유가 없었던 것이다.

장한명은 집무실의 입구에 서서 말했다.

"이제 걸어가면 돼?"

화운은 여전히 등을 돌리지 않은 채 대답했다.

"그래요. 최대한 발소리를 죽이면서 걸어와 보세요."

장한명은 간단히 고개를 끄덕였다.

"그러지, 뭐."

장한명은 다시 걸어와 달라는 화운의 말에 불만을 가질 법도 했지만 그의 얼굴엔 그런 기색은 전혀 없었다.

장한명에게 화운은 생명의 은인이다.

그녀가 아니었다면 자신은 그 어둠뿐인 지하에서 한 줌의 뼈로 최후를 맞이했을 것이다.

저벅저벅…….

장한명은 이제 막 걸음마를 시작한 어린아이처럼 투박하게 한걸음 한걸음 옮겼다.

저벅대는 걸음 소리는 화운의 귓전으로 또렷하게 파고들었다.

몇 번을 확인하고 또 확인했지만 장한명의 발걸음 소리는 거리가 가까워지면 가까워질수록 더욱 크게 들려왔다.

'역시 아니었군. 하긴 정상적인 상태였다면 저 걸음으론 내 이목을 피하기란 불가능한 일이다.'

화운은 자신의 우려가 기우였음을 확인하며 안도의 한숨

을 내쉬었다.

그녀는 장한명이 신무학 백팔번뇌를 연성했을 수도 있다는 일말의 가능성을 크게 우려했다.

만에 하나 그가 의도적으로 기척을 숨기고 자신의 등 뒤로 접근했다면, 그래서 자신이 휘갈긴 연서를 훔쳐볼 정도라면 그가 신무학 백팔번뇌를 연성했을 가능성은 매우 커진다.

물론 그가 신무학 백팔번뇌가 아닌 일반 무공을 연성했을 수도 있지만 그럴 가능성은 전무했다.

'신무학 백팔번뇌는 고대무학과 근대무학의 이론을 무시하고 만들어진 무학이다. 때문에 그 이론의 뿌리가 근본적으로 다른 기존의 무공을 익힌 일반 무림인이 신무학 백팔번뇌에 접근한다는 건 불가능하다.'

그런 이유가 아니었다면 일천 명 시험자를 선택하는 과정에서 천뇌집무헌의 창조자들이 기존의 무림인을 철저히 배제해야만 하는 그런 수고는 하지 않아도 되었을 것이다.

앞으로 백 년이 지나도 장한명이 신무학 백팔번뇌를 연성할 수는 없을 거라는 현 천뇌원주 공손우의 확고한 믿음을 깨고 장한명이 신무학 백팔번뇌를 연성한 것이라면 그건 정말 심각한 일이었다.

신무학 백팔번뇌엔 창조자들마저 예측하지 못한 치명적인 오류가 있다.

그 오류는 절대선을 절대마로 재창조한다.

　그렇게 창조된 인성을 상실한 괴물들이 반천구마신인 것이다.

　인성을 상실한 기미가 장한명에겐 보이지 않았지만, 그건 그의 무공 수위가 치명적 오류까지 접근하지 못한 탓일 수도 있다.

　하지만 그건 시간문제일 뿐이다.

　천뇌원주 공손우의 말대로 신무학 백팔번뇌가 일반인의 상상을 초월하는 속성의 무공이라면, 그가 반천구마신과 같은 괴물로 창조되는 건 그야말로 눈을 감았다 뜨는 순간에도 이루어질 수 있는 일이다.

　그렇게 되면 반천구마신은 반천십마신이 되는 것이다.

　이것은 무림을 위해서도 비극이고 장한명 자신에게도 비극이다.

　어쨌든 화운은 장한명의 기척을 전혀 느끼지 못했던 건 깊은 상념에 빠져 주변의 변화에 둔감할 수밖에 없었던 자신의 방심과 부주의 탓이라 여기며 다시 한 번 두근거리는 가슴을 쓸어내렸다.

　"고마워요. 제가 괜한 짓을 시켰군요."

　화운은 몸을 돌려 장한명을 바라보며 미안한 표정을 지어 보였다.

　화운의 사과에도 불구하고 장한명은 여전히 자신이 입구에서부터 다시 걸어야 했던 그 이유가 궁금했지만 입을 열어

묻지는 않았다.

화운은 문득 생각난 듯 물었다.

"아참, 아까 제게 떠날 거냐고 물었죠?"

장한명은 고개를 끄덕였다.

화운은 잠시 생각하다가 정색을 하고 말했다.

"반천구마신을 직접 찾아 나설 생각입니다. 다소 늦은 감은 있지만 더 늦지는 말아야겠지요."

장한명은 살짝 미간을 찡그렸다.

반천구마신을 직접 찾아 나서겠다는 화운의 갑작스러운 결정에 적이 당혹해하는 모습이다.

장한명은 고개를 들어 올리며 말했다.

"물론 나도 동행하는 거겠지?"

화운은 백양목좌에서 일어나 장한명을 향해 몸을 돌려세웠다.

"동행을 강요할 생각은 없습니다. 동행을 마다할 생각도 없구요. 어느 쪽을 선택하든 장 공자의 뜻을 따르겠습니다."

장한명은 지체없이 대답했다.

"당연히 동행해야지."

"아직 몸이 완전히 회복되지 않은 장 공자의 강호행은 위험할 수도 있습니다."

"상관없어."

"나로선 기꺼이 반길 일입니다. 반천구마신을 찾기 위해선 장 공자의 도움이 절대적으로 필요하니까요. 하지만 내 욕심을 채우기 위해 장 공자를 위험에 빠뜨리고 싶지는 않습니다."

장한명은 고개를 저었다.

"선택은 내가 해. 설령 위험에 빠진다고 해도 전주를 원망하는 일은 없을 테니 안심해도 돼. 내 손으로 만든 무덤의 주인들에게 약속을 했어. 그 약속을 반드시 지켜야 해."

"약속이라면……?"

"비참하게 죽임을 당한 그들의 복수를 해주기로."

"아아……!"

"내 주제에 복수는 가당치도 않는 약속일 수도 있지만 난 창조자들처럼 약속을 깨진 않아. 목숨을 버리고서라도 반드시 그 약속만은 지킬 거야."

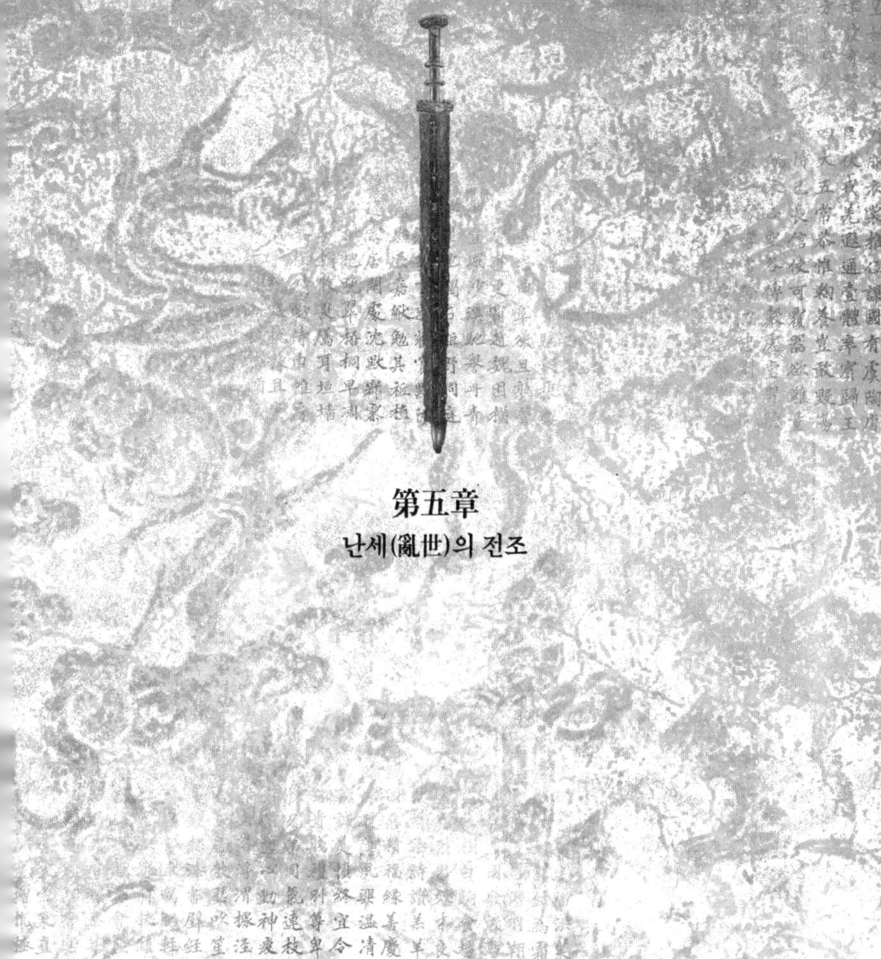

第五章

난세(亂世)의 전조

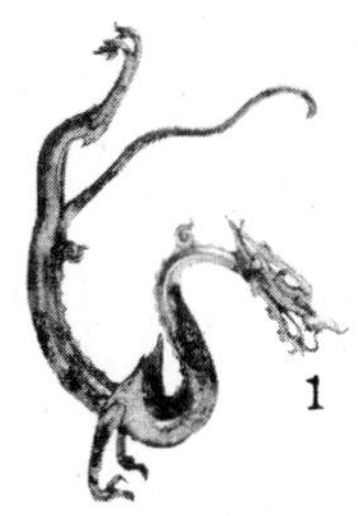

1

동틀 무렵 은밀하게 천의맹을 나선 화운 일행은 석양이 내려앉을 무렵까지도 황산을 벗어나지 못했다.

황산을 벗어나지 못한 것이 아니라 황산을 벗어날 생각이 아예 없는 듯 보였다.

쉽게 황산을 벗어날 생각이었다면 평탄한 평원을 택해야 했다.

그러나 그들은 반대로 천험의 황산을 관통이라도 하듯 북서쪽에서 동남쪽 방향으로 가로질렀다.

그리고 한나절이 지나서야 천신만고 끝에 그들은 황산의 동남쪽 기슭에 겨우 이를 수 있었다.

그곳은 황산의 북서쪽에 위치한 천의맹과는 정반대 방향이었다.

그들의 첫 목적지가 황산 동남쪽 주변이라 하더라도 그들이 평탄한 길을 마다하고 굳이 험준한 산로(山路)를 택한 까닭은 시간을 절약하기 위해서이기도 했지만, 그보다는 그들 행보에 은밀함을 유지하려는 의도가 더 큰 이유로 작용했다.

2

해가 뉘엿뉘엿 서산으로 기울어갈 무렵, 황산의 동남쪽 산로엔 한 대의 마차(馬車)가 긴 그림자를 드리우며 그 모습을 드러냈다.

늦은 시간이었음에도 불구하고 산로는 황산의 절경을 구경하기 위한 유람객(遊覽客)들로 붐볐다.

때는 가을이다.

만개한 온갖 기화요초(琪花瑤草)와 타는 듯 붉게 물든 만산홍엽(滿山紅葉)의 화려함으로 치장된 한 폭의 아름다운 산수화(山水畵)에 유람객들은 넋을 잃기라도 한 듯 방금 등장한 마차의 존재를 전혀 의식하지 못했다.

죽립을 깊게 눌러쓴 마차의 마부는 그러나 결코 서두르지 않았다.

앞을 가로막는 유람객이 있으면 그는 마차를 세운 채 유람객이 비켜설 때까지 조용히 기다렸다.

푸른 휘장을 두른 마차가 범상치 않게 보이는 것처럼 마부가 보이는 인내심 또한 범상하게 보이진 않았다.

마차를 휘감은 몇 겹의 푸른 휘장은 바람이 불 때마다 날개를 휘젓듯 부드럽게 휘날렸으나 결코 내부를 드러내 보이진 않았다.

그러므로 마차의 내경을 외부에서 살피기란 불가능했다.

호기심 많은 유람객이 휘장 안쪽을 기웃거려 보지만 그들이 볼 수 있는 건 또 다른 휘장뿐이었다.

문득 마차 안에서 나직한 중얼거림이 새어 나왔다.

"이상하군. 정말 이상해."

마차 안에서 밖을 살피던 화운은 아미를 좁힌 채 고개를 갸웃거렸다.

그녀가 밖을 볼 수 있는 건 외부에서는 안을 볼 수 없되 마차 안에선 밖을 볼 수 있도록 절묘하게 배치된 몇 겹의 휘장 덕분이었다.

"묵상, 잠시 마차를 세우도록 해."

갑작스러운 화운의 명령에 죽립을 깊게 눌러쓴 묵상은 잠시 주춤했으나 이내 고삐를 당겨 마차를 세웠다.

붐비는 유람객들로 인해 워낙이 느리게 진행하고 있었던 터라 마차가 멈추어 서는 동작은 지극히 자연스러웠다.

마차가 멈추자 묵상이 조용히 물었다.

“무슨 문제라도……?”

그때 묵상의 귓전으로 조용히 화운의 전음이 흘러들었다.

“내 말을 듣기만 해, 묵상.”

묵상은 말없이 고개만 끄덕였다.

“고개를 끄덕이지도 말고.”

묵상의 얼굴이 미미하게 굳어졌다.

“마음에 안 들어. 도무지 표정 관리를 못한단 말씀이야.”

묵상의 얼굴이 붉어졌다.

“쯧쯧, 갈수록……. 그러지 말고 아예 죽립을 벗어던지고 ‘유람객들이여, 내 얼굴에도 홍엽이 피었으니 산만 보지 말고 내 얼굴도 좀 봐주서’ 라고 소리라도 지르는 게 어때?”

‘끙!’

“죽립으로 얼굴을 가렸다고 해서 모두가 그 얼굴을 볼 수 없을 거라고 생각하는 건 오산이다. 이 화운이 볼 수 있다면 다른 사람도 볼 수 있다.”

‘다른 사람?’

묵상은 흠칫하며 고개를 들었다.

그리고는 티가 나지 않도록 눈동자만을 굴려 죽립에 뚫려진 두 개의 구멍을 통해 주변을 살폈다.

마차 곁을 지나며 웃고 떠드는 유람객들의 모습이 보였지만, 그들은 그저 평범한 유람객일 뿐 화운이 우려하는 그런 유의 사람은 아니었다.

"이제 곧 좌측으로 네 사람, 우측으로 다섯 사람이 마차를 지나칠 것이다. 그들을 주의하되 고개를 돌려서도 안 되고 눈동자조차도 돌려서는 안 된다."

'쩝, 난감하군.'

"그저 느끼기만 해."

묵상은 눈을 감았다.

봐서는 안 된다면 눈을 뜨고 있을 이유가 없었기 때문이다.

그는 들려오는 기척만으로 상대를 느끼기로 했다.

저벅저벅.

발걸음 소리가 들려왔다.

좌측에 여덟, 우측에 아홉, 발걸음의 주인은 도합 열일곱이었다.

'아홉이 아니었나?'

묵상이 의아해할 때 화운의 전음이 다시 들려왔다.

"기다려."

이 간단한 전음에 묵상의 의아함은 더욱 커졌다.

바로 그때였다. 열일곱 중 여덟 명의 발자국 소리가 마차에서 아스라이 멀어져 갔다.

그리고 아홉의 발자국 소리만이 마차의 주변을 맴돌았다.

정확히 좌측에 넷, 우측에 다섯이었다.

'기가 막히는군.'

묵상은 화운의 정확한 선견에 혀를 내둘렀다.

그때 화운의 전음이 다시 들려왔다.

"마차를 천천히 몰도록 해."

묵상은 조용히 감고 있던 눈을 떴다.

좌우를 살피고 싶은 마음은 굴뚝같았지만, 눈동자조차도 돌려서는 안 된다는 화운의 말을 상기하고는 오로지 정면만을 응시했다.

그리고 자연스럽게 고삐를 잡아챘다.

다각다각!

말이 먼저 움직였고, 마차가 뒤이어 움직였다.

말발굽 소리와 마차 바퀴가 굴러가는 소리, 그리고 아홉의 발자국 소리가 뒤엉켰다.

묵상은 그 뒤엉킨 소음에서 정확히 아홉의 발자국 소리를 찾아냈다.

아홉의 발자국 소리는 일정한 속도로 마차를 따라 이동했다.

마차가 빨리 움직이면 아홉의 발자국 소리도 빨라졌고, 마차가 느리게 움직이면 그 아홉의 발자국 소리도 늦어졌다.

'흠, 의도적인 접근이로군.'

묵상은 내심 긴장하며 아홉 발자국 소리에 더욱 집중했다.

언뜻 듣기엔 그저 보통의 발자국 소리였다.

그러나 이 보통의 발자국 소리를 다르게 듣는 한 사람이 있었다.

"발자국 소리가 이상해."

이 소리는 마차 안에서 나직이 흘러나왔다.

장한명의 목소리였다.

'……?'

묵상은 갸웃하며 장한명의 다음 말에 귀를 기울였다.

화운은 장한명이 흘린 뜻밖의 말에 호기심 가득한 눈빛으로 장한명을 주시했다.

장한명은 갸웃하며 말을 이었다.

"보통의 발자국 소리는 저벅… 저벅… 혹은 터벅… 터벅인데… 어째서 저 아홉은 척척, 턱턱… 일까?"

"그게 어떻다는 거지요?"

화운이 장한명을 바라보며 물었다.

장한명은 미간을 살짝 찌푸린 채 깊이 생각하는 표정으로 말했다.

"사람에 따라 약간의 차이가 있겠지만, 발뒤축이 먼저 바닥에 닿고 이어 발바닥이 바닥에 닿는 일보 이착이 일반적이지. 그런데 아홉의 발자국이 내는 소리는 일보 일착이다."

"일보 일착?"

"자세히 들어봐, 전주. 저 인간들의 발자국 소리는 저벅, 혹은 터벅이 아니라 척, 턱 하는 단음이다. 발바닥의 한 단면만을 이용한 걸음이라는 얘기인데……."

"아!"

비로소 화운은 장한명의 말을 이해했다.

이해와 동시에 화운은 청력을 끌어올려 발자국 소리에 좀 더 집중했다.

'정말 그렇군.'

화운은 이마를 쳤다.

자신이 놓친 부분을 장한명이 정확하게 집어내자 그녀는 장한명의 예리한 청력과 치밀한 분석력에 내심 탄복했다.

과연 장한명의 설명대로 아홉 발자국 소리는 흔한 발걸음에서 나오는 소리와는 확연한 차이가 있었다.

발바닥의 한 단면만을 이용해서 걷는 걸음이 분명했다.

소리 죽여 걷고자 할 때 발뒤축을 들고 살금살금 걷는 이치와 다를 게 전혀 없다는 뜻이다.

'문제는 시간이다. 짧은 시간이라면 그 동작이 가능하지만 시간이 길어지면 힘의 중심이 한쪽으로 몰려 중심 잡기가 힘들어지며, 끝내 동작은 흐트러지게 마련이다.'

그러나 마차 주변의 아홉 발자국의 소리는 꽤 많은 시간 동안 마차를 따라 움직이면서도 전혀 흐트러짐을 보이지 않았다.

그들이 왜 그렇게 걷는지 그 이유를 알 수는 없었지만, 장시간에 걸쳐 그 동작을 흐트러짐없이 유지시킬 수 있다는 건 고도의 훈련을 받지 않고서는 불가능한 일이었다.

'저렇게 걷기 위해 고도의 훈련을 받는 멍청한 사람은 없다.'

그러므로 저 걸음은 훈련에 의한 것이 아니라 의도되고, 계획된 걸음인 것이다.

'무림인……'

비로소 화운은 상대가 일반인이 아님을 직감했다.

무림인이라면 별도의 훈련을 거치지 않더라도 의도되고 계획된 저런 연출이 가능하다.

한편, 장한명의 말을 가만히 듣고 있던 묵상은 장한명의 설명에 일리가 있음을 인정하며 고개를 끄덕였다.

평범하게 여겨지던 아홉의 발걸음 소리가 결코 평범하지 않음을 묵상도 찾아낸 것이다.

묵상은 아홉 사람의 정체가 갑자기 궁금해졌다.

그런 묵상의 뇌리에 돌연 전율이 스쳤다.

'혹시……?'

아홉이라는 숫자가 갑자기 마음에 걸렸다.

묵상은 화운을 향해 빠르게 전음을 날렸다.

"혹시 저들 아홉이 전주께서 말씀하신 반천구마신?"

천의맹을 떠나기 전 묵상은 화운의 입을 통해 천뇌집무헌의 창조자들과 창조자들이 만들어낸 반천구마신에 대한 비사(泌事), 그 비사가 낳은 끔찍한 비사(悲事)를 전해 들은 바 있다.

화운의 전음이 곧바로 들려왔다.

"인상착의가 다르다. 나이가 다르고 생김새 또한 다르다.

저들이 반천구마신일 가능성은 전혀 없다.”

“하지만 인피면구나 역용술 따위로……”

“인피면구와 역용술이 남자를 여자로 바꾸고 여자를 남자로 바꿀 수는 없다. 저들에게 여자는 없다.”

“음……”

“반천구마신은 아니지만 저들 역시 무시할 수 없는 고수들이다. 기도와 안광을 안으로 갈무리할 수 있는 고수들은 흔치 않으니까.”

“우리에게 접근한 저들의 목적이 무엇일까요?”

“그걸 모르겠어. 우리 신분을 모르고 접근했다면 저들의 목적은 단순한 것일 테지만, 우리 신분을 알고 접근한 것이라면 복잡해진다. 후자라면 그건 천의맹에 대한 노골적인 도전으로 볼 수 있다. 마교의 몰락 이후 감히 천의맹을 향해 칼날을 겨누었던 세력은 없었다. 개인이든 조직이든 오로지 복종만이 있었을 뿐이다.”

“우리 신분을 모르고 접근한 것일 수도 있지 않겠습니까?”

“물론 그럴 가능성도 배제할 수는 없지만… 그건 두고 봐야겠지.”

화운의 전음은 여기에서 끊어졌다.

순식간에 아홉의 발자국 소리가 흔적도 없이 사라져 버렸기 때문이다.

그들의 흔적이 사라지자 묵상은 빠르게 주변을 훑어갔다.

과연 마차의 주변엔 아무도 없었다.

그 흔한 유람객마저 보이지 않았다.

묵상의 얼굴이 굳어졌다.

'어디로?

순간 화운의 전음이 급박하게 울려왔다.

"위를 조심해, 묵상!"

묵상의 눈빛이 출렁했다.

화운의 전음을 듣고서야 묵상은 비로소 정체불명의 아홉이 마차를 떠난 것이 아니라 마차 위로 위치를 옮겼음을 깨달았다.

그것을 깨닫는 순간 묵상은 아홉 줄기의 가공할 무형의 잠력이 마차를 향해 쏟아져 내려오는 것을 느끼고는 경악했다.

묵상은 그 소리도 없고 살기조차 느껴지지 않는 공격에 치를 떨었다.

그 가공할 아홉 줄기의 무형의 잠력이 마차에 닿기도 전에 묵상은 자신의 몸이 아래로 꺼지는 듯한 감당키 어려운 압력을 느껴야 했기 때문이다.

그것은 마치 황산이 한꺼번에 무너져 짓누르는 듯한 느낌이었다.

묵상으로서는 일찍이 경험해 보지 못한 절대의 위기였다.

콰악!

묵상은 본능적으로 말고삐를 움켜잡았다.

저 공격을 막을 수 없다면 피해야 한다.

혼자의 몸이었다면 마차를 버리고서라도 우선은 몸을 피하고 봤을 것이다.

그러나 마차엔 화운이 있었고, 게다가 무공을 모르는 장한명이 있었다. 화운 혼자라면 마차를 지키기는 어려워도 몸을 피하는 건 어려운 일이 아니다.

문제는 장한명이다.

화운이 장한명과 함께 움직인다면 운신의 폭은 좁아든다.

운신이 자유롭지 못하다면 그만큼 위험에 노출될 수밖에 없다.

묵상의 마음은 다급해졌다.

'방법은 하나다.'

묵상은 말고삐를 강하게 잡아채며 동시에 채찍을 휘둘렀다.

'마차 전체를 이동시켜야 한다.'

말을 가격하고 튕겨져 오르는 채찍에 말의 살점이 묻어났다.

히이잉!

살점이 뜯겨져 나가는 고통에 여덟 필의 말은 비명과 같은 울음을 토하며 앞발을 일제히 치켜세웠다.

치켜세운 앞발이 지면을 박차는 순간, 마차는 바람을 가르며 앞으로 질주했다.

두두두두!

마차가 뒤집힐 듯 요동치자 화운은 잔뜩 겁에 질린 장한명의 손을 힘주어 움켜잡았다.

"놀랄 것 없어요. 이 상황은 곧 정리될 테니까요. 날 믿어요."

화운은 안심하라는 듯 여유있게 미소를 지어 보였다.

장한명은 고개를 끄덕였지만 눈빛은 여전히 불안해 보였다.

장한명은 이 상황의 불길함을 눈치 채고 있었다.

자신의 손을 잡은 화운의 손에 맺히는 끈적끈적한 땀방울만으로도 충분히 그 불길함은 짐작되었다.

"아악!"

자지러지는 듯한 비명이 들려왔다.

유람객 중 일부가 미처 마차를 피하지 못하고 산로(山路)의 좌우로 튕겨 나가며 내지른 비명이었다.

화운의 이마에 보일 듯 말 듯 식은땀이 맺혔다.

마차를 빠르게 몰아간 묵상의 선택은 화운이 생각하기에도 최선이었다.

그러나 그다음이 문제였다.

마차를 무서운 기세로 짓누르는 가공할 무형의 잠력은 믿을 수 없게도 그림자처럼 마차의 움직임을 따라 함께 이동하고 있었던 것이다.

'이 방법도 틀렸다.'

화운의 안색은 급변했다.

동시에 그녀는 고개를 들어 마차의 천장을 빠르게 살폈다.

마치 그물처럼 엮여 마차의 천장을 촘촘히 덮고 있는 청죽망(靑竹網) 위로 찢겨질 듯 무섭게 펄럭이는 휘장.

그 휘장엔 아홉의 그림자가 낙인처럼 찍혀 휘장과 함께 휘날렸다.

문득 아홉의 그림자가 점점 크게 확대되기 시작했다.

마차와 그들의 거리가 그만큼 좁혀진 것이다.

파파파팟!

마차의 천장을 덮은 몇 겹의 휘장 가운데 가장 바깥쪽의 휘장이 갈가리 찢겨져 나갔다.

순간 화운은 더욱 힘주어 장한명의 손을 움켜잡았다.

장한명의 손은 긴장한 탓인지 바들바들 떨렸다.

"날 믿으라고 했죠?"

화운의 말에 장한명은 고개를 끄덕였다.

"내가 시키는 대로만 하면 아무 일도 없을 테니 걱정할 것 없어요."

휘장에 드리워진 아홉의 그림자가 더욱 크게 확대되었다.

동시에 두 겹의 휘장이 무형의 잠력에 눌려 아래로 꺼지는가 싶더니 한순간 파스스 하는 소리와 함께 한 줌 가루로 화해 사라졌다.

이대로 두면 마차 전체가 한 줌의 가루로 화할 판이었다.

마음이 다급해진 화운은 빠르게 말을 이었다.

"시간이 없으니 내 말을 잘 들으세요. 일단 내가 신호를 보내면 공자께선 지체없이 마차 밖으로 뛰어내리도록 하세요. 달리는 마차라서 크게 다칠 수도 있으니 될 수 있으면 마차에서 멀리 뛰어 풀숲에 떨어지도록 해야 합니다."

"알겠어."

"풀숲에 떨어진 뒤엔 억지로 몸을 멈추려고 해서는 절대 안 됩니다. 몸이 저절로 멈출 때가지 힘을 풀고 기다리셔야 합니다. 그러면 크게 다치는 일은 없을 테니까요."

"해볼게."

초조한 화운의 표정에서 장한명은 달리 선택의 여지가 없음을 읽어내며 마지못해 고개를 끄덕였다.

그런 그는 불안한 마음을 진정시키기 위해 길게 숨을 들이켰다.

그러나 장한명이 미처 숨을 다 들이키기도 전에 화운의 신호가 떨어졌다.

"지금입니다! 뛰어내리세요!"

화운의 다급한 외침이 터져 나왔고, 망설이고 자시고 할 여유는 손톱만큼도 없었다.

휘익!

장한명은 눈을 질끈 감고는 그대로 마차 밖으로 몸을 던졌다.

순식간에 장한명의 몸은 휘장에 휘감긴 채 마차 밖으로 사라졌다.

뒤이어 쿵 하는 둔탁한 소리가 저만큼 뒤에서 들려왔다.

화운은 장한명의 안위가 걱정되었지만 그녀 또한 숨 돌릴 만한 여유가 없기는 마찬가지였다.

타앗!

마차 바닥을 박찬 화운의 신형이 빠르게 마차의 천장을 뚫고 위로 치솟아 올랐다.

마차의 천장을 덮고 있던 청죽이 산산이 터져 나가며 화운과 함께 허공으로 튕겨 나갔다.

어지럽게 날리는 청죽은 날이 잘 선 유엽비도(柳葉飛刀)처럼 푸른빛을 뿌리며 마차를 구궁(九宮)의 방향에서 눌러오는 아홉 그림자를 향해 쏘아져 갔다.

만천화우(滿天花雨)!

아홉 그림자의 입장에서 보면 허공을 가득 메운 수백 조각의 청죽은 한순간에 목숨을 앗아갈 수 있는 치명적인 암기나 다를 바 없었다.

파파팟!

수백 조각의 청죽이 아홉 그림자를 덮쳤다.

그러나 그것은 그저 찰나의 착시 현상이었을 뿐, 수백 조각의 청죽은 아홉 그림자를 덮치기 전에 그들이 뻗어낸 무형 잠력과 충돌했고, 충돌하는 순간 폭죽처럼 터져 버렸다.

허공을 가득 메웠던 수백 조각의 청죽은 순식간에 한 줌 재로 변해 날렸다.

이 놀라운 장면에 화운의 가슴은 서늘해졌다.

'생각보다 강하다.'

화운은 그들의 정체가 더욱 궁금해졌다.

'저들이 펼쳐 낸 무형 잠력은 일반적인 무형 강기와는 차원이 다르다. 사이할뿐더러 패도적이기까지 하다. 살기는 느껴지지 않지만, 그렇다고 살기가 없는 것이 아니라 잠재된 것뿐이다. 잠재된 살기는 수백 조각의 청죽을 한순간에 한 줌 재로 만들어 버릴 정도로 끔찍하고 잔혹하다. 결코 정도(正道)의 무학은 아니다.'

쉽지 않은 상대임을 느낀 화운은 전신 내력을 육성까지 끌어올렸다.

더불어 자하천력(紫霞天力)을 운기해 내가진력를 온몸 구석구석으로 골고루 퍼져 나가도록 유도했다.

비로소 그녀의 전신을 무섭게 압박하던 무형 잠력의 무게가 덜어지는 느낌이었다.

그러나 그건 찰나의 느낌이었을 뿐이다.

이내 무형 잠력은 전보다 더욱 강한 압력으로 그녀를 짓눌러 왔고, 그녀는 숨조차 제대로 쉴 수 없는 지경이 되고 말았다.

가슴은 터질 듯 답답했고, 심장은 급격하게 뛰기 시작했다.

'대단하군. 자하천력의 육성 공력으로도 상대할 수 없다니.'

화운은 별수없이 십성의 자하천력을 끌어올려야 했고, 그와 동시에 그녀의 몸은 붉은 노을빛에 은은히 휩싸였다.

여전히 가슴은 답답했지만 그럭저럭 숨을 쉴 수 있는 여유는 되찾았다.

'좋아, 정면 돌파다.'

화운은 무형 잠력을 뚫기로 작정하고는 금룡회수(金龍回遂)의 수법으로 몸을 비틀었고, 동시에 오른발로 왼발의 발등을 차며 그 탄력을 받아 빠르게 신형을 위로 뽑아 올렸다.

그녀의 신형이 상승할수록 무형 잠력이 주는 압력은 더 강해졌다. 태산이 짓누르는 듯한 그 압력으로 인해 화운은 살이 터지고 뼈가 어긋나는 듯한 고통을 느껴야 했다.

화운은 당황했다.

그녀의 무공은 나이에 비해선 초절했지만 경험이 없다는 것이 실전에선 치명적이었다.

실전 경험이 풍부했다면 이런 위기 상황에서도 냉정을 잃지 않았을 테지만, 머릿속에 품었던 계산이 어긋나자 일순간에 혼란에 빠져 버린 것이다.

뒤늦게 자하천력을 십이성으로 끌어올렸지만 상황은 이미

돌이킬 수 없는 지경으로 악화된 뒤였다.

"우욱!"

그녀는 피가 거꾸로 솟는 듯한 느낌을 받으며 끝내는 한 모금의 선혈을 토해내고야 말았다.

상대는 그녀가 생각했던 것보다 훨씬 강했다.

내상은 입은 그녀의 몸은 실 끊어진 연처럼 힘없이 바닥으로 추락해 갔고, 기혈이 뒤틀려 운공조차 쉽지가 않았다.

그러나 상황이 절박해지자 믿을 수 없게도 그녀는 빠르게 냉정을 회복했다.

흐트러진 내가진기를 빠르게 단전으로 끌어 모았고, 길게 숨을 들이키며 바닥으로 떨어져 가는 신형을 바로 세웠다.

그런 그녀의 눈에 노기와 살기가 동시에 떠올랐다.

'살수만은 피하려 했거늘……'

그녀는 전신 내력을 양손에 모았고, 그녀의 양손은 짙은 노을빛으로 물들어갔다.

서녘에 걸린 석양은 자취를 감추었다.

지평의 끝에 걸려 있던 한줄기 노을마저 스스로 흔적을 지웠다.

비로소 사위는 어둠에 휩싸였다.

그러나 화운의 양손에서 사라진 노을이 다시 피어났다.

그녀 주변의 어둠이 일시에 물러섰고, 이런 신비로운 현상에 아홉 그림자도 심상치 않은 분위기를 느꼈는지 움찔하는 기색이었다.

“자하신기(紫霞神氣)!”

그리고 그들 아홉의 입에서 동시에 신음과 같은 중얼거림이 흘러나왔다.

순간, 그녀의 몸은 무형 잠력을 뚫고 빠르게 위로 상승했다.

신룡출해(神龍出海)!

무형 잠력을 뚫고 위로 솟아오르는 그녀의 모습은 마치 바다를 가르고 등천하는 신룡과도 같았다.

그녀의 움직임에 따라 무형 잠력은 출렁였고, 아홉 그림자 역시 함께 출렁였다.

그리고 아홉 그림자마저 놀라게 했던 자하신기를 발경하기 위해 화운은 마침내 쌍수를 내밀었다.

바로 그 순간이었다.

“제게 맡기십시오, 전주!”

이 소리와 함께 묵상의 신형이 화운을 스쳐 아홉 그림자를 향해 빠르게 쏘아져 갔다.

“이런!”

화운은 놀라며 급히 쌍수를 거두었다.

“바보. 도와줄 거면 미리 도와줄 일이지 늘 한 발 늦는단 말이지.”

화운은 나직이 푸념하며 묵상을 향해 가볍게 눈을 흘겨 보였다.

그러나 묵상은 화운의 푸념을 듣지 못했다.

그는 이미 화운에게서 멀어져 아홉 그림자에게 바짝 접근한 상태였다.

묵상은 비로소 아홉 그림자를 자세히 볼 수 있었다.

그들은 사십대 전후의 중년인(中年人)들이었다.

구궁의 방위에 지극히 편안한 자세로 앉아 있는 그들은 그곳에서 유람이라도 하는 듯 보였다.

특징이라곤 찾아볼 수 없는 평범한 얼굴.

일신에 걸친 옷은 헐렁하게 보이는 흑색 장포였다.

유람객 사이에서 그들이 눈에 띄지 않았던 것은 그런 그들의 평범함 때문이었음을 묵상은 비로소 깨달았다.

그러나 삼 장 높이의 허공에서 한 점 흐트러짐이 없이 막강한 위력의 무형 잠력을 줄기차게 쏟아내는 그들 아홉이 결코 평범할 수는 없다.

묵상의 얼굴에 은은히 긴장의 빛이 감돌았다.

문득 아홉 중년인 중 한 명이 묵상을 살피며 고개를 갸웃했다.

"반야신공(盤若神功)? 게다가 금강부동신법(金鋼不動身法)까지?"

그의 얼굴에 언뜻 놀라움의 빛이 떠올랐지만, 그 놀라움은 이내 비웃음으로 바뀌었다.

“이제 보니 소림의 땡중이었군. 그렇다면 네놈은 신기제갈 화운이라는 계집의 치마폭이 그리워 마침내 소림을 뛰쳐나가 신기제갈 화운의 개가 되었다는 그 지저분한 일화의 주인공이겠군. 클클.”

이 말을 끝으로 나머지 여덟 중년인의 입에서도 일제히 비릿한 조소가 흘러나왔다.

묵상의 안색은 급변했다.

자신이 소림 파계승임은 이미 세상이 다 아는 사실.

거기에 아홉이 더 알고 있다고 해서 놀랄 일도 부끄러워할 일도 아니었다.

묵상을 정작 경악케 한 건 자신이 지금 사용하고 있는 무공을 정확히 파악하고 있는 중년인의 놀라운 안목이었다.

지난 십 년 동안 소림의 무공은 철저히 내전되었을 뿐 외전은 없었다.

외전이 없었다는 건 소림이 속가제자를 받지 않았다는 뜻이다.

소림 절학이 무림에 공개되는 건 대부분 속가제자들에 의해서였다.

그러므로 속가제자를 받지 않은 지난 십 년 동안 소림의 무공은 철저히 외부와 차단된 상태였으며, 그런 이유로 일반 무림인이 소림의 무공을 견학한다는 건 아예 불가능한 일이었다.

적어도 소림이 침묵했던 지난 십 년 평화의 시기에는 그랬다.

견학이 불가능했다는 말은 십 년 평화의 시기에 활동한 무림인은 소림 제자가 무공을 펼쳐도 그것이 소림의 무공임을 알아챌 수도 없을 뿐만이 아니라, 그것이 어떤 종류의 무공인지를 파악한다는 건 아예 꿈조차 꿀 수 없는 일이었다.

특이 반야신공이나 금강부동신법과 같은 소림 일대제자 이상만이 연공할 수 있는 절정의 소림 절학은 그와 유사한 또 다른 소림 절학과의 혼돈으로 인해 비교적 강호 경험이 풍부한 무림 명숙일지라도 그 미세한 차이를 구분해 내기란 결코 쉬운 일이 아니었다.

그런데 지금 묵상의 면전에서 묵상을 비웃고 있는 지극히 평범해 보이는 중년인은 그 쉽지 않은 일을 아주 쉽게 해냈다.

그건 그가 소림을 훤히 꿰뚫어 보고 있다는 것을 의미했다.

묵상의 긴장감은 고조되었다.

상대는 묵상이 상상했던 것 이상의 고수가 분명했다.

게다가 상대는 자신을 훤히 꿰뚫어 보고 있으되 자신은 상대에 대해 아는 바가 전혀 없으니 앞으로 벌어질 그들과의 싸움은 고전이 예상되었다.

그러나 그렇다고 이 싸움을 피할 수 없다.

'피할 수 없다면 정면 승부다.'

묵상은 반야신공을 극성으로 끌어올렸다.

동시에 연대구품(蓮臺九品)의 신법으로 빠르게 몸의 자세를 바꾸어가며 아홉 중년인을 향해 미끄러져 갔다.

묵상은 마치 한 사람이 아닌 아홉 사람 모두에게 다가가고 있는 것처럼 보였다.

그의 신형은 그런 착시를 불러올 만큼 빠르게 움직였다.

이를 지켜보고 있는 화운의 얼굴에도 긴장감이 흘렀다.

아홉 중년인이 결코 쉬운 상대가 아님을 이미 경험한 그녀로서는 묵상이 걱정되지 않을 수 없었다.

한데 바로 그 순간이었다.

스스스.

뜻밖에도 아홉 중년인은 가볍게 몸을 좌우로 흔들며 사방에 깔린 무형 잠력을 거두어들였다.

동시에 그들의 신형이 흐려졌다.

그리고 그들 중 누군가가 말했다.

"기회는 많아, 어린 친구!"

다른 중년인이 말했다.

"오늘 우리가 해야 하는 역할은 여기까지."

또 다른 중년인이 말했다.

"다음엔 반드시 죽여주지. 클클!"

순간 흐려졌던 그들의 신형이 꺼지듯 사라졌다.

묵상은 그들이 사라져 버리자 닭 쫓던 개 지붕 쳐다보듯 멍한 표정으로 주변을 살폈다.

그들이 사라져 버린 공간에 남아 있는 건 아무것도 없었다.

찬바람의 소용돌이만이 느껴질 뿐이었다.

아직은 아홉의 몸에서 뿌려지는 기파가 미세하게 남아 있었지만, 그 기파마저도 점차 멀어져 갔다.

'어째서?'

묵상은 고개를 갸웃했다.

아무리 생각해도 그들의 행동이 이해가 되지 않았다.

어째서 그들은 자신들에게 유리한 생사박투를 피하고 사라져 버린 것일까?

풀리지 않는 의혹에 사로잡힌 묵상의 신형이 점점 바닥으로 하강했다.

바로 그때였다.

"안 돼!"

화운의 다급한 외침이 밤공기를 찢었다.

묵상은 흠칫하며 깊은 사념에서 깨어나 주변을 두리번거렸다.

화운은 멈춰진 마차의 천장을 딛고 서 있었으며, 그런 그녀의 얼굴은 사색이 되어 있었다.

그러나 그것도 잠깐, 화운의 신형은 빠르게 마차의 뒤쪽으로 튕겨 나갔다.

'이런!'

그제야 묵상은 화운이 마차의 뒤쪽으로 신형을 급히 날려

간 까닭을 파악하고 굳어졌다.

사라지는 아홉 중년인의 기파.

그 기파 중 일부가 그들 대열에서 이탈해 마차의 뒤쪽으로 빠르게 이동하고 있음을 묵상도 깨달은 것이다.

'마차의 뒤쪽이라면?'

묵상의 얼굴이 굳어졌다.

"장한명!"

3

장한명이 떨어진 곳은 다행히 무성한 풀숲이었다.

그러나 그렇다고 달리는 마차에서 몸을 던진 장한명이 무사히 풀숲에 안착했다는 뜻은 아니다.

풀숲에 떨어진 장한명은 마차와는 반대방향으로 무섭게 굴러가기 시작했다.

본능적으로 손을 뻗어 잡히는 게 무엇이든 상관없이 사력을 다해 움켜잡았다.

물에 빠진 사람이 지푸라기라도 움켜잡듯 장한명에게도 이 순간은 물에 빠진 것만큼이나 절박했다.

그러나 장한명의 손에 잡힌 잡초는 뿌리째 맥없이 빠져나왔다.

전혀 장한명에게 도움이 되질 못했다.

두두두!

굴러가는 장한명의 몸엔 날카로운 가시가 박혔고, 옷은 거침없이 찢겨져 나갔다.

무성한 잡초가 완충 역할을 해준 탓에 뼈가 부러져 나가는 부상은 피할 수 있었지만 굴러가는 기세를 쉽게 멈출 수는 없었다.

한참을 구른 후에야 장한명의 몸은 아름드리 거목의 밑동에 걸쳐진 채로 멈추었다.

땅 밑으로 아득히 꺼져 들어가는 듯 현기증이 일었다.

"끄응……!"

그 와중에도 화운의 안위가 염려되어 정신을 추슬러 몸을 일으켜 세우려 안간힘을 다했지만, 억지로 잡은 중심은 쉽게 무너져 내렸다.

쿵!

몇 번이나 쓰러졌다 다시 일어나기를 반복한 뒤에야 겨우 중심을 잡고 일어설 수가 있었다.

"씨발!"

욕이 저절로 나왔다.

몰골은 엉망이었다.

산발한 머리카락, 여기저기 찢겨진 유삼.

그러나 통증은 없었다.

뼈마디 어디 한곳 정도는 부러져 나갔을 법도 한데 말짱했다.

현기증이 일었지만 그조차 금세 사라졌다.

오히려 몸이 전보다 더 가벼워진 느낌이었다.

이런 기이한 현상에 고개를 갸웃하던 장한명은 문득 화운을 떠올리며 그녀가 있을 만한 방향을 어림잡고는 고개를 돌렸다.

바로 그때였다.

쿠우우!

장한명은 자신을 향해 빠른 속도로 다가오는 뭔가 심상치 않은 기운을 느끼며 흠칫했다.

"뭐야?"

급히 주변 어둠을 살폈지만 그 실체가 눈엔 보이진 않았다.

대신 살을 에는 듯한 음산한 한기가 장한명의 살갗을 파고들었다.

'훅!'

장한명은 뱃속까지 스며드는 한기에 진저리를 쳤다.

스윽!

그 순간 장한명은 누군가 유령처럼 자신의 등 뒤로 다가섬을 느꼈다.

동시에 앞쪽에서도 검은 그림자 하나가 유령처럼 다가섰다.

장한명은 지금 자신이 무엇을 어떻게 해야 할지 갈피를 잡지 못했다.

　자신의 앞뒤로 접근한 상대가 누군지도 알 수 없었고, 자신에게 적의를 품고 있는지 호의를 품고 있는지조차도 구분이 가질 않았다.

　그러나 장한명의 이런 혼란은 찰나에 지나지 않았다.

　스스로도 믿기지 않을 정도로 빠르게 냉정을 회복한 장한명은 자신의 정면으로 소리없이 나타난 검은 그림자를 살폈다.

　'낯이 익다.'

　정면의 검은 그림자는 마차를 공격했던 아홉 명의 중년인 가운데 한 명이었다.

　'마차의 좌측에서 마차를 따라 함께 이동했던 네 사람 중 한 명.'

　당시 마차의 좌측에 앉아 있었던 장한명과 중년인은 서로 숨결을 느낄 수 있을 만큼 지척의 거리를 두고 있었으므로, 비록 휘장을 사이에 두고 스쳐 가듯 잠깐 본 얼굴이었지만 중년인의 음산한 얼굴을 장한명은 분명하게 기억했다.

　그렇다면 뒤쪽의 중년인은 그들 아홉 중 다른 한 명이리라.

　장한명은 두 사람이 자신에게 결코 호의적일 수 없는 사람임을 깨닫고는 바짝 긴장했다.

　정면의 중년인은 장한명을 아래위로 훑어보며 음산하게 웃었다.

그 음산한 웃음이 내포한 의미를 깨닫기까지는 그리 오랜 시간이 걸리지 않았다.

스윽!

정면의 중년인 신형이 가볍게 흔들렸다.

동시에 배후의 중년인 신형도 가볍게 흔들렸다.

마치 두 사람은 거울에 비쳐진 허상과 실상처럼 행동의 일치를 보였다.

장한명의 등과 가슴을 노리고 두 사람은 거의 동시에 같은 자세로 우수를 뻗었다.

장한명은 당황하여 날아오는 우수를 피하려 했지만 마음만 피했을 뿐 몸은 피할 수가 없었다.

퍼퍽!

두 중년인이 뻗은 우수는 정확하게 장한명의 가슴과 등을 찍었다.

두 중년인의 입가에 비릿한 웃음이 떠올랐다.

두 사람은 자신들의 공격이 성공했음을 확신했다.

그들의 우수는 장한명의 가슴과 등에 깊이 파고들어 가 있었던 것이다.

상대의 우수는 장한명의 가슴에 깊이 파고들어 아예 보이지도 않았다.

짜릿한 전율마저 밀려들었다.

"염병, 깊이도 찔렀네."

　장한명은 나직이 중얼거리며 자신의 가슴을 내려다보았
다.
　등은 볼 수 없었지만 묵직한 무게감이 느껴졌다.
　가슴만큼 등도 깊은 상처를 입었음이 분명했다.
　한데 기이하게도 이번에도 통증은 없었다.
　상식적으로 이해가 되지 않는 일이었다.
　'어째서……?
　장한명은 마치 꿈을 꾸고 있는 듯한 느낌이었다.
　장한명은 다시 상처를 살폈다.
　통증은 없었지만 출혈은 있었다.
　그러나 그 정도는 미미했다.
　그저 몇 방울의 선혈이 흐르고 있을 뿐이었다.
　몇 방울의 선혈이 몸에서 빠져나가면서 전율이 느껴졌다.
　최초의 전율은 단전으로부터 시작되었다.
　그것은 아주 미미한 폭발과도 같은 것이었다.
　그러나 시작이 미미했을 뿐, 그 폭발이 가져다주는 파장은
온몸으로 퍼져 나갔다.
　그 파장이 머리끝에 이르면서 몸 전체가 폭발하는 듯한 강
한 느낌을 받았다.
　장한명은 그 충격으로 하마터면 펄쩍 뛰어오를 뻔했다.
　그것은 거대한 힘의 폭발이었다.
　장한명은 이 끝없이 폭발하는 힘이 도대체 어디에서 시작

되고 있는 것인지 찾고자 했지만 이내 포기했다.

그보다는 자신의 상태가 더 궁금했다.

통증은 없었지만 과연 이 상태로 목숨을 부지할 수 있는 것인지…….

그 해답은 상대가 쥐고 있을 거라 믿었다.

장한명은 느릿하게 고개를 들어 올리며 상대에게 물었다.

"어이, 거기! 내가 정말 죽는 건가?"

장한명의 엉뚱한 질문에 두 중년인은 잠시 어리둥절한 표정을 지었지만, 이내 그 어리둥절함은 사라지고 대신 그들의 얼굴에 채워진 감정은 차가운 비웃음이었다.

정면의 중년인이 음산한 어조로 답을 했다.

"대라신선이 달려와도 널 살릴 수는 없다. 흐흐."

"죽는단 말이지?"

죽음이란 답을 받아 든 장한명은 실망했다.

장한명은 잠시 침묵하다가 다시 물었다.

"그런데 왜 안 죽지?"

"……."

"말해봐. 얼마나 더 기다려야 죽게 되는 건지 말이야."

"음……."

두 중년인의 얼굴이 굳어졌다.

그들이 생각해도 이상한 일이었다.

그들의 입장에서 보면 장한명은 이미 싸늘한 주검이 되어 있어야 했다.

그런데 멀쩡하다.

피를 토해야 할 입은 태연히 자신의 숨이 멎는 시점을 물어온다.

두 중년인은 비로소 뭔가 일이 크게 잘못되었음을 느끼고는 빠르게 눈빛을 교환했다.

순간 장한명은 미간을 찡그리며 몸을 뒤틀었다.

"염병, 간지럽다. 손 빼라!"

이 말에 두 중년인은 혼비백산했다.

장한명의 담담한 태도에 뭔가 불길함을 느낀 두 사람은 장한명의 숨통을 끊기 위해 사력을 다해 장한명의 몸에 박혀 있는 우수를 비틀어댔던 것이다.

이쯤 되면 장한명은 피를 토하며 그 자리에서 절명해야 했다.

'그런데 간지럽다니……?

두 중년인은 믿기지 않는다는 표정으로 장한명을 살폈다.

두 중년인의 눈빛이 가늘게 떨렸다.

장한명의 표정을 살피는 순간, 그들은 간지럽다는 장한명의 말이 맞을 수도 있다는 불길한 예감에 사로잡혀야 했다.

우수를 비틀어대는 단순한 동작만으로도 장한명의 내장을 가닥가닥 끊어놓기엔 부족함이 없었다.

단장(斷腸)의 고통을 경험한 적은 없지만, 그 고통이 상상

을 초월할 정도로 끔찍하리라는 건 미루어 짐작이 되고도 남
는 일이었다.

그러나 이번에도 그들의 예측은 빗나갔다.

장한명의 어디에서도 고통의 빛은 없었다.

비명은커녕 신음조차 흘리지 않았다.

표정마저 아무 일 없었다는 듯 담담했다.

'어떻게 이런 일이?'

두 중년인은 이 불가사의한 현상에 꽤나 당혹스러워하는
눈치였다.

바로 그때, 두 중년인은 자신들의 손가락이 간지럽다는 느
낌을 문득 받았다.

중지 끝이 살짝 저리는 듯한 느낌이었다.

'……?'

기분이 나쁘긴 했어도 대수롭게 생각할 정도는 아니었다.

그러나 그것은 단지 시작에 불과했다.

저리는 느낌이 뜨거워진다고 느끼는 찰나의 순간, 두 중년
인은 자신들의 손 전체가 열화(熱火)에 타 들어가는 듯한 극
심한 통증을 느꼈다.

"헉!"

경악과 더불어 튀어나오는 짧은 신음.

신음이 비명으로 바뀌기까지는 그리 많은 시간이 걸리지
않았다.

“끄아아아!”

“크아악!”

두 사람의 입에선 찢어지는 듯한 단말마가 처절하게 터져 나왔다.

그 끔찍한 고통을 피하기 위해 본능적으로 장한명의 몸에서 손을 빼내려 했지만 그들의 손은 요지부동이었다.

발목을 채우는 단단한 족쇄가 손목에 채워진 듯한 느낌이었다.

끔찍한 고통에 허우적대는 두 중년인을 향해 장한명은 히죽 웃어 보였다.

“너무 좋아들 하는 거 아냐?”

두 중년인은 동시에 부르짖었다.

“사, 살려줘!”

“제, 제발……!”

처절한 고통은 두 중년인의 마지막 자존심과 체면을 먼저 죽인 듯 보였다.

장한명은 피식 웃었다.

“내가 하는 게 아냐.”

“으… 무슨……?”

“내 몸이 알아서 하는 거란 얘기지.”

사실이 그랬다.

장한명으로서도 알 수 없는 거대한 힘이 두 중년인을 고통으로 밀어 넣고 있었지만, 그 힘은 장한명의 의지와는 상관없이 행해지고 있었다.

그 불가사의한 힘은 스스로 알아서 방어를 하고, 한술 더 떠서 공격까지 감행하고 있는 것이다.

물론 장한명의 내부에서 일어나고 있는 이런 일련의 능동적인 움직임들이 장한명의 의식과 완전히 단절된 별개의 움직임이라고 단정 지을 수는 없지만 장한명에겐 별개처럼 느껴졌다.

어쩌면 이 별개의 움직임은 이전에도 있었던 것 같다.

화운의 집무실에서 기척도 없이 화운에게 바짝 접근해서 화운을 경악하게 했던 그 사건 아닌 사건에도 이 별개라는 괴물의 힘이 작용한 것이 분명했다.

어쨌든 이 별개라는 괴물의 힘은 상상을 초월할 만큼 강했다.

"끄아아!"

"커어……!"

그 괴물은 고통과 절망으로 절규하고 있는 두 중년인을 바라보며 비웃었다.

장한명을 향해 신형을 날려 오던 화운과 묵상은 바로 이 장면을 보며 고개를 갸웃했다.

두 중년인이 쩔쩔매고 있는 모습이 의아하게 여겨졌던 것이다.

고통은 장한명이 느껴야 했다.

그런데 고통을 느껴야 할 장한명은 태연하고 오히려 두 중년인이 극심한 고통에 사로잡혀 있는 모습이 아닌가?

"크아악!"

잠시 주춤했던 비명이 다시 처절하게 울리며 어둠을 길게 찢었다.

비명을 질러대면서도 두 중년인은 절박하게 눈빛을 교환했다.

그리고 그것이 마치 신호이기라도 한 듯 두 중년인은 우수를 포기하고 뒤로 떨어져 나갔다.

두 중년인의 우수는 손목에서부터 뽑혀져 나왔고, 뽑혀진 우수는 장한명의 등과 가슴에 그대로 박혀 있었다.

슈우욱!

이어 두 중년인의 신형이 허공으로 치솟아 올랐다.

그 순간 장한명이 중심을 잃고 허우적대는가 싶더니 두 중년인의 발목을 양손으로 잡고는 겨우 중심을 잡았다.

그 행동은 지극히 자연스럽게 보였다.

"빌어먹을!"

"버린다!"

두 중년인은 신음과 같은 중얼거림을 흘린 후, 이번에도 장한명에게 잡힌 발을 포기하려는 듯한 눈치를 보였다.

퍼퍽!

장한명이 움켜잡은 두 중년인의 발이 무릎부터 뽑혀져 나왔다.

동시에 두 중년인은 어둠 속으로 빠르게 사라졌고, 이어 주변에서 맴돌던 일곱 중년인의 희미한 기척 또한 꺼지듯이 사라져 버렸다.

그들이 남긴 기파(氣波)만이 여운처럼 맴돌고 있을 뿐이었다.

뒤늦게 화운과 묵상이 장한명의 곁으로 옷자락을 펄럭이며 날아 내렸다.

그들 역시 장한명과 두 중년인이 보인 불가사의한 행동에 넋이 빠져 있었다.

'어째서……?'

수많은 의문이 화운의 뇌리를 스쳐 갔지만, 그 의문에 대한 결론은 결국 하나로 집약될 수밖에 없었다.

'장한명…….'

사건의 중심엔 그가 있었고, 그러므로 그의 주변에서 일어났던 불가사의한 현상이 그로 인해 발생된 것임은 의심의 여지가 없었다.

'설마 신무학 백팔번뇌를……?'

장한명이 신무학 백팔번뇌를 연성했을 수도 있다는 일말의 가능성이 다시 고개를 들었다.

그러나 화운은 이내 고개를 저었다.

'마차에서 뛰어내리던 그 순간의 충격조차 제대로 수습하지 못해 이곳저곳 상처를 입은 저 사람이 신무학 백팔번뇌를 연성했을 리는 만무하다.'

억지로라도 이렇게 생각하고 싶었는지도 모른다.

반천구마신이 반천십마신이 될 수도 있는 그런 비극을 상상조차도 하기 싫었음이다.

화운은 나직이 한숨을 내쉬며 일단 머릿속을 어지럽히는 복잡한 생각을 접기로 했다.

이어 무심코 장한명이 움켜잡고 있는 중년인들이 남긴 발을 살피던 화운은 갸웃했다.

"철족(鐵足)?"

중년인이 남긴 발은 놀랍게도 쇠막대기나 다를 바가 없는 철족이었던 것이다.

화운의 시선이 의아함을 담고 이번에는 장한명의 가슴에 박혀 있는 중년인이 남긴 손으로 향했다.

"철수(鐵手)?"

그 중년인의 손이 쇠로 정교하게 만들어진 철수임을 발견하고는 화운은 아연실색하고 말았다.

장한명의 등에 박혀 있던 중년인의 철수를 빼서 화운에게 흔들어 보이는 묵상 역시 어이없다는 표정을 짓기는 마찬가지였다.

"가짜 손과 가짜 발……."

그들이 손과 발을 쉽게 버릴 수 있는 이유가 거기에 있었던 것이다.

그리고 묵상은 비로소 풀리지 않았던 의문 하나를 풀어낸다.

장한명이 멍청하게 들고 있는 쇠막대기를 보며 그들 아홉의 발걸음이 어째서 일반 사람과 달랐는지 그 해답을 찾아낸 것이다.

화운은 장한명의 가슴에 박힌 철수를 살피며 걱정스럽게 물었다.

"괜찮나요? 많이 다치신 건 아닌지요?"

장한명은 자신의 가슴에 박힌 철수를 바라보며 고개를 저었다.

"뭐, 별로."

픽!

장한명은 아무렇지도 않다는 표정으로 철수를 가슴에서 잡아 뽑았다.

철수의 끝은 매의 부리처럼 구부러져 있어 철수가 뽑히면서 가슴살도 함께 찢겨져 나갔음에도 불구하고 장한명은 별다른 통증조차 느끼지 못하는 듯 보였다.

정작 본인은 아무렇지도 않은 표정인데, 화운은 자신의 살이 찢겨져 나가는 듯한 아픔을 느끼며 아미를 찡그렸다.

장한명은 가슴에 흐르는 피를 팔소매로 쓰윽 훑어 내린 후 가볍게 철수를 흔들어 보였다.

"이것참, 재미있게 생긴 물건일세."

장한명은 모처럼 입가에 미소를 머금고는 철수를 들고 이리저리 살피며 휘둘러보기도 하고 자신의 손에 대어보기도 했다.

그 모습이 신기한 장난감을 발견하고는 마냥 즐거워하는 어린아이처럼 천진하게 느껴졌다.

화운은 장한명의 천진한 모습을 보며 고개를 끄덕였다.

'하긴, 그 나이에 어울리는 게 저런 천진함일 텐데…….'

화운은 자신도 모르게 나직이 한숨을 토했다.

그리고는 저 천진함이 사라질 뻔한 좀 전의 절망적인 상황을 떠올리며 치를 떨었다.

문득 유심히 철수와 철족을 살피던 묵상은 고개를 절레절레 내저으며 말했다.

"전주의 말씀이 옳았습니다."

화운은 갸웃했다.

"엥, 뭐가?"

묵상은 자신의 머리를 툭툭 쳤다.

"이 머리가 돌 머리라는 거지요."

"아!"

"전주께서 돌 머리라고 놀릴 때 인정할 걸 그랬소이다."

"풋!"

화운은 묵상의 말뜻을 알아채고는 가볍게 웃었다.

묵상은 화운의 면전으로 철족을 들어 올렸다.

"그들의 발걸음 소리가 특이했던 건 바로 이 물건 때문이었습니다."

"그래서?"

"그렇다면 그들 아홉 모두가 철족을 사용하고 있었다는 얘기인데… 게다가 그들 아홉 모두가 철수까지 사용하고 있었다면……?"

"간단히 말해 그들 모두가 손발이 없는 불구라는 거지."

"그렇습니다. 그런데 아무리 머리 굴려봐도 그 점이 도무지 쉽게 납득이 되질 않습니다. 그들 스스로가 손과 발을 잘라냈을 리는 만무하고… 그렇다면 누군가 그들의 손과 발을 강제로 잘라냈다는 얘기인데……."

"강제로 잘라내기엔 그들의 무공이 지나치게 강하다?"

"바로 그겁니다."

"음!"

화운은 침음했다.

기실 그녀 역시 묵상과 같은 생각을 하고 있었던 것이다.

"십 년 전, 마교의 득세로 무림이 난세의 도탄에 빠져 있었던 그 무렵 묵상은 어디서 뭘 하고 있었지?"

묵상은 화운의 엉뚱한 질문에 일순 당황했다.

"그, 그게… 그, 그러니까 십 년 전이면……."

"당연히 소림에 있었을 테지."

"아, 아마도."

"그럼 천의맹이 마교를 제압하던 그때엔?"

"그땐 정파연합맹의 일원으로 난세의 최일선에서 활동했던 것 같습니다."

화운은 고개를 끄덕였다.

"그럼 마교의 십대마전(十大魔殿) 가운데 혈랑전(血狼澱) 소속의 쟁천칠십이혈랑(爭天七十二血狼)을 기억하겠군."

"재, 쟁천칠십이혈랑?"

묵상은 부르르 몸을 떨었다.

생각만 해도 치가 떨린다는 표정이었다.

묵상은 굳어진 얼굴로 고개를 끄덕였다.

"기억하구말구요. 그들은 무림사 그 유래를 찾아볼 수 없으리만치 잔혹한 인간들이었습니다."

"어떤 점에서?"

"그들은 마교의 핵심 고수들은 아니었지만 마교의 살인 기계인 그들의 성정은 끔찍하게 잔혹하여 아녀자의 겁탈은 다반사였고, 어린아이의 심장을 꺼내어 씹어 삼키는 패륜 무도한 행위까지도 서슴지 않았던, 그야말로 인간 말종들이었습니다."

"그래서 정파연합맹은 그들 쟁천칠십이혈랑을 어떻게 응징했지?"

묵상은 잠시 생각하는 듯하다 대답했다.

"우린 그들이 뿌린 만큼 거두어야 한다고 생각했습니다."

"어떻게?"

"죽음은 그들에겐 너무 편안한 안식이라고 생각했습니다. 소신뿐만이 아니라 모두의 생각이 그러했습니다."

"그래서?"

"그래서 우린 그들에게 평생 죽을 수도 살 수도 없는 고통을 주고자 했습니다."

"방법은?"

"그들의 무공을 폐쇄했고, 손목을 잘랐으며, 무릎 아래의 다리를 잘라냈습니다."

"이를테면 사지가 잘린 것이나 다를 바가 없겠군."

"그렇습니다."

"그런 그들 중 일부가 살아 있다면 어떤 모습으로 살아남아 있을까, 묵상?"

"그건……?"

무심코 대답하려던 묵상의 안색이 창백하게 질렸다.

두 다리마저 후들후들 떨렸다.

"서, 설마……?"

차마 다음 말을 잇기조차 두려웠다.

화운은 철수와 철족을 흔들어 보이며 말했다.

"더 말해야 할까?"

묵상은 완강하게 고개를 저었다.

"하지만 당시 그들 무공은 전폐된 상태……."

"십 년이면 아쉬운 대로 폐쇄된 무공을 회복할 시간은 되지 않을까?"

"그럴 리가 없습니다, 전주! 절대 그럴 리가!"

"그렇게 흥분할 것 없어, 묵상. 난 다만 그들이 쟁천칠십이혈랑 가운데 일부일 수도 있다는 가능성을 얘기한 것뿐이니까. 그들이 쟁천칠십이혈랑과 아무런 연관이 없기를 바라는 마음은 나 또한 같아."

화운은 묵상을 안심시키려는 듯 고개를 힘주어 끄덕이며 확신하듯 말했다.

"그래, 그들이 쟁천칠십이혈랑 중 일부일 수는 없겠지. 아무리 십 년의 긴 세월이 흘렀다고 해도 전폐된 무공을 회복하기란 쉽지 않은 일일거야."

"당연히 그래야 합니다. 당연히."

말은 이렇게 했지만 묵상의 마음은 납덩이가 든 것처럼 무거웠다.

그들이 쟁천칠십이혈랑 중 일부일 가능성이 없다고 부인은 하고 있지만, 가슴 깊은 곳에 똬리를 틀고 앉아 있는 불안감은 쉽게 떨쳐 내지 못했다.

'화근을 남겨두는 게 아니었어.'

묵상은 당시를 회상하며 고개를 저었다.

"만에 하나……."

문득 묵상은 무슨 말인가를 하려다 급히 입을 다물었다.

화운은 빙그레 웃었다.

그런 그녀는 묵상이 목 안으로 삼킨 말이 무엇인지 정확히 읽어냈다.

"만에 하나 그들 아홉이 쟁천칠십이혈랑 가운데 일부라면 그들이 부활했듯 마교 또한 부활된 것이 아니냐? 그런 말을 하려고 했던 것이지?"

"그, 그게……!"

묵상은 자신의 생각이 읽히자 당황했다.

화운은 여전히 철수와 철족에 흥미를 보이고 있는 장한명의 손을 부드럽게 잡아끌며 말했다.

"물론 그럴 가능성이 없진 않지만 속단은 금물이다, 묵상. 그리고 설령 마교의 부활이 확실하다 해도 마교가 불러올 난세는 반천구마신이 불러올 난세지난세와 비교하면 조족지혈에 불과하다."

"음!"

묵상은 침음했다.

화운은 장한명과 나란히 마차로 향하며 말을 이었다.

"그러므로 우리에게 가장 시급한 것은 반천구마신의 흔적을 찾아내서 그들이 무림에 주고자 하는 공포가 무엇인지 알아내는 일이다. 몸이 열 개라 해도 반천구마신이 아닌 다른 것에 신경 쓸 여유는 손톱만큼도 없다는 뜻이다, 묵상."

"알겠습니다."

"한 가지 걸리는 건……."

화운은 장한명의 손을 잡고 마차 안으로 오르려다 말고 말끝을 흘렸다.

마부석에 앉아 어지럽게 흩어진 말고삐를 정리하던 묵상은 화운이 말끝을 흐리자 갸웃했다.

"마차에 무슨 이상이라도……?"

화운은 고개를 저었다.

"아니. 마차는 그럭저럭 아직은 쓸 만해."

화운은 장한명을 끌어 마차 안으로 올랐다.

장한명은 철수와 철족을 양손에 움켜쥔 채로 화운의 곁에 꼬옥 붙어 앉았다.

좀 전의 충격이 채 가시지 않는 듯 불안해하는 모습이었다.

문득 장한명의 머리가 한쪽으로 기울며 화운의 머리 위로 힘없이 떨어져 내렸다.

앉자마자 장한명은 깊은 잠에 빠져든 것이다.

화운은 장한명이 편히 잘 수 있도록 한쪽으로 몸을 살짝 빼고는 자신의 어깨에 장한명의 머리를 올려놓았다.

그리고 그런 장한명의 머리를 한 손으로 쓸어내리며 탄식했다.

'이 화운의 우려가 부디 기우이기를……. 앞으로 백 년이

지나도 이 사람이 신무학 백팔번뇌를 연성할 가능성이 전무
하다는 천뇌원주 공손우의 예측이 빗나간 것이 아니기
를……'

第六章
사자(死者)의 공포(恐怖)

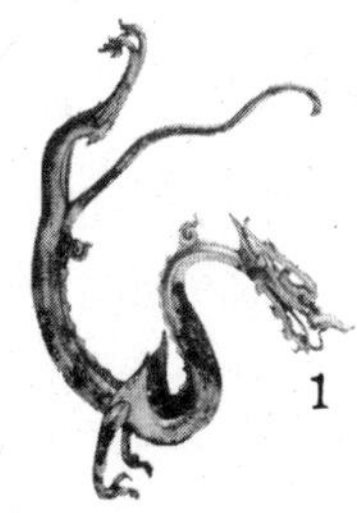

1

일 년 전 이맘때쯤, 정확히 중추절(中秋節)을 보내고 아흐레가 지났을 팔월 스무나흘에 화운은 남궁세가를 방문한 적이 있었다.

남궁세가의 가주 창천신룡(蒼天神龍) 남궁우(南宮宇)의 육순 회갑연이 성대히 벌어지던 그날 화운은 특별히 초대받은 귀빈이었다.

일 년이 지난 오늘, 화운은 특별 초대된 귀빈 자격으로 남궁세가를 찾은 것은 아니지만, 기실 천의맹의 천심전주라는 지고한 신분은 언제 어느 때 남궁세가를 찾아도 귀빈으로서의 자격은 충분했다.

그러나 그 귀빈이 문전까지 왔음에도 남궁세가는 조용했다.

다른 때 같으면 십 리 밖까지 단걸음에 달려나와 영접했을 창천신룡 남궁우의 사람 좋은 모습은 보이지 않았다.

하긴 화운 일행의 강호 출행(出行)이 은밀하게 이루어진 까닭에 화운 일행의 방문을 남궁세가 측이 모르고 있을 수는 있다.

그렇다고 해도 화운 일행이 바로 면전까지 접근했음에도 불구하고 전혀 그 기척조차도 눈치 채지 못하고 있는 남궁세가는 분명히 예전의 남궁세가가 아니었다.

예전이라면 남궁세가를 중심으로 적어도 반경 십 리 이내의 영역엔 고도의 훈련을 통해 거미의 촉수처럼 예리하게 진화된 눈과 귀를 처처에 심어두어 외부인의 접근을 철저히 감시하고 통제했을 터.

화운 일행의 예고 없는 방문이 비록 은밀한 것일지라도 그 접근을 몰랐을 리는 만무했다.

하긴 그 점도 설명이 안 되는 건 아니었다.

십 년 무림 평화는 남궁세가뿐만이 아니라 천하무림의 대소 문파 모두에게 안전에 대한 불감증을 심어주었다.

무려 십 년의 세월 동안 이 땅에 정사 대립과 갈등이 없었으니 대다수의 무림인들 뇌리엔 이 무림 평화가 영원히 지속될 것 같은 달콤한 환상이 스며들었고, 그 점이 나태함과 무사 안일함을 가져다주었음은 부인할 수 없는 사실이었다.

그렇듯 대부분의 무림인들은 피를 흘리며 무림 평화를 위해 싸웠던 지난 시절의 고통을 망각한 채 자신의 밥그릇을 누가 훔쳐 가든 말든 세월을 베고 길게 누워 늘어가는 뱃살만을 걱정스럽게 바라볼 뿐이었다.

남궁세가의 주변에서 외부인의 접근을 예리하게 감시하던 눈과 귀가 사라진 것도 따지고 보면 무사 안일함이 팽배한 작금의 무림 현실을 투명하게 보여주는 한 단면이었다.

그러나 겉으로 보이는 남궁세가는 일 년 전이나 오늘이나 크게 다르진 않았다.

무림사대세가(武林四大世家) 가운데 일가로서 한때 천하무림을 호령했던 그 일인지하(一人之下) 만인지상(萬人之上)의 위용이야 지금은 찾아볼 수 없지만, 우람한 건물을 덮고 있는 푸른 이끼는 한때 찬란했을 명가의 역사를 녹슨 보도(寶刀)처럼 내밀한 침묵으로 보여주고 있었다.

남궁세가를 상징하는 팔괘 문양이 선명한 육중한 철문은 묵언 수행하는 수도승의 입술처럼 굳게 닫혀 있었다.

일반인들에게 문호를 개방한다는 측면에서 늘 활짝 열어두었던 철문이 굳게 닫혀 있다는 점이 변화라면 작은 변화일 수도 있겠지만, 반드시 문을 열어두어야 한다는 강요된 법은 없으니 문을 닫는 건 그들의 권리일 뿐 화운이 골머리 싸매고 신경 써야 할 일은 아니었다.

기실 마음에 걸리는 건 굳게 닫힌 철문이 아니었다.

철문 앞에 수북하게 쌓여 있는 낙엽이 마음에 걸렸다.

'철문은 구조상 건물 안쪽으로 열리는 것이 아니라 바깥쪽으로 열리게 설계되어 있다. 발목까지 덮을 정도로 수북이 쌓여 있는 낙엽의 양이라면 철문이 꽤나 오랫동안 닫혀 있었다는 얘기인데…….'

한 문파가 봉문(封門)을 선언하는 경우에도 사람의 왕래는 있는 법이다.

그렇다고 남궁세가가 봉문을 선언하고 외부와의 교류를 일체 차단한 것은 아니니 사람의 발길이 오래전에 뚝 끊어진 듯한 철문 주변의 황량한 분위기를 가볍게 보아 넘길 수는 없는 일이었다.

때로는 백 번의 생각보다 한 번의 행동으로 시간을 절약할 수 있다.

"묵상."

마음의 결정을 내린 화운은 조용히 묵상을 불렀다.

'왜?'라고 생각하기보다는 '왜?'라고 묻기로 결정한 것이다.

묵상은 철문 앞에 마차를 세운 후 화운의 의중을 읽기라도 한 듯 철문을 향해 묵묵히 걸어갔다.

"제 식으로 할까요, 아니면 전주 식으로 할까요?"

철문 앞에 선 묵상은 조용히 물었다.

마차의 휘장 밖으로 반쯤 모습을 내보인 화운은 빙긋 웃어
보이며 말했다.

"간결한 쪽으로."

"그럼."

묵상은 정말 간결하게 행동했다.

우수를 내밀어 철문을 향해 간단히 일장을 날렸을 뿐이다.

그 간결한 동작엔 어떤 변화도 내포되어 있지 않았다.

다만 곁에서 누가 그 동작을 봤다면 정말 간단하고 빠르다
는 느낌만을 받았을 것이다.

아니, 어쩌면 그 동작을 육안으로 볼 수조차 없었을지도 모
른다.

묵상의 우수가 뻗어나갔다고 느끼는 순간, 쾅 하는 굉렬한
폭음이 철문 쪽에서 일었다.

지축이 뒤흔들리는 듯한 그 폭음은 묵상의 우수가 만들어
낸 것이라곤 믿기지 않을 정로도 강했다.

그러나 소리보다도 위력은 더욱 가공했다.

그 무게만도 수천 근은 되어 보이고, 두께가 족히 반 자는
넘어 보이는 거대한 철문이 엿가락처럼 휘어지며 힘없이 떨
어져 나갔다.

밤바람을 타고 날리는 낙엽이 비웃을 만큼 철문은 전혀 그
덩칫값을 못했다.

묵상은 손바닥을 툭툭 털며 간단히 말했다.

"제 식대로 처리했습니다, 전주."

화운은 갸웃했다.

"그러니까 이게 묵상의 방식이란 말이지?"

"모르셨습니까?"

묵상의 담담한 태도에 화운은 미간을 찌푸렸다.

"평소 내게 불만이 많았던 모양이로군?"

화운의 뜻밖의 말에 묵상은 흠칫했다.

화운은 박살난 철문을 눈으로 가리키며 말을 이었다.

"저 볼썽사납게 넘어진 철문을 이 화운으로 상상하면 지나친 것일까?"

묵상은 강하게 고개를 가로저었다.

"말도 안 됩니다, 전주!"

"바로 그거야. 말이 안 되는 짓을 저지른 거야, 묵상은."

"제가 실수를 한 겁니까?"

"사악하기 짝이 없는 사마의 무리라도 남의 집 대문을 이유없이 박살 내는 패악한 짓은 저지르지 않는다, 묵상."

묵상은 얼굴을 붉혔다.

"죄송합니다, 전주!"

화운은 고개를 흔들었다.

"아니, 나한테 죄송할 것까지야 없지. 사죄는 저들에게 직접 해야겠지."

화운은 눈짓으로 어둠이 깊은 남궁세가의 내부(內府)를 가리켰다.

철문이 박살나기 전까진 무덤 속처럼 고요했던 남궁세가는 철문이 박살나면서 일으킨 굉음으로 깊은 잠에서 깨어나고 있었다.

최초의 변화는 불빛이었다.

불빛 한 점 없던 남궁세가의 수많은 건물에서 거의 동시에 불빛이 흘러나오기 시작했다.

또한 여기저기서 웅성거리는 소리가 흘러나왔다.

죽어 있는 듯한 남궁세가가 마침내 살아 움직이기 시작한 것이다.

남궁세가의 어둠 깊은 곳에서 강한 불빛이 정문 쪽으로 빠르게 움직여 오기 시작했다.

횃불이었다.

십여 개의 횃불을 든 사내들은 남궁세가의 주요 인물인 듯 보였다.

횃불에 비쳐진 그들의 얼굴엔 한밤중에 터져 나온 굉음에 대한 놀라움과 의아함, 그리고 굉음을 일으킨 정체불명의 상대에 대한 적의와 노기가 동시에 꿈틀대고 있었다.

묵상은 팔각형의 전각을 돌아 빠른 속도로 다가오고 있는 남궁세가의 인물들을 바라보며 고개를 끄덕였다.

"실수가 분명한 것 같습니다. 저들의 노기등등한 표정을 보니 무릎이라도 꿇고 백배 사죄를 해도 모자랄 듯싶은데……."

"사죄와 더불어 마땅히 피해 보상을 해야겠지."

"억울하다고 항변하면 어떤 반응을 보일까요?"

"억울?"

"솔직히 억울합니다."

"어째서?"

"아무리 생각해도 이 철문을 소인이 박살 낸 것 같지 않아서입니다."

"그럼 나부터 설득해 봐. 나를 설득하면 내가 저들을 책임지고 설득할 테니까."

묵상은 쓰게 웃으며 고개를 저었다.

"그만두지요. 설득하기보다는 사죄가 간결할 듯싶습니다."

묵상의 말이 끝나는 시점과 함께 묵상의 목소리도, 화운의 목소리도 아닌 제삼의 목소리가 들려왔다.

"사죄하면 등신이지."

"……?"

묵상과 화운은 동시에 흠칫하며 한곳으로 시선을 모았다.

그들이 바라본 곳은 다름 아닌 마차 안이었다.

화운은 자신의 어깨에 시선을 던졌다.

화운의 어깨에 기대어 잠을 자고 있던 장한명은 깨어 있었다.

장한명은 화운의 어깨에 머리를 둔 채로 그 맑은 눈으로 밖을 살피고 있었다.

특히 널브러진 철문을 살필 때 장한명의 눈빛은 더욱 맑아졌다.

화운은 그런 장한명을 의아한 눈빛으로 바라보며 물었다.

"사죄를 안 해도 되는 이유를 들을 수 있을까요?"

장한명은 갸웃했다.

"정말 몰라서 물어?"

화운은 묘하게 웃으며 반문했다.

"말해봐요. 내가 도대체 무엇을 알고 있다는 것인지."

"철문 지지대는 이미 박살나 있었어. 그 사실은 똑똑한 전주도 이미 파악하고 있었을 거야."

이 말에 묵상은 흠칫했다.

'이미 박살이?'

철문 지지대가 박살나 있었다는 사실을 화운이 이미 파악하고 있었을 거라는 장한명의 말에 정작 화운 본인은 시인도 부인도 하지 않는 묘한 태도를 보였다.

그녀는 분명한 태도를 보이기보다는 또 다른 문제를 제시하는 것으로 화제를 옮겨갔다.

"지지대가 이미 박살난 상태라면 철문이 제 형태를 유지한 채 위풍 당당히 서 있기란 힘들었을 텐데요?"

"이미 박살난 상태였지만 철문을 지탱한 것은 지지대가 아니라 철문의 육중한 무게였거든.”

이미 예상했던 답이라도 들은 듯 그녀의 입가에 묘한 미소가 걸렸다.

“설명이 그럴듯하긴 하지만 그건 그저 그럴 수도 있다는 이론일 뿐이 아닐까요? 세상 사람 모두가 장 공자처럼 똑똑하진 않습니다. 그런 그들을 이해시키기 위해선 답은 늘 현실적이어야 하지요. 내가 이런 말을 왜 하느냐 하면 철문이 박살이 난 이유를 이 화운이 아닌 바로 저들에게 알아듣도록 쉽게 설명해야 하기 때문이지요.”

“…….”

화운은 눈짓으로 횃불을 들고 점차 가깝게 접근하는 남궁세가의 인물들을 가리켰고, 장한명은 말없이 몸을 일으켜 세웠다.

그리고 휘장을 거두며 마차 밖으로 걸어나갔다.

화운 역시 그런 장한명의 뒤를 따라 마차 밖으로 걸어나갔다.

그때 횃불을 든 남궁세가의 인물들이 바짝 다가섰다.

바짝 다가선 남궁세가의 인물들은 화운 일행을 향해 막 호통을 치려다 움찔하며 입을 다물었다.

그들의 호통이 떨어지려는 바로 그 순간, 화운이 그들을 향해 조용히 하라는 손짓을 해 보였기 때문이다.

상대가 천하의 신기제갈 화운임을 이미 알아본 터라 그들은 약속이라도 한 듯 화운의 신호에 맞추어 입을 다물었다.

잠시 의아한 눈빛으로 화운과 묵상, 그리고 장한명을 살피던 그들의 시선이 바닥에 처참하게 쓰러져 있는 철문으로 옮겨졌다.

그리고 그들이 다시 화운을 향해 시선을 옮겼을 때엔, 그들은 눈빛으로 철문이 쓰러져 있는 이 무례한 사태에 대한 해명을 요구하고 있었다.

그 해명을 화운이 아닌 장한명이 대신했다.

"지지대는 이미 박살난 상태였으나 철문의 무게중심은 흐트러지지 않았기 때문에 넘어지지 않은 채로 철문이 버틸 수 있었던 거지."

화운은 고개를 끄덕이며 장한명의 말을 알아듣기 쉽도록 덧붙여 부언 설명하는 자상함을 보였다.

"이를테면 황산 연화봉 남쪽 단애(斷崖) 위에 아슬아슬하게 걸쳐 있는 흔들바위가 그 무게중심만으로도 무려 수백 년이나 버티고 있는 것과 같은 이치라는 거지요?"

"하지만 어떤 물리적인 힘이 무게중심을 흩뜨려 놓으면 결국 저 철문처럼 흉한 꼴이 되겠지."

"그래요. 그렇다면 철문의 무게중심을 흔들기 위해선 과연 어느 정도의 물리적인 힘이 필요했던 것일까요?"

질문하는 그녀 자신이 궁금한 듯 보이지는 않았다.

그녀 자신보다는 장한명의 말을 쉽게 이해 못하는 듯한 남궁세가의 인물들을 위한 배려처럼 보였다.

장한명은 잠시 생각하다 묵상을 눈짓으로 가리키며 대답했다.

"그건 저 인간에게 물어봐야 하는 거 아냐?"

화운은 빙그레 웃었다.

"내 생각엔 그런 정도의 물리적인 힘이 아니더라도 철문을 넘어뜨리는 건 어렵지 않았을 거 같은데… 장 공자 생각은 어떤가요?"

"당연해. 어린아이가 약간의 힘을 주어 밀어도 넘어질 철문이었으니까."

"강풍이 불어도 넘어질 철문이었고?"

"물론이지."

"그렇다면 묵상으로선 다만 운이 없었던 것뿐이로군. 그러므로 굳이 사죄를 하지 않아도 되는 거고."

묵상을 힐끔 쳐다보며 의미심장하게 웃어 보이던 화운은 이번엔 횃불을 든 남궁세가의 무리를 응시하며 말했다.

"잘 들었나요, 남궁 총관?"

횃불을 든 이십여 명의 인물 가운데 선두에 선 백색장포인은 남궁세가의 총관(總官) 일검진천(一劍震天) 남궁도(南宮燾)였다.

그의 나이는 대략 육십 정도.

얼굴은 불그레했으며 짙은 눈썹에 고리눈이 인상적이었다.

횃불을 들고 있는 그의 눈에선 횃불보다 더욱 형형한 안광이 번쩍이고 있었으며, 그 모습은 꽤나 위맹해 보였다.

남궁도는 오랜 침묵을 깨고 비로소 입을 열었다.

"굳이 설명하지 않으셔도 세 분께서 철문을 이 지경으로 만들었다고는 생각하지 않소이다."

화운은 눈가에 희미한 미소가 그려졌다.

"고맙군요, 남궁 총관."

"다만……."

남궁도는 뭔가를 말하려다 말고 문득 말끝을 흐렸다.

화운은 남궁도가 무슨 말을 하려 했는지 이미 짐작하고 있는 듯 보였다.

"철문 지지대를 누가 박살 냈는가 하는 해명은 있어야 한다는 말씀인가요?"

남궁도는 공손히 말했다.

"해명이 아니라 도움을 요청하는 것이오."

"도움이라……."

"우리가 모르는 사이에 누군가의 손에 의해 쥐도 새도 모르게 철문 지지대가 훼손된 것이라면, 더욱이 지지대를 훼손시킨 상태에서도 그 형태를 그대로 유지시킨 그 누군가의 능력은 우리의 상상을 초월한 수위에 올라 있음이 틀림없소. 감히 우리로서는 짐작도 할 수 없는."

"능력의 문제가 아니라 그 누군가의 정체를 파악하는 것이 우선해야 하는 일이 아닐까요?"

"그 점에 솔직히 도움을 받고 싶소, 전주."

"그러니까 소녀를 통해서 그 누군가의 정체에 대해서 듣고 싶다는 뜻인가요?"

"그렇소이다."

"총관께선 소녀를 너무 과대평가하시는 건 아닌가요?"

"세상을 꿰뚫어 보고 있는 천하의 천심전주 신기제갈 화운이라면 그럴 자격이 충분하오."

화운은 씁쓸하게 웃으며 고개를 저었다.

"소녀가 알고 있는 세상에 대한 지식은 눈먼 지식에 불과합니다. 천심전의 정보력이 가져다준 특혜였을 뿐 소녀의 눈으로 직접 보고 경험한 지식은 어쩌면 총관보다 짧을 수도 있습니다."

"하지만……."

"소녀가 가지고 있는 모든 지식을 동원한다 해도 철문 지지대를 소멸시킨 자의 정체를 알 수는 없습니다. 저런 정도의 능력이 흔한 것이 아닐뿐더러, 저런 능력을 지닌 자가 단 한 명은 아닐 테니 그 능력을 펼치는 장면을 소녀의 눈으로 직접 보지 않고서야 그자가 누구인지 파악하기란 불가능한 일입니다."

"음!"

화운은 다소 실망한 기색의 남궁도를 깊은 눈으로 바라보며 물었다.

"그런 점에서 본다면 소녀보다 총관께서 그자의 정체를 파악하고 계실 확률이 더 높습니다."

"그, 그건……!"

"늘 열려져 있는 남궁세가의 철문을 닫을 수밖에 없는 이유와 철문 지지대가 훼손된 그 시점이 묘하게 맞물린다는 불길한 느낌이 드는데… 이런 소녀의 느낌이 단지 기우에 지나지 않는 걸까요?"

"기우이길 바라오."

"좋아요. 그럼 기우라고 치죠. 그렇다면 이제 한 가지 궁금증이 남았는데 그 점에 대해서 솔직한 답변을 부탁드려도 될까요?"

"솔직하지 않아야 할 이유가 없소, 화 전주."

"그렇다면 남궁세가가 폐문한 이유를 솔직하게 듣고 싶습니다만."

남궁도는 사람 좋은 미소를 지었다.

"특별한 이유는 없소, 화 전주. 개문할 때도 특별한 이유가 없었지만 폐문 또한 특별한 이유가 없었다는 뜻이오."

"늘 푸른색 계열의 장포만을 고집했던 총관께서 어느 날 갑자기 흰색의 장포가 입고 싶어 푸른색 장포를 포기한 것과 같은 맥락이라는 건가요?"

남궁도는 흠칫했다.

화운이 자신의 사소한 습관과 변화까지도 꿰뚫어 보고 있을 거라곤 남궁도로서는 상상조차 못한 일이었다.

남궁도는 상대가 어째서 천하제일지라는 독보적인 위치에 서게 되었는지 비로소 그 이유를 알 수 있을 것 같았다.

화운은 남궁도의 눈에 시선을 고정했다.

남궁도는 자신의 미세한 감정의 변화까지도 화운의 깊은 눈으로 모조리 빨려 들어가는 듯한 느낌을 받았다.

이 젊고 아름다운 여인 앞에서 남궁도는 자신이 실오라기 하나 걸치지 않은 벌거벗은 몸으로 서 있는 듯한 묘한 느낌에 사로잡히며 얼굴을 붉혔다.

화운은 잠시 사이를 두었다가 말을 이었다.

"다시 묻겠습니다, 남궁 총관. 폐문을 한 특별한 이유가 정말로 없는 것인지요."

"없소이다."

남궁도는 한 치의 망설임도 없이 단호하게 대답했다.

말없이 두 사람의 대화를 듣고 있던 장한명이 문득 고개를 저었다.

"개소리."

화운은 장한명에게 시선을 옮기며 물었다.

"어떤 점이 그렇다는 건지요, 공자?"

장한명은 느릿하게 주변을 둘러보며 말했다.

"그 연놈들의 흔적이 곳곳에 남아 있거든."

"그 연놈들이라면?"

"반천구마신!"

"반천……."

화운은 말을 하려다 무슨 생각에서인지 입을 다물었다.

이어 그녀는 잠시 뭔가를 깊이 생각하는 듯하다가 입을 열어 물었다.

"그들의 흔적이 틀림없나요?"

장한명은 고개를 끄덕였다.

"틀림없어. 내 목을 걸어도 돼."

"그들 중 하나의 흔적인가요, 아니면 그들 모두의 흔적인가요?"

"그 연놈들 모두의 흔적."

"그 흔적들이 그들의 것임을 어떻게 장담하죠?"

"그 인간들과 함께 보낸 세월이 이 년이야. 한동안 그 인간들 곁에서 그 인간들 숨소리를 들으며 생활한 적도 있어. 그들 아홉은 우리 중에서도 매우 특출한 인간들이라서 그들의 사소한 습관까지도 우리들은 마치 유행을 쫓듯 따라 했거든."

"때문에 그들 아홉의 습관 일체를 기억한다?"

"두말하면 잔소리."

"그렇다면 이곳에 남겨진 그들의 흔적 가운데 한 가지를 예로 들어 그것이 과연 그들만의 특출한 습관에서 나온 건지 아닌지 우리가 판단하기 쉽도록 도와줄 수 있을까요?"

"철문의 지지대를 예로 들어볼까?"

"좋아요. 세이경청(洗耳敬聽)하지요."

"감숙성(甘肅省) 난주(蘭州) 출신의 계집이 있었어. 이름은 하란(霞蘭). 이 년 전 당시 나이는 나와 같은 열다섯이었지."

"하란……."

"마성에 빠져 인성을 상실하기 전까지 그 계집의 성격은 매우 유순했지. 긍정적인 사고를 지닌 탓에 얼굴을 찡그리는 법이 없었어. 아무리 척박한 환경에서도 그 계집은 미소를 잃지 않았고, 경국의 미모까지 겸비해 그 계집의 인기는 함께 생활하는 무리 가운데 단연 최고였지."

"……."

"그런 그 계집에겐 남들이 흉내조차 낼 수 없는 한 가지 재주가 있었어. 그 재주란 손재주였지. 그 계집의 손을 거치면 제아무리 흉물스러운 물건이라도 단번에 아름답고 신비로운 물건으로 탈바꿈했거든. 흔하디흔한 돌조각조차도 그 계집의 손을 걸치면 살아 움직이는 듯한 완벽한 조각품으로 재탄생되었지. 뿐만 아니라 그 계집은 기학(機學)에도 정통해서 못 만지는 기계가 없었지."

"오호, 보기 드문 재원(才媛)이었군."

"그리고 그 계집은 그녀가 만든 모든 작품에 습관처럼 인장(印章)을 남겼지."

말과 동시에 장한명은 철문으로 걸어갔다.

모두의 시선이 장한명을 따라 움직였다.

"그 계집은 철문 지지대를 분쇄하고도 그 형태를 그대로 유지시키는 데에 초점을 두고, 동시에 지지대가 없는 상태로도 이 육중한 철문을 굳게 닫힌 그 모습 그대로 보존할 수 있는 방법을 찾아내기까지 약간의 고심을 했을 게 틀림없어."

"약간의 고심이라……."

"어쨌든 그 계집이 고심한 덕택에 우린 철문이 굳게 닫힌 모습 그대로 버티고 서 있는 장면을 본 최후의 목격자가 될 수 있었던 거지."

"그래요. 그 점은 인정합니다."

"그 계집은 이 철문과 지지대에 가해진 자신의 기술을 하나의 작품으로 여겼을 게 분명해. 작품으로 여겼다면 당연히 인장을 남겼을 테고."

장한명은 철문 하단부를 손으로 가리켰다.

"저게 바로 그 계집의 인장이지."

장한명의 손을 따라 다시 모두의 시선이 빠르게 옮겨졌다.

장한명의 손이 향한 철문의 하단부엔 어른 손바닥 크기의 난초 한 촉이 살아 움직이듯 선명하게 음각(陰刻)되어 있었다.

그렇듯 선명하게 음각되어 있음에도 불구하고 아무도 그

한 촉의 난초를 발견하지 못했던 것은 그곳에 누군가가 난초를 새겼을 거라고는 감히 상상조차 못했기 때문일 것이다.

그것이 그 누군가의 인장이라곤 더욱이나 상상도 못할 일이었다.

장한명이 음각된 난초의 존재를 언급하지 않았던들 철문이 녹슬어 사라질 때까지도 난초의 존재는 세상 밖으로 드러나지 않았을지도 모른다.

어쨌든 난초의 존재를 발견한 모두의 시선엔 놀라움이 떠올랐다.

특히 화운의 놀라움은 컸다.

무심히 스쳐 지나가는 바람의 속도와 방향까지도 정확하게 읽어내고 머릿속에 담아둘 만큼 주도면밀한 성격의 화운이 난초의 존재를 전혀 파악하지 못하고 있었다는 한 가지 사실만으로도 그녀에겐 좌절이며 충격이었다.

자신이 놓친 부분을 빈틈없이 꿰뚫어 보고 있는 장한명의 예리한 통찰력은 인정하지 않을 수 없는 신선한 충격이기도 했다.

화운이 느끼는 이 두 가지 충격은 그녀를 한동안 침묵하게 했다.

향 한 자루 탈 시간이 지나서야 그녀는 겨우 마음을 추스르고 철문에 남겨진 난초를 면밀히 살펴 나갔다.

"하란이라고 했나요?"

화운은 여전히 시선을 난초에 고정시킨 채 물었다.

장한명은 고개를 끄덕였다.

"그래, 하란."

"그녀는 평소 검을 무기로 사용했나요?"

"아니. 그 계집에게 검 따윈 없었어."

화운은 갸웃했다.

"검이 없다?"

"검이 없었다는 표현이 정확할 거야. 현재의 그 계집은 검을 구해 무기로 사용할 수도 있으니까."

"그렇다면 현재의 그녀는 검을 무기로 사용하는 것이 분명합니다. 난초화(蘭草畵)는 분명히 검끝으로 그려진 것이기 때문이죠."

"그럴 수 있지만, 그게 무슨 문제라도……?"

"철문은 도검으로 흠을 내기가 불가능한 단단하기 이를 데 없는 백년한철(百年寒鐵)을 주요 소재로 사용했습니다. 무위가 신의 경지에 이른 절대의 고수가 천하이기(天下利器)인 보검을 사용해서 이 백년한철로 이루어진 철문을 공격한다 해도 한 치 이상의 흠을 남길 수는 없습니다."

화운의 시선이 묵상에게 옮겨졌다.

"절대의 고수라는 내 표현이 너무 과한 건가, 묵상?"

묵상은 조용히 고개를 가로저었다.

"아닙니다, 전주."

"그렇다면 한 치 이상의 흠을 남길 수 없다는 표현은?"

"그 점도 인정합니다."

"고맙군."

화운은 묵상을 향해 빙그레 웃어 보인 후 장한명에게 시선을 던지며 말을 이었다.

"한데 이 난초에 남겨진 흠은 무려 반 자에 달합니다. 장 공자, 이 부분을 어떻게 해석해야 할까요?"

장한명이 대답하기에 앞서 묵상이 먼저 입을 열었다.

"폭이 아니라 깊이를 말씀하시는 겁니까, 전주?"

"폭이라도 쉬운 일은 아니지. 하지만 폭이라면 묵상의 능력으로도 가능하다고 보는데?"

"그렇다면 깊이라는 말씀이신데… 그건 불가능합니다."

묵상은 강하게 도리질 쳤다.

화운의 표정은 어두워졌다.

"그런데 어쩌지? 불가능하다고 해서 이 눈앞에 펼쳐진 현실을 직접 두 눈으로 보면서도 믿지 말아야 하는 걸까?"

"그, 그건……."

묵상은 할 말을 잃은 듯 입을 다물었다.

두 사람의 대화를 말없이 듣고 있던 장한명이 고개를 갸웃하며 물었다.

"그게 그리 어려운 거야, 전주?"

화운은 고개를 끄덕였다.

"단순히 어려운 정도가 아니라 불가능한 일입니다, 장 공자."

"불가능?"

장한명은 갸웃하며 허리를 굽혀 손바닥으로 철문의 모서리 부분을 가볍게 찍었다.

순간 철문 모서리에 장한명의 손바닥 자국이 선명하게 찍혀졌다.

"우리가 이 년 동안 머물던 공간엔 달리 놀이기구가 없었지."

장한명은 손바닥에 좀 더 힘을 주었다.

손바닥은 진흙 속을 파고들 듯 그야말로 극강하기 이를 데 없다는 백년한철 속을 아주 간단히 파고들어 갔다.

이를 지켜보던 화운과 묵상, 그리고 남궁도를 비롯한 남궁세가의 인물들은 경악하지 않을 수 없었다.

"마, 맙소사!"

"세, 세상에 어떻게 저런 일이……!"

그들 모두는 자신들의 눈을 의심했다.

그러나 정작 장한명은 담담했다.

"특별한 놀이기구가 없었던 그 공간에서 우린 이렇게 놀았지."

장한명은 진흙을 퍼 올리듯 철문에서 한 덩어리의 백년한철을 손바닥으로 퍼 올렸다.

　그리고는 밀가루를 주무르듯 백년한철 덩어리를 주물렀다.

　"우린 이 덩어리를 주물러 물고기를 만들기도 했고, 인형을 만들기도 했으며, 때론 검이나 도 같은 장난감 무기를 만들어 놀곤 했지."

　장한명은 능숙한 솜씨로 백년한철을 주물러 물고기 모양을 만들어냈다.

　그리고 그것을 자랑스럽게 화운의 면전에 흔들어 보이며 말했다.

　"이것이 어째서 불가능한 일이라는 거지, 전주?"

　화운의 눈빛은 파르르 경련했다.

　그녀의 놀라움은 누구보다도 컸다.

　천하이기로도 흠집조차 내기 어렵다는 백년한철을 떡 주무르듯 간단히 주물러대는 장한명의 신기(神技)를 화운은 직접 자신의 눈으로 보고서도 믿기지 않았다.

　자신이 알고 있는 상식을 모두 동원한다 해도 장한명이 보인 신기를 있는 그대로 수용하기란 불가능했다.

　아니, 상식은 오히려 방해가 될 뿐이었다.

　상식을 무시하지 않는다면 죽을 때까지도 이해도 납득도 할 수 없는, 그야말로 상식의 한계를 뛰어넘는 불가사의한 능력이라 하지 않을 수 없었다.

　화운은 애써 자신의 감정을 숨기려 들지 않고 놀란 표정 그대로 물었다.

"그러니까 그 백년한철을 놀이기구로 사용했다는 건가요?"

장한명은 고개를 끄덕였다.

"물론이지. 그곳의 사면 벽과 천장은 온통 이것과 같은 백년한철로 뒤덮여 있었으니까."

"그러니까 한두 사람도 아닌 모두가 그랬다는 건가요?"

"모두라고 단정 지을 수는 없지만, 내 기억으론 대다수가 그런 놀이를 즐겼던 것 같아."

"장 공자께서도?"

"가끔."

"신무학 백팔번뇌에 속한 무공이었나요?"

"그걸 내가 어떻게 알아?"

"몰랐다는 건가요?"

"우린 우리가 알지 못하는 어느 순간 그런 특별한 능력을 얻었을 뿐이야. 아니, 대다수가 그런 능력을 지니고 있었기 때문에 그것이 특별한 능력이라고도 생각해 본 적 없어. 그저 누구에게나 있는 보통의 능력이라 여겼던 거지."

"그러니까 그 능력이 무공인 줄도 몰랐다?"

"당연하지. 그걸 무공이라고 말해준 사람은 없었으니까."

"그렇다면 장 공자께서는 자신이 무공을 익혔는지조차 모를 수도 있겠군요?"

“…….”

장한명을 입을 다물었다.

마땅한 대답이 생각나지를 않았다.

장한명은 지나온 이 년을 돌이키며 답을 찾으려 애썼지만 결국 포기해야 했다.

“솔직히 이런 능력이 무공이라고 생각해 본 적이 없어.”

화운은 고개를 끄덕였다.

“그럴 수도 있겠군요. 적어도 외부와의 교류 자체가 완벽하게 차단된 그 공간에서는 말입니다. 하지만 무공이 분명합니다. 그것도 상식을 깬 지고(至高)하기 그지없는 무공입니다. 어쩌면 인간의 한계를 초월한 무공일지도 모르죠.”

“하지만 우린 그렇게 생각해 본 적이 없어. 하루를 채워야 하는 그 일이 무공 수련이라는 사실조차도 우린 몰랐으니까. 그저 그 공간에선 달리 할 일이 없었기 때문에 우린 주어진 과제물을 탐닉했을 뿐이지.”

“처음부터 몰랐나요?”

“무림 일류를 만들어주겠다는 그 영감탱이의 유혹이 없었다면 난 굶어 뒈져도 그곳에 들어가지 않았을 거야. 일류를 만들어주겠다고 했으니 우리에게 던져진 과제물도 당연히 일류를 위한 무공 요결이라고 생각했지. 그러나 시간이 흐르면서 우리 대다수는 사기를 당했다고 생각했지.”

“사기?”

　"우리들 가운데엔 바깥세상의 무공에 눈을 뜬 몇몇 인간들이 있었는데, 그 인간들은 과제물이 무공 요결일 리가 없다고 바락바락 우겨댔어. 우리가 생각하기에도 그랬지. 과제물에 적힌 그 내용은 우리 중에서 똑똑하다는 인간들조차도 고개를 설레설레 내저을 정도로 도무지 이해할 수 없는 말도 안 되는 지극히 비현실적인 얘기들뿐이었으니까. 그래서 우린 과제물의 글은 아예 이해하려고도 하지 않았고, 괴이무비한 자세의 그림만을 심심풀이로 따라 할 뿐이었어."

　"그랬을 겁니다. 신무학 백팔번뇌가 현실보다는 이상에 뿌리를 둔 이론상의 무공에 가까웠을 테니까요."

　"어쨌든 그곳에서의 하루하루가 지겨웠을 뿐 성취감이라곤 눈곱만큼도 찾아볼 수 없었지. 일찍이 그것이 상상을 초월하는 대단한 무공인 줄 알았더라면 우리에겐 희망이라도 있었을 텐데……."

　장한명은 그 점이 못내 아쉬운 듯 길게 탄식했다.

　화운도 탄식했다.

　"정말 안타깝군요. 무려 일천 명에 달하는 천뇌집무헌의 고수들이 마성에 젖기 전에 세상 밖으로 나왔다면 단지 그 정도의 성취만으로도 무림 평화에 지대한 공헌을 했을 텐데 말이지요."

　"그런데 정말 내가 무공을 연성하긴 한 거야, 전주? 난 내가 무공을 익혔다는 사실이 아직도 믿기질 않아."

“저 백년한철을 힘들이지 않고 자유자재로 조형(造形)을
할 수 있을 정도면 상당한 내공이 필요합니다. 삼 갑자(三甲
子), 아니면 그 이상의 내공이 필요한지도 모르지요. 내공을
갖추었다고 해서 반드시 무공을 연성했다고는 확언할 수 없
지만 가능성은 대단히 높습니다. 삼 갑자의 내공이라면 일반
인이 백 년을 밤낮으로 수련한다 해도 쉽게 얻을 수 없는 높
은 경지이기 때문입니다.”

“그렇다면 내게 그런 내공이 있다는 것인지……?”

“내공이 아니라면 다른 차원의 능력일진대 그건 소녀로서
도 설명이 불가합니다.”

“다른 차원의 능력?”

“그건 차차 알아보기로 하지요. 반드시 알아봐야 할 이유
가 있으니까요.”

“이유라면……?”

“설명이 깁니다. 나중에 기회가 되면 설명해 드리기로 하
지요. 그보다는 우선 그들 아홉을 찾는 일이 시급합니다. 일
단 흔적을 찾아냈으니 서둘러 그들을 찾아내지 못한다면 그
들은 우리로부터 좀 더 멀어질 테니까요.”

장한명은 남궁도를 향해 느릿하게 돌아섰다.

남궁도는 비로소 장한명의 모습을 정면에서 볼 수 있게 되
었다.

지극히 평범한 용모였다.

그러나 장한명의 눈빛을 대하는 순간, 남궁도는 이 소년이
결코 평범하지만은 않음을 대번에 느낄 수 있었다.

참으로 맑은 눈이었다.

그리고 그 눈은 심연(深淵)처럼 깊어 보이기까지 했다.

남궁도는 이렇듯 맑고 깊은 눈을 본 적이 없었다.

소년은 단지 눈빛만으로도 수많은 감정을 자유자재로 표
현하는 듯했고, 지금 자신을 바라보는 그 눈빛엔 권태로움이
가득했다.

그 눈빛에 접한 남궁도는 문득 자신의 삶이 권태롭고 무료
하게 느껴졌다.

자신의 이런 변화에 남궁도는 소스라치게 놀라며 흔들리
는 마음을 황망히 수습해야 했다.

바로 그때, 소년의 눈빛은 다시 변했다.

이번엔 그 눈빛은 남궁도로 하여금 강하게 복종을 요구하
는 듯했다.

남궁도는 그 눈빛에 이끌려 하마터면 이 소년 앞에서 무릎
을 꿇을 뻔했다.

남궁도는 식은땀을 흘리며 급기야 소년의 눈빛을 피하고
말았다.

눈빛은 피했지만 가슴은 여전히 두근거렸다.

육십 평생 이런 황당한 경험은 처음이었다.

장한명은 그런 남궁도를 바라보며 담담히 입을 열었다.

“영감, 영감은 알고 있을 텐데?”

남궁도는 밑도 끝도 없이 불쑥 던지는 장한명의 질문에 어리둥절한 표정을 지었다.

다짜고짜 하대를 하는 어린 장한명의 불손한 태도에 좋은 기분일 수는 없었지만 남궁도는 화운을 봐서라도 최소의 예의는 지켜야 한다는 마음으로 조용히 되물었다.

“무엇을 말이오?”

장한명은 이번에도 밑도 끝도 없는 말을 던졌다.

“그들 아홉!”

“아홉?”

“영감은 그들을 봤을 테니 그들에 대해서 당연히 잘 알고 있을 거란 얘기지.”

“헛허, 이런 황당한 경우가……. 무슨 말씀을 하시는 건지 이 늙은이는 도무지…….”

“정말 몰라?”

“글쎄 그들 아홉이 누구인지 먼저 설명을 해주셔야 이 늙은이가 아는 사람인지 모르는 사람인지 답변을 드려도 드릴 게 아니겠소?”

“영감은 우리 대화를 모두 들었을 텐데?”

“들었소.”

“그런데도 그들 아홉이 누구인지 짐작이 가지 않는단 말인가?”

"그렇다면 두 분의 대화에 언급된 그 아홉을 말씀하시는 건지……?"

"그래."

"두 분의 대화 이전엔 본 적도 들은 적도 없는 그들을 이 늙은이가 어찌 알겠소?"

"영감이 그들을 보지 못했을 리는 만무하지."

"무슨 뜻인지……?"

남궁도는 어리둥절한 표정으로 고개를 갸웃했다.

장한명은 눈빛은 남궁도에게 고정한 채 팔만 들어 철문을 가리켰다.

"눈 똑바로 뜨고 잘 봐. 그들 아홉 중 한 명이 저 철문에 자신의 고유 흔적을 남겼는데도 그들을 보지 못했다는 거야?"

"난초 인장을 말씀하시는 거 같은데… 사실 그건 저희들로서도 방금 전에야 그 사실을 알게 되었을 뿐……."

장한명은 남궁도의 말을 단호히 잘랐다.

"염병, 그럴 리가 없잖아. 이 주변엔 그들 아홉이 남긴 흔적들로 가득한데 말이야. 난초 인장을 그 흔적 중 일부분일 뿐이고……."

"……."

"그들이 이곳을 유람 삼아 오진 않았을 터. 그들은 더욱 강하고 독한 흔적을 필히 남겼을 거야."

"하오나……."

"젠장. 내 말을 먼저 들어, 영감!"

"음……."

"그들 아홉이 이곳 남궁세가를 찾았다면 남궁세가는 피떡이 되어 있어야 마땅하고, 영감 당신도 살아 있는 목숨이 아니어야 하잖아. 한데 남궁세가의 어디에도 피떡의 흔적은 보이지 않아. 그렇다면 그 인간들이 피떡 대신 남긴 그 인간들만의 잔혹하기 이를 데 없는 경고가 있을 텐데?"

"……."

"설명해 봐. 그들 아홉이 당신들 남궁세가에 대체 무슨 짓을 저지른 것이지?"

"……."

남궁도의 눈빛이 가늘게 흔들렸다.

애써 태연함을 가장하려는 태도가 역력했지만 감정의 흔들림까지 감추진 못했다.

그만큼 장한명의 한마디 한마디는 무례하긴 해도 비수처럼 날카롭게 남궁도의 정곡을 파고든 것이다.

궁지에 몰려 쩔쩔매는 남궁도가 안쓰러워 보였는지 화운이 나섰다.

"총관께서 답변키가 곤란하신 모양이군요. 남궁 가주를 직접 뵙고 몇 가지 의문을 풀고 싶은데 총관께 안내를 부탁드려도 되겠는지요."

화운의 정중한 부탁에도 불구하고 남궁도는 선뜻 응하지

못했다.

화운이 고개를 갸웃했다.

"남궁 가주께서 어디 편찮으시기라도 하는 건지, 아니면 출타 중이거나……."

"제가 안내하지요."

대답은 남궁도가 아닌 엉뚱한 쪽에서 들려왔다.

화운과 장한명, 그리고 묵상의 시선이 목소리가 들려온 쪽으로 자연스럽게 옮겨갔다.

달빛 아래 모습을 드러낸 그 사람은 백색 궁장의 여인이었다.

나이는 이십대 초반 정도.

뛰어난 미색은 아니었지만 단아한 모습엔 귀품(貴品)이 어려 있어 함부로 대할 수 없는 위엄마저 느껴졌다.

여인은 가볍게 고개를 숙여 화운에게 인사했다.

"그동안 편히 지내셨나요, 화 전주?"

화운은 부드러운 눈인사로 답례했다.

"덕분에 잘 지냈습니다, 소가주."

여인은 남궁세가주 창천신룡 남궁우의 무남독녀 남궁소소(南宮素昭)였다.

그녀는 현재 남궁세가의 소가주(小家主) 신분이기도 했다.

화운을 대하는 남궁소소의 태도는 시종일관 공손했다.

"미안해요, 화 전주. 화 전주께서 왕림하신 줄 미리 알았다면 한걸음에 달려나왔을 텐데. 경황이 없어서 이제야 연락을 받았습니다."

"별말씀을. 이제라도 이렇듯 뵙게 되니 반가울 따름입니다."

"소녀를 따라오시지요. 소녀가 모시도록 하겠습니다."

"고맙습니다."

"두 분도 함께 자리를 하시지요."

남궁소소는 걸음을 옮기기에 앞서 묵상과 장한명를 배려하는 세심함까지 보였다.

달빛을 타고 흐르듯 휘날리는 낙엽은 깊어가는 가을의 정취를 물씬 느끼게 했다.

남궁세가의 정문에서 벌어진 일단의 소란은 그 깊어가는 가을의 정취와 함께 깊은 침묵으로 가라앉았다.

2

화운 일행이 안내된 곳은 고풍스러운 한 채의 귀빈전(貴賓殿)이었다.

귀빈전은 글자 그대로 남궁세가의 귀빈만을 대접하는 특별한 장소였다.

귀빈전 내부의 꽤나 넓은 대청에는 정교한 가구나 화려한 장식 같은 것은 없었지만, 뭐라고 말할 수 없이 장엄, 엄숙, 고

귀, 박대(博大)함이 서려 있었다.

그 누구라도 대청에 들어서게 된다면 이 대청의 분위기에 동화되어 마음은 자기도 모르게 엄숙하고 무거워질 것 같았다.

대청의 중앙엔 긴 탁자가 놓여 있었고, 긴 탁자 옆엔 하나의 크고 널따란 교의(交椅)가 놓여 있었다.

교의에는 한 사람의 백의노인(白衣老人)이 단정한 자세로 앉아 있었다.

그는 혼자 외롭게 그곳에 앉아 있었으며, 화운과 장한명은 지척에 있는 그가 참으로 멀리 떨어져 있다는 느낌을 받았다.

백의노인은 바로 남궁세가의 가주 창천신룡 남궁우였다.

화운은 이미 창천신룡 남궁우를 본 적이 있었기 때문에 그가 예전의 모습과는 사뭇 다름을 느끼고는 문득 반천구마신의 존재를 떠올렸다.

어째서 남궁우를 보면서 반천구마신을 떠올렸는지 그녀로서는 아직 그 이유를 알 수 없었지만, 반천구마신을 떠올리는 그 자체만으로도 화운은 주체할 수 없는 불길함에 사로잡혔다.

잠시 자리를 비웠던 남궁소소가 찻쟁반을 들고 나타나면서 화운은 그 불길한 의식에서 깨어날 수 있었지만, 그 정체 불명의 불길한 기운을 완전히 떨친 것은 아니었다.

남궁소소는 미동도 없이 교의에 앉아 있는 남궁우를 연민이 가득한 눈빛으로 바라보며 탄식했다.

"가주께서는 의식이 없으십니다."

남궁소소의 이 한마디에 긴 탁자를 앞에 두고 앉아 있던 화운은 물론이거니와 장한명도 흠칫 자세를 고쳐 앉았다.

화운의 불길함이 결국 적중한 셈이다.

화운은 남궁우를 살피며 숨 가쁘게 물었다.

"의식이 없다니요?"

대답에 앞서 남궁소소는 화운과 장한명의 앞에 찻잔을 내려놓고는 조심스럽게 차를 따랐다.

그런 그녀의 입에선 깊은 한숨이 흘러나왔다.

"가주께서는 삼 년 전에 폐관 수련(廢關修練)에 드셨는데 불행히도 지금으로부터 열흘 전에 주화입마(走火入魔)에 빠지셔서 의식 일체를 잃으셨습니다."

"주화입마?"

화운은 망치로 뒤통수를 얻어맞은 기분이었다.

남궁소소는 탄식과도 같은 말을 이어갔다.

"근근이 목숨을 부지하고 계시긴 하나 손끝 하나 움직일 수 없는 식물의 상태이십니다. 살아 있어도 살아 있는 목숨이라고 할 수 없습니다. 의식이 없어 피붙이조차도 알아보지 못하십니다."

"……"

"갑작스런 가주의 주화입마로 사실 그동안 경황이 없었습니다. 늘 열어놓은 문을 폐문한 것도 그러한 이유 때문입니다. 경황이 없어 화 전주를 소홀히 영접할 수밖에 없었습니다. 진심으로 사과드립니다."

"사과라니요. 별말씀을."

"가주께서 특별한 손님에게만 내놓으시던 용정차(龍井茶)입니다. 저녁을 준비하는 동안 이 용정차로 잠시 허기를 달래시지요."

"고맙습니다."

대청 안은 용정차의 그윽한 향기로 가득 찼지만, 화운은 그 차의 향기조차 느끼지 못했다.

말없이 찻잔만을 바라보는 장한명의 그 맑은 눈빛엔 잔 파문이 일고 있었다.

그의 눈빛은 찻잔에 향해 있었지만 생각은 한순간도 반천구마신에게서 떠나질 못했다.

화운은 화운대로 장한명은 장한명대로 각기 다른 깊은 생각에 잠겨 있는 터라 대청은 잠시 어색한 침묵으로 빠져들었다.

문득 바깥에서 경고(更鼓)를 알리는 북소리가 들려왔는데, 이미 이경(二更)이었다.

밤은 더욱더 깊어갔다.

화운은 차 한 잔을 무려 반 각에 걸쳐 느릿하게 마신 후 오랜 침묵을 깨고 입을 열었다.

"회복 가능성은 어느 정도인가요, 소가주?"

남궁소소의 눈빛이 어둡게 가라앉았다.

"현재로썬 회복 가능성은 아주 희박합니다."

"제가 잠시 살펴도 될까요?"

"전신 심맥(深脈)이 남김없이 모조리 상하신 상태입니다. 전주의 의술이 화타나 편작에 버금갈 정도임은 소문을 들어 익히 알고 있긴 하지만 괜한 시간 낭비일 뿐입니다."

"소문만 그럴 뿐 제가 지닌 의술이야 사실 변변치 않습니다. 제가 가주를 살피고자 함은 가주의 치료를 위한 진료의 성격이 아닙니다."

"하오면?"

"주화입마에도 여러 종류가 있습니다. 화기(火氣)에 의한 주화입마가 있고 사기(邪氣)에 의한 주화입마도 있습니다. 그러나 그 어떤 주화입마도 심맥에 치명적인 상처를 주진 않습니다. 몸이 불구는 될 수 있어도 전신이 굳어버리는 불구의 상태까지 가는 경우는 극히 드물며, 자신의 하나뿐인 딸을 못 알아볼 정도로 치명적인 경우는 거의 없습니다."

"전주께서는 소녀의 말을 믿지 못하시는 건가요?"

"아닙니다. 주화입마에 대한 저의 지식이 턱없이 짧을 수도 있습니다. 이번 기회를 통해 부족한 지식을 채우고 싶은데… 견맥(見脈)을 허락해 주실는지요?"

남궁소소는 난감한 표정을 지었다.

화운은 안심하라는 듯 온유한 표정을 지어 보였다.

"가주께 해가 되는 일은 없을 것입니다. 그 점 약속드립니다."

남궁소소는 잠시 생각하다가 끝내 고개를 저었다.

"죄송합니다, 저 혼자서는 결정할 수 없는 일이라서. 소녀에게 하루의 시간을 주시면 문중 어른들의 허락을 받은 후 전주께 통보를 드리겠습니다."

순간 장한명이 불쑥 나섰다.

"주화입마는 무슨 주화입마."

남궁소소는 흠칫했다.

"무슨 소리……?"

장한명은 남궁우를 맑은 눈에 담으며 말했다.

"가주라는 저 노인은 자해(自害)를 한 거지, 주화입마가 아니라는 거야."

"무, 무슨……?"

남궁소소의 눈빛이 크게 흔들렸다.

화운은 고개를 끄덕였다.

"제 생각도 장 공자와 같습니다, 소가주."

"무슨 말씀들을 하시는 건지 소녀는 알아들을 수가 없군요. 자해라니요? 말도 안 됩니다."

장한명은 느릿하게 몸을 일으켜 세우며 말했다.

"난 주화입마가 뭔지도 몰라. 하지만 주화입마가 어떤 것이든 그건 아냐. 때려죽여도 자해는 자해야."

"그렇게 단정 짓는 근거라도 있나요?"

남궁소소의 표정이 차갑게 굳어졌다.

장한명의 거친 말투가 마음에 들 리 없었다.

장한명은 교의에 앉아 있는, 아니, 앉혀져 있는 남궁우를 향해 천천히 걸어가며 자신의 생각을 말했다.

"가주의 옷 밖으로 드러난 모든 피부엔 혈색(血色)이 없어. 혈색이 없다는 건 과다한 출혈이 있었음을 의미하지. 그런데 손끝 하나 움직일 수 없다는 당신네 가주에게 과다한 출혈이 있었다는 건 이상하지 않아?"

"……"

남궁소소의 얼굴이 더욱 굳어졌다.

애써 태연을 가장하고 있긴 해도 몸의 떨림은 감추지 못했다.

장한명은 남궁우의 교의에 바짝 접근했다.

"어쨌든 심맥이라는 게 상했다면 그건 가주 스스로 심맥을 상하게 한 것이지, 다른 사람이 저지른 짓은 때려죽여도 아니다. 그런데 소가주는 어떤 이유에서인지 몰라도 그 사실을 애써 숨기려 들고 있어."

"난 사실을 그대로 말씀드린 것일 뿐 속인 게 없습니다!"

남궁소소의 목소리에서 싸늘한 냉기가 배어 나왔다.

장한명은 남궁우 앞에서 걸음을 멈춘 채 말했다.

"계속 오리발을 내밀면 결국 내 손으로 이 영감의 몸을 뒤질 수밖에."

"멈춰!"

남궁소소는 장한명을 향해 날카롭게 소리쳤다.

그런 그녀의 손은 어느새 푸른 예기(銳氣)를 뿌리는 검을 잡고 있었다.

그 검은 한 치의 오차도 없이 장한명의 등 뒤 풍문혈(風門穴)을 겨냥하고 있었다.

서릿발이 내린 듯한 남궁소소의 얼굴은 비장하기까지 했다.

남궁소소의 이런 뜻밖의 행동에 화운과 장한명은 소스라치게 놀라야 했지만, 그러나 두 사람은 태연했다.

두 사람은 이런 남궁소소의 반응을 이미 예견한 듯 보였다.

그러나 장한명은 멈추지 않았다.

천천히 남궁우의 가슴 부근으로 손을 뻗어갔다.

순간 남궁소소의 얼굴에 매서운 살기(殺氣)가 떠올랐다.

"멈추라고 했을 텐데?"

장한명은 여전히 멈추지 않았다.

남궁소소의 얼굴에 서린 살기는 더욱 짙어졌다.

"대체 무엇을 원하는 거지?"

남궁소소의 냉혹한 물음에 화운이 대답했다.

"진정해요, 소가주. 우린 그저 진실을 알고 싶을 뿐입니다."

남궁소소는 처연하게 웃었다.

"깔깔깔! 진실? 무슨 진실? 그따위 건 지나는 개한테나 주라지. 우리 남궁세가의 천 년 자존심을 무너뜨릴 만큼 진실이 중요한 건가? 보이는 모습 그대로를 진실로 인정해 주는 게 그리 어려운 일은 아닐 텐데?"

남궁소소는 피 토하듯 말을 쏟아내고는 장한명을 향해 최후의 경고를 날렸다.

"거기, 너! 가주의 털끝이라도 건드리면 내 손에 죽는다!"

장한명은 남궁우의 옷고름을 이미 풀어 내린 상태였다.

그 상태로 장한명은 동작을 멈추었지만 옷고름이 풀린 상태로 남궁우의 백삼은 좌우로 갈라졌다.

남궁우의 가슴과 복부 쪽의 속살이 드러났고, 그 순간 장한명과 화운의 얼굴은 동시에 굳어졌다.

순간 남궁소소의 검이 허공을 갈랐다.

검이 움직였다고 느끼는 순간, 공기를 찢는 파공성과 함께 무형의 검기는 이미 장한명의 등 뒤를 찔러갔다.

한때는 남궁세가를 천하무림의 패주로 등극케 했던 남궁세가의 비전 검학이 남궁소소의 검을 통해 화려하게 부활하는 순간이었다.

화운의 입에서 신음과 같은 중얼거림이 흘러나왔다.

"절검탈명(折劍奪命)!"

수백 년 전에 실전된 것으로 알려진 남궁세가의 독문 절예 무극혈세삼십육검식(無極血洗三十六劍式) 가운데 가장 잔인하고 패도적인 살수(殺手)였다.

第七章
천세(千歲)의 부활

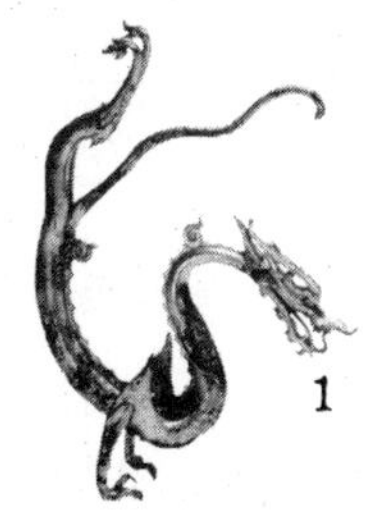

1

‘위험하다!’

화운은 남궁소소가 어린 나이에 저 가공할 실전 무학을 어떻게 연성하게 되었는지에 대한 의문보다 장한명의 안위가 먼저 걱정되었다.

현재로썬 남궁우의 목숨 백과도 바꿀 수 없는, 그야말로 가치를 따질 수 없으리만치 소중한 장한명이었다.

남궁세가에 이르면서 화운은 장한명의 가치를 실감했다.

적어도 반천구마신에 대해서만큼은 화운이 감히 따를 수 없는 정보력을 장한명이 지니고 있음을 눈으로 직접 확인하지 않았던가.

반천구마신을 상대하기 위해선 장한명의 도움이 절대적임은 차치하고서라도, 절체절명의 위험에 빠진 무고한 생명 하나를 손바닥 위에 올려놓은 채 그저 수수방관할 수만은 없는 일이었다.

그러나 그녀가 굳이 나설 필요는 없었다.

"헛!"

짧은 신음과 함께 장한명을 공격했던 남궁소소가 무슨 연유에서인지 다급히 뒤로 물러섰다.

아니, 물러선 것이 아니라 그녀의 의지와는 상관없이 그녀의 몸이 뒤로 주르르 밀리고 있다는 표현이 더 정확할 것이다.

쿠쿠쿠!

남궁소소가 밀려나면서 바닥의 대리석이 깊이 파였다.

뒤로 밀려나지 않기 위해 사력을 다하는 남궁소소였다.

그러나 그녀는 무력하게 뒤로 삼 장이나 밀려나고 말았다.

애초에 그녀가 서 있던 지점으로 밀려나고 만 것이다.

남궁소소는 자신의 검과 장한명을 바라보며 경악 반, 불신 반인 기이한 표정을 지었다.

그런 그녀의 반응은 아랑곳없이 장한명은 태연했다.

장한명은 사실 그녀의 공격에 대한 어떤 방어 동작도 취하지 않았다.

장한명은 약간 허리를 숙인 채 남궁우의 복부 부근을 면밀히 살피고 있을 뿐이었다.

그럼에도 불구하고 실전 후 수백 년 만에 완벽하게 부활한 무극혈세삼십육검식 가운데 가장 잔인하고 패도적이라는 절검탈명검식은 무기력하게 무너졌다.

'어떻게 이런 일이……?'

이런 아연함은 비단 남궁소소뿐만이 아니라 화운 역시도 함께 느끼는 감정이었다.

남궁소소의 경악은 단순히 자신의 필살기가 제대로 힘 한 번 써보지 못하고 무기력하게 무너졌다는 좌절에서 나온 것이었지만, 화운의 감정은 그것하고는 사뭇 다른 것이었다.

그녀는 애초에 장한명이 신무학 백팔번뇌를 연성하지 못했을 거라는 나름대로의 확신을 가지고 있었고, 한동안은 그런 자신의 믿음을 단 한순간도 의심해 본 적이 없었다.

그러나 천의맹을 떠나 남궁세가에 이르면서 그녀의 그런 믿음은 흔들렸다.

마교의 쟁천칠십이혈랑 가운데 아홉으로 의심되는 정체불명의 괴인들과 장한명의 격돌 장면 가운데 극히 일부의 장면만을 봤을 뿐인 화운은 사실 그때 보인 장한명의 능력은 그저 우연히 발생한 행운으로 치부했다.

하지만 백년한철로 만들어진 남궁세가의 철문을 떡 주무르듯 전혀 힘들이지 않고 주물러대는 장한명의 신기에 가까운 능력을 또다시 우연으로 보아 넘길 수는 없었다.

그로 인해 그녀의 그 믿음은 주체할 수 없을 정도로 흔들렸다.

게다가 방금 남궁소소가 공격다운 공격 한 번 제대로 못해보고 뒤로 정신없이 밀려나는 광경을 보면서 그녀는 아득한 절망감마저 느껴야 했다.

'단순한 반탄지력(反彈之力)이나 호신강기(護身强氣)가 아니다.'

화운은 장한명이 사용한 무형의 강기가 자신이 알고 있는 상식 내의 무공과는 판이함을 느꼈다.

그러나 그 다르다는 것이 어떻게 다른 건지 표현하기란 어려웠다.

늘 그렇듯이 장한명의 몸에서 나오는 신비한 능력이라는 것들은 무공인지 아닌지조차도 불분명했고, 그것들이 설령 무공이라 해도 화운의 상식으로서는 이해 불능한 것들이 대부분이었다.

한편, 남궁소소는 뒤로 정신없이 밀려난 채 겨우 중심을 잡고 선 상태였지만, 놀란 가슴으로 인해 들고 있는 검은 아직도 바들바들 떨리고 있었다.

그녀는 이해가 안 되었다.

예전의 화려한 명성을 되찾기 위해 지난 수십 년간 심혈을 기울여 부활시킨 남궁세가의 실전 검법이 이렇듯 무기력하게 무너질 줄은 상상조차 하지 못했다.

그녀가 펼친 절검탈명식은 십여 장 거리에서 단지 검기만으로 상대를 살상할 만큼 가공할 위력을 품고 있는 최상승의 필살기였다.

그러므로 등을 돌리고 있는 저 유약해 보이는 소년에게 겁을 주기에 충분했고, 소년의 목숨을 앗는 일은 식은 죽 먹기보다 쉬운 일처럼 여겨졌다.

그러나 그녀는 그 필살의 검기가 소년의 등에 닿기도 전에 흔적도 없이 소멸됨을 느꼈다.

그녀는 아차 싶어 검기를 급히 거두려 했다.

그러나 소멸된 듯한 그녀의 검기는 한순간 가공할 무형의 검기로 되살아나 오히려 그녀를 향해 폭사되어 오는 것이 아닌가.

그러나 그녀는 이내 자신의 판단이 틀렸음을 알아챘다.

'이건 뭔가?

그녀가 자신의 검기라고 생각했던 그것은 자신의 검기가 아니었던 것이다.

그 검기는 자신의 검기와는 전혀 다른 성질의 기운이었다.

변(變)보다는 쾌(快)에 무게를 둔 자신의 검기였다.

그러나 자신을 향해 뻗어오는 살수는 쾌보다는 변이 주를 이룬 현란한 환기(幻氣)였다.

자신의 검기와는 완벽하게 다른 형태의 검기였던 것이다.

남궁소소는 방어할 엄두조차 내지 못했다.

그 공격은 너무도 현란해서 어디를 어떻게 방어해야 할지 생각조차 나질 않았다.

남궁소소는 그와 같은 검기를 들어도 본 적도 없었으며, 그런 현란한 검기가 있을 거라고는 상상조차 못했다.

그 검기는 상식을 초월하는 차원이 다른 세계의 것처럼 여겨졌다.

상대가 자신을 죽이려고 마음만 먹었다면 자신은 이미 죽은 목숨이었을 것이다.

다행히 그녀를 향해 뻗어오던 가공할 무형의 검기는 그녀를 뒤로 삼 장가량 밀어내고, 거기까지가 주어진 임무이기라도 하듯 한순간에 흔적도 없이 소멸되어 버렸던 것이다.

그러나 그 충격으로 그녀의 심장은 멈추어 버린 듯했다.

온몸이 차갑게 식은 채 손가락 하나 꼼짝할 수 없을 정도로 굳어져 버렸다.

장한명을 바라보고는 있었으나 초점조차 잡히지 않았다.

장한명의 형상이 안개에 휩싸인 듯 뿌옇게 보일 뿐이었다.

그녀는 결국 자신의 목숨을 걸고서라도 지켜야 할 것을 지키지 못할지도 모른다는 우려에 휩싸인 채 몸을 떨었다.

남궁소소의 이런 충격과는 상관없이 장한명은 장한명대로 큰 충격에 휩싸였다.

"끔찍하군."

남궁우의 복부를 감싸고 있는 몇 겹의 흰 천을 풀어내자 목불인견의 처참한 광경이 한눈에 들어왔다.

놀랍게도 남궁우의 배꼽 아래 단전은 내장까지 드러나 보일 정도로 횡(橫)으로 길게 갈라져 있었던 것이다.

"할복(割腹)!"

짐작은 했지만 막상 그 처참한 장면을 보는 순간 장한명은 가슴이 서늘해지는 충격을 느꼈다.

장한명의 신음과 같은 중얼거림을 듣고 화운은 빠르게 장한명의 옆으로 다가섰다.

"무슨 일……?"

급히 묻던 그녀의 아름다운 얼굴 근육이 한순간 일체의 움직임을 멈춘 채 경직되었다.

그녀는 남궁우가 주화입마에 빠진 것이 아니라 다른 이유로 이 지경이 되었음을 짐작하곤 있었지만 할복까지는 예상하지 못한 터였다.

장한명이 '자해'라는 말을 언급했을 때 그녀는 솔직히 반신반의했다.

가능성은 있었지만, 자해를 해야 할 이유가 마땅히 떠오르지 않았다.

천하의 남궁세가주 창천신룡 남궁우가 무엇이 아쉬워 자해라는 최악의 방법을 선택했겠는가.

복부를 이처럼 심하게 가를 정도면 단순한 자해가 아니라 목숨을 버릴 각오를 한 자진(自盡)의 성격이 더욱 짙었다.

'도대체 무엇이 남궁우를 죽음으로까지 내몰았던 것일까?'

운이 좋아 목숨을 부지하고 있기는 하지만, 화운이 보기에도 남궁우의 상태는 죽은 목숨이나 다를 바가 없었다.

화운은 넋 놓고 서 있는 남궁소소를 향해 시선을 옮겼다.

화운은 이 모든 의문에 대한 답을 남궁소소의 입을 통해 듣기를 원했다.

그리고 이 시점에서 남궁소소가 순순히 진실을 말해줄 거라 믿었다.

그러나 화운의 예상은 빗나갔다.

"우려했던 대로 결국 넘지 말아야 할 선을 넘고 말았군요. 보고도 모른 척, 듣고도 모른 척 아무 일 없었다는 듯 조용히 물러가 주시길 간절히 기원했건만……. 아시나요, 전주? 지금 당신과 당신의 동료가 저지른 행위는 남궁세가를 두 번 죽이는 짓임을……."

남궁소소는 처연히 탄식했다.

화운은 여전히 남궁우를 살피는 장한명을 힐끔 바라본 후 남궁소소를 향해 물었다.

"말씀해 주세요, 소가주. 우리의 행위, 어떤 점이 잘못되었는지……."

남궁소소는 고개를 저었다.

"늦었습니다, 전주."

“늦다니?”

“어리석은 전주와 전주의 동료가 저지른 행동으로 인해 우린 어쩔 수 없이 목숨을 걸고서라도 마지막 방법을 택할 수밖에 없게 되었습니다.”

말을 끝내자마자 남궁소소는 입을 모아 돌연 날카로운 휘파람을 불었다.

이 행위는 화운으로서도 미처 예측하지 못한 것으로써, 설령 알았다 해도 그것을 막을 수단은 없었다.

아니, 그 휘파람이 무엇을 의미하는지 알 수 없었기에 굳이 막을 필요성조차 느끼지 못했을는지도 모른다.

남궁소소가 휘파람을 장난삼아 아무런 의미도 없이 불어댔을 리는 만무했다.

천하제일지라는 화운으로서도 예측이 불가능한 다음 사태에 대해 그녀는 본능적이라고 할 수 있는 위기감에 사로잡혔다.

아마도 날카로운 휘파람이 적막한 남궁세가의 심장을 관통했다고 느껴지는 순간이었을 것이다.

콰앙!

요란한 굉음과 함께 귀빈전의 닫혀 있던 문이 양쪽으로 거칠게 젖혀졌다.

그와 동시에 밖의 어둠으로부터 한 사람이 튕겨지듯 안으로 들어섰다.

뒷걸음질로 물러서고 있는 그는 다름 아닌 묵상이었다.

"……?"

그런 묵상을 발견한 화운과 장한명의 얼굴엔 의아함이 동시에 스쳤다.

묵상의 임무는 언제나 한결같다.

화운에 대한 완벽한 경호가 그 임무였다.

그러므로 그는 이 야심한 시각에도 자신의 임무에 충실하기 위해 귀빈으로서의 권리마저 포기한 채 혹시나 있을 수 있는 외부인의 침입에 대비하여 귀빈전의 수문장(守門將)을 자청했다.

그런 그가 수문을 포기하고 귀빈전 안으로 물러섰을 때는 그만큼 밖에서 벌어진 사태가 위급함을 의미했다.

묵상은 계속하여 뒷걸음으로 물러섰고, 합장(合掌)한 묵상은 노기를 애써 억누르고 있는 듯 일신에 걸친 흑삼(黑衫)이 풍선처럼 부풀어 있었다.

묵상이 물러선 공간은 밀물이 밀려들 듯 일단의 무리로 채워졌다.

그 숫자는 어림잡아도 백여 명이 넘어 보였다.

그들 중엔 아녀자도 있었고, 솜털이 채 가시지 않은 어린아이도 있었다.

좀처럼 모습을 드러내지 않은 남궁세가의 나이든 원로(元老)들도 그들 속에 들어 있었다.

검을 든 자도, 도를 든 자도 있었으며, 심지어 호미나 괭이 같은 무기 아닌 농기구를 든 자들도 있었다.

무기가 될 수 있는 것들을 총동원하여 나타난 무리는 남궁세가의 전 식솔들이었다.

남궁세가가 무림 패주로 있을 당시엔 그 식솔이 무려 수백을 헤아렸지만, 현재는 고작 백여 명 남짓으로 식솔의 수가 줄어든 상태였다.

식솔의 수가 줄어들었음은 한 가문의 쇠락(衰落)을 의미하기도 하지만, 지금 무기를 들고 묵상을 위협하며 나타난 남궁세가 식솔들의 기세등등한 위세는 수백이 뿜어내는 기세에 못지않았다.

그야말로 일당백(一當百)의 기세였다.

묵상으로서는 이런 돌발적인 그들의 압박에 당황하지 않을 수 없었다.

상대는 적이 아니다.

한때는 무림의 정의 수호를 위해서 목숨을 걸고 함께 투쟁했던 동료들이다.

그런 그들이 이번엔 목숨을 걸고 묵상 자신을 향해 다가서고 있었다.

묵상은 이런 상황을 단 한 번도 상상해 본 적이 없었다.

이런 설정을 전혀 예상하지 못했던 터라 자신의 임무마저 망각한 채 정신없이 뒤로 물러서고 있었던 것이다.

물러서는 그 순간에도 묵상은 상대가 적이 아니라고 여겼
다.

골백번 생각해도 적(敵)이 될 수 없는 상대이다.

그런 그들을 향해 공격할 수는 없었다.

호미를 들고 달려들고 있는 아녀자들을 향해 어찌 검을 겨
눌 수 있겠는가?

장난감 목검(木劍)을 든 채로 천진한 눈망울을 굴리며 다가
서는 어린아이들을 향해 어찌 살수를 전개할 수 있겠는가?

방법은 그저 뒤로 물러서는 것뿐이었다.

그런 묵상의 이마엔 식은땀이 송골송골 맺히기 시작했다.

"아미타불······."

묵상의 입에선 자신도 모르게 신음과 같은 불호성이 흘러
나왔다.

뒤로 물러서던 묵상은 긴 탁자 앞에 이르러 걸음을 멈추었
다.

더 이상은 물러설 곳이 없게 된 셈이었다.

묵상이 멈추자 묵상을 압박하며 따르던 남궁세가의 식솔
들도 걸음을 멈추었다.

그 상태로 묵상과 남궁세가의 식솔들은 긴박한 대치 국면
에 들어갔다.

피를 말리는 팽팽한 긴장감이 그들 사이에 감돌았다.

수적인 우세를 점하고 있음에도 불구하고 목이 타 들어가

는 갈증을 느낄 만큼 긴장한 탓인지 남궁세가의 식솔들은 쉬임없이 마른침을 삼켜댔다.

화운은 이런 상황을 처음부터 끝까지 예의 주시했다.

대치가 잠시 소강상태에 이르자 그녀는 비로소 긴 침묵을 깨고 입을 열었다.

"이 화운을 향해 검을 겨눔은 천의맹을 향한 정면 도발이 될 수가 있음을 설마 모르시진 않을 테니 그 점에 대해선 더 이상 언급하지 않겠습니다. 대신 이래야만 하는 이유를 설명해 주시겠는지요, 소가주? 남궁세가의 모든 식솔이 목숨을 도외시한 채 천의맹을 향해 도발을 감행할 만큼 절박한 그……."

남궁소소는 화운의 말을 잘랐다.

"당신들은 봐서는 안 되는 것을 보고야 말았고, 알아서는 안 되는 것을 알고야 말았습니다. 그것이 사태를 이렇듯 악화시킨 것이니 누구를 탓해야 하는지는 당신이 더 알지 않습니까, 전주?"

"불행인지 다행인지 우린 아는 게 아무것도 없습니다. 그저 남궁가주께서 할복를 했다는 사실 외엔."

"그것만으로 충분합니다."

"충분하다는 말뜻은?"

"그것만으로도 우리 남궁세가의 천 년 자존심에 치유할 수 없는 깊은 상처를 남긴 셈이니까."

“그러니까, 우리가 남궁세가의 천 년 자존심에 상처를 입혔다?”

화운은 실소를 흘리며 남궁소소의 답이 나오기 전에 묵상을 향해 물었다.

“무엇을 실수한 거지, 묵상?”

묵상은 무표정하게 말했다.

“글쎄요. 소신은 그저 문밖을 지키고 있었을 뿐인데… 그것이 설마 남궁세가의 천 년 자존심에 상처를 내는 짓일 줄은 미처 몰랐습니다.”

화운은 갸웃했다.

“내 생각엔 아무래도 다른 이유가 있을 것 같은데…….”

“소신의 생각도 그렇습니다만…….”

화운은 장한명에게 시선을 던지며 넌지시 물었다.

“장 공자 생각은 어떤가요?”

장한명은 맑은 눈을 감았다 뜨며 말했다.

“소가주가 말한 대로 우린 봐서는 안 되는 것을 봐버렸고, 알아서는 안 되는 것을 알아버린 게 맞아.”

“그러니까 남궁 가주의 할복 말인가요?”

“그렇지.”

“그러고 보니 할복의 이유가 갑자기 더욱 궁금해지는군요. 그 이유에 바로 남궁세가의 천 년 자존심이 걸려 있을 거 같다는 확신이 들기 시작했으니 말입니다.”

"그 이유야 뻔하잖아."

"장 공자께서는 그 이유가 짐작이라도 간다는 말씀이신가요?"

"간단해. 그 이유의 중심엔 그 아홉 연놈이 있을 테니까."

"아홉이라면?"

"전주가 목숨을 걸고 찾고자 하는 바로 그들 아홉."

"그렇군요. 그런데 어째서 그들이 그 이유의 중심에 있다고 보는 건가요?"

"그건 그들이 유람 삼아 남궁세가에 놀러 오진 않았을 것이기 때문이지."

"하오면……."

화운이 입을 열어 무슨 말인가를 막 하려던 바로 그 순간이었다.

두 사람의 대화를 더 이상 듣기가 힘들었는지 남궁소소의 입에서 벼락같은 호통이 떨어졌다.

"살(殺)!"

남궁소소의 이 한마디는 장내에 감도는 팽팽한 긴장감의 허리를 잘랐다.

그것이 신호이기라도 하듯 일체의 움직임을 멈추었던 백여 명 남궁세가의 식솔이 동시에 움직이기 시작했다.

움직이는 그들의 몸에서 스멀스멀 피어오르는 건 섬뜩한 살기(殺氣)였다.

호미를 들고 선 아녀자의 몸에서도, 목검을 잡은 어린아이의 가녀린 몸에서도 소름 끼치는 살기가 피어났다.

화운은 그런 그들의 행동에서 하나뿐인 목숨을 초개처럼 던질 수도 있는 비장함을 보며 가슴 서늘함을 느꼈다.

그들은 아주 느릿하게 묵상과 화운, 장한명과의 거리를 좁혀갔다.

그들의 그런 행동은 단순히 협박용은 아닌 것 같았다.

"살인멸구(殺人滅口)!"

묵상은 툴툴 웃었다.

"이건 너무 억울하지 않습니까, 전주?"

"어째서?"

"장 공자와 전주야 보지 말아야 할 것을 봤으니 저들이 장 공자와 전주를 죽여 입을 막는다는 건 그런대로 설득력이 있지만, 난 본 것도 없이 죽게 되었으니 하는 말입니다."

"알아."

"뭘 말입니까?"

"밖에서 우리 대화를 이미 다 엿들었다는 것을 말이야."

"끙! 그리 천기를 누설하시면 소신은 정말 죽은 목숨이 아니겠습니까?"

"의리없이 혼자 빠져나갈 생각을 하다니… 절대 그럴 수야 없지."

"정말 인심 야박하시군요."

화운과 농담을 주고받는 묵상의 표정은 평온했다.

그러나 그런 묵상의 두 눈 깊은 곳엔 한 가닥 핏빛 그늘이 노을처럼 드리워져 있었다.

그것은 아주 미세한 변화였고, 화운을 제외하고는 그것이 무엇을 뜻하는 것인지 전혀 알지 못했다.

아니, 그들은 그런 변화가 묵상의 눈에서 일고 있음을 감지조차 못했다.

화운은 탄식했다.

"그 병이 또 도진 거로군."

묵상은 느릿하게 합장하며 말했다.

"별수없지 않습니까, 전주?"

"그렇다고 무고한 사람들을 해칠 생각인가?"

"그렇다고 이대로 손 놓고 목을 내놓을 수야 없지 않습니까?"

"누구 목을?"

"물론 전주의 목입니다."

"묵상의 목은 괜찮고?"

"이 한목숨 버려 전주를 지킬 수만 있다면……."

"정말 감동적이로군."

그러나 화운은 전혀 감동한 표정이 아니었다.

그녀는 힐끔 남궁세가의 식솔들을 바라보며 중얼거렸다.

"저들의 움직임이 무질서하게 보이지만 기실 무질서와는

거리가 멀다."

묵상은 갸웃했다.

"제 눈엔 무질서하게 보이는데요, 전주."

화운은 고개를 저었다.

"소림(少林) 출신이니 백팔나한대진(百八羅漢大陣)에 대해선 누구보다 잘 알겠군."

"어디 알다 뿐이겠습니다만, 저들의 무질서한 움직임이 소림의 백팔나한대진과 무슨 연관이 있다는 것인지……."

"과거 한때 소림 백팔나한대진과 쌍벽을 이루던 백팔천무대검진(百八天舞大劍陣)이 있었지. 아직도 남아서 그 명성을 싱싱하게 유지하고 있는 백팔나한대진과는 달리 백팔천무대검진은 이미 오래전에 실전되어버렸지만 말이지."

"설마……?"

"맞아. 설마가 가끔 사람을 잡아."

"그, 그럴 리가요."

"백팔이라는 머릿수를 채우기 위해 아녀자와 어린아이까지 동원했고, 검 대신 아녀자는 호미를, 어린아이는 목검을 잡긴 했지만 틀림없는 백팔천무대검진이다."

"하오나 아무리 봐도 저 무질서함이 그 실전된 무적의 검진이라고 보기엔 다소 무리가……."

"완벽하게 정돈된 백팔나한대진과 비교한다면 무질서하게 보일 수 있지만, 그건 단지 겉으로 보이는 무질서일 뿐, 그 무

질서는 무질서가 아니라 수많은 반복 훈련을 통해 약속된 질
서정연한 움직임인 것이지.”

　소림 출신으로 소림백팔나한대진에 익숙한 묵상으로서는
쉽게 납득이 가지 않는 화운의 설명이었지만, 결코 허튼소리
를 하는 법이 없는 평소의 그녀 성격으로 미루어볼 때 지금
자신을 향해 서서히 옥죄어오고 있는 남궁세가 식솔들의 움
직임이 백팔천무대검진이 아니라고 막무가내로 부정할 수만
은 없었다.

　‘그렇다면 상대는 오합지졸(烏合之卒)이 결코 아니다.’

　장난감처럼 보이는 저 어린아이가 들고 있는 목검과 아녀자
의 손에 들린 가소로운 호미마저도 백팔천무대검진의 흐름을
타고 움직인다면 묵상에겐 상상을 초월하는 위협이 될 것이다.

　묵상은 바짝 긴장하며 새삼 남궁세가의 식솔들 일거투일
투족을 면밀히 살펴 나갔다.

　쿠쿠쿠!

　움직이고 있었다.

　일견하기엔 제각각 다른 동작으로 무질서하게 움직이는
듯했지만, 그들은 팔괘(八卦)와 구궁(九宮) 방위를 한 치의 오
차도 없이 정확히 밟아나갔다.

　그들 개개인의 무위는 그야말로 오합지졸의 수준이었지
만, 그들 백팔 명이 함께 움직이는 백팔천무대검진은 전쟁터
를 뒤흔드는 천군만마(千軍萬馬)처럼 대단한 위세를 보이기

시작했다.

그들은 화운과 장한명, 그리고 묵상을 중심축에 두고 큰 원을 그리며 돌았다.

그런 그들의 움직임이 점차 빨라졌다.

그럼에도 불구하고 옷자락 스치는 소리도 나지 않았다.

숨소리조차도 들리지 않았다.

대신 화운과 장한명, 묵상의 몸에 변화가 일기 시작했다.

화운의 치렁한 머리카락이 폭풍이라도 만난 듯 세차게 휘날리기 시작했으며, 묵상의 흑삼이 찢겨질 듯 펄럭였고, 장한명의 헐렁한 유삼도 거칠게 휘날렸다.

화운은 머리카락을 위로 틀어 올리며 고개를 끄덕였다.

"역시 명불허전이로군. 검진이 본 궤도에 접어들기도 전에 이런 정도의 가공할 위력을 보인다면, 이후 보일 위력이야 짐작이 가고도 남는군. 그런데 이것 참 놀랍지 않은가? 수백 년 전에 실전된 무극혈세삼십육검식에 이어 백팔천무대검진의 부활이라니. 지난 십 년 동안 남궁세가만은 잠을 자지 않고 깨어 있었던 것 같군. 그동안 실전된 무학과 검진을 부활시키는 작업에 충실했던 것을 보면 말이다."

여기까지 혼잣말처럼 중얼거리던 화운은 문득 무슨 생각이 났는지 고개를 갸웃했다.

"과거 남궁세가의 화려한 명성을 다시 찾을 수 있을 만큼 완벽한 준비를 끝낸 듯한 남궁세가가… 그 화려한 꽃을 피우기도 전에 맥없이 시들어간다는 느낌이 어째서 드는 건지……."

화운의 시선은 남궁소소를 향했다.

남궁소소는 백팔천무대검진에 합류한 상태였다.

그녀는 백팔천무대검진을 진두지휘했다.

그녀의 몸에서 풍겨지는 기도는 그녀 혼자 단독으로 장한 명을 공격할 당시 풍겨내던 기도와는 사뭇 달랐다.

웅혼한 기세로 움직이는 백팔천무대검진 내의 그녀의 기도는 칼끝처럼 예리했다.

아니, 그녀의 몸이 검이 된 듯 보였다.

그야말로 검신일체(劍身一體)의 지고한 경지였다.

화운은 감탄하며 동시에 남궁소소를 향해 외치듯 물었다.

"한 가지 궁금한 게 있습니다, 소가주!"

그러나 남궁소소는 대답하지 않았다.

그녀는 이미 돌아올 수 없는 강을 건넌 듯 묵묵히 검진의 흐름에 따라 움직일 뿐이었다.

화운은 개의치 않고 말을 이었다.

"우리가 천 년 남궁세가의 자존심에 대체 어떤 상처를 입힌 건지 알고 싶습니다. 앞서 말씀드렸듯이 우리가 목격한 것이라곤 고작 남궁세가주가 할복 자해했다는 정도입니다. 그게 우리의 목숨을 거둘 만큼 그리 큰 죄가 되는 것인지, 지난 십여 년의 동맹을 깨고 천의맹에 검을 겨눌 만큼 용서될 수 없는 큰 실수였던 것인지……!"

빠르게 팔괘와 구궁 방위를 따라 흐르는 유성처럼 움직이던 남궁소소의 얼굴에 문득 처연함이 떠올랐다.

"천하제일지(天下第一智)인 전주께서 가주의 할복이 무엇을 의미하는지 모르진 않을 터. 더 이상 무엇을 말하오리까? 할 말이 없습니다. 다만 우리의 이런 행동이 처참하게 무너진 남궁세가의 자존심을 지키기 위한 마지막 몸부림이라 가련히 여겨주시길 바랄 뿐입니다."

탄식과 함께 말을 끝낸 남궁소소의 얼굴에 떠올랐던 처연함은 서서히 강한 살기로 바뀌어갔다.

마지막까지 그녀를 번민케 했던 인간적인 갈등마저도 털어낸 듯 보였다.

순간 도도히 흐르는 강물처럼 고요한 기세이던 검진이 출렁였다.

검진의 백팔 검수는 일제히 발검세(發劍勢)를 취했다.

쿠우우!

가공할 검기가 화산(火山)이 토해내는 불꽃처럼 뜨겁고 격렬하게 분출되기 시작했다.

그 검기에 닿는 무엇이든 녹여 버릴 무서운 기세였다.

묵상과 화운은 마침내 올 것이 왔음을 느끼며 빠르게 운기했다.

두 사람은 결국 이 일전을 피할 수 없다는 최종 판단을 내리기에 이른 것이다.

그러나 장한명은 태연했다.

장한명은 곧 치러질 일전이 자신과는 무관하다는 듯 지극히 평온한 기색이었다.

그도 그럴 수밖에 없는 것이, 무림에 관한 지식이 백지와 같은 상태인 장한명이 이미 수백 년 전에 실전된 백팔천무대검진의 전설이 주는 경고 따위를 알고 있을 리가 만무했기 때문이다.

최선의 방법은 발진되기 이전에 피하는 것이다. 일단 발진되면 백팔천무대검진의 요동치는 검세를 빠져나갈 인간은 단연코 없을뿐더러, 나는 새조차도 백팔천무대검세를 빠져나갈 수가 없다.

이런 경고를 아는 자와 모르는 자의 반응이 극명한 대조를 이루는 것은 당연했다.

온몸의 감각을 곤두세운 채 긴장한 표정을 짓고 있는 묵상과 화운에 비해 한결 여유로운 모습을 보이는 장한명은 뒷짐까지 진 채로 아녀자가 검처럼 들고 있는 호미를 바라보며 혀를 찼다.

"쯧, 대체 저따위 호미로 뭘 어쩌겠다는 건가?"

이번엔 어린아이가 들고 있는 목검을 주시하며 설레설레 고개를 저었다.

"무림 인심이 야박하다고 듣긴 했지만, 어린아이까지 살인 현장에 동원하는 도를 넘는 이런 짓은 목불인견이 아닌가."

이어 장한명은 일촉즉발의 대치 국면에서 벗어나 충돌 국면으로 접어든 백팔천무대검진과 화운, 묵상을 바라보며 중얼거렸다.

"목숨을 걸어야 할 이유가 없는데 목숨을 걸고 싸워야 하는 이유는 대체 무엇일까? 그렇게 할 일들이 없나? 이 영감의 할복이야 본인의 의지와는 상관없이 벌어진 일인데, 그것이 남궁세가의 자존심에 상처가 될 수는 있어도 목숨 걸고 지켜야 할 수치는 아니질 않은가?"

이 말에 화운도 남궁소소도 흠칫했다.

장한명의 중얼거림은 계속되었다.

"왜냐하면 이 영감은 스스로 원해서 할복을 한 것이 아니라 할복을 강요당한 것이니까. 자해와 타해도 구분하지 못할 정도로 멍청한 계집이었던가? 생긴 것은 멀쩡해 보이는데 머리에 든 것이 없나 보군."

남궁소소의 얼굴은 굳어졌다.

장한명은 그런 남궁소소를 바라보며 담담히 말했다.

"이 영감이 원하지 않는 일을 머리가 텅 빈 당신이 하고 있다는 생각을 한 번이라도 해본 건가?"

장한명은 한 손으로 교의의 남궁우를 가리켰다.

"이상해. 어째서 못 보는 거지? 이 영감이 분을 이기지 못해 이렇게 바들바들 떨고 있는데 말이지."

순간 남궁소소의 시선이 남궁우에게로 급히 향했다,

설마 했는데 지난 열흘 동안 일체의 움직임도, 일체의 의식도 없던 남궁우의 몸이 정말로 무섭게 떨리고 있었다.

그런 남궁우의 노안엔 핏발이 가득했으며, 금방이라도 그 노안에선 핏물이라도 쏟아낼 듯 보였다.

남궁소소는 느꼈다.

남궁우의 몸에서 뿜어져 나오는 살벌한 노기가 자신을 향한 것임을 말이다.

장한명은 고개를 저으며 탄식했다.

"하긴 머리가 텅 비었으니 남궁세가가 당한 수치를 감추기 위해 백팔천무대검진을 동원하는 어리석은 짓을 하는 것이겠지만. 나라면 치부를 감추기보다는 수치심을 유발시킨 상대를 제거하기 위해 목숨을 걸고 싸웠을 텐데 말이지. 물론 바들바들 떨고 있는 이 영감도 나와 같은 생각일 테고."

장한명의 말에 자극을 받았음인가?

잠시 갈등하던 남궁소소는 화운과 묵상에게로 향하는 가공할 검세의 방향을 급히 틀었다.

남궁소소의 움직임에 따라 백팔천무대검진은 검세의 방향을 귀빈전의 동쪽 벽으로 향했다.

콰아아아!

검세는 대리석 벽을 쳤고, 귀청을 찢는 폭음과 함께 한 자

두께의 두꺼운 벽이 검세에 밀려 밖으로 터져 나갔다.

순간 남궁소소를 비롯한 백팔 검수는 팅겨지듯 뒤로 밀려 나갔고, 화운과 묵상도 서너 발자국 뒤로 물러서야 했다.

검세의 대부분은 벽을 뚫고 나갔지만, 그중 일부분은 백팔 검수와 화운, 묵상을 향해 반탄되었고, 그런 상황을 예측 못한 일부의 검수는 그 충격에 피를 토했다.

장한명은 벽과 다소 떨어진 거리에 있어 별다른 영향을 받지 않은 듯 담담했다.

벽은 어른 스무 명 정도가 동시에 편하게 드나들 수 있을 만큼 뻥 뚫리고 말았다.

한 자 두께의 대리석 벽이 힘없이 뚫리며 만들어낸 먼지의 폭풍은 한동안 시야를 가렸다.

그 속에서 남궁소소의 기침 소리가 격하게 들려왔다.

"쿨룩쿨룩!"

얼마 후, 먼지가 가라앉자 드러난 남궁소소의 안색은 백지장처럼 창백하게 변해 있었다.

피로 흥건히 적셔진 그녀의 앞섶은 기침과 함께 꽤나 많은 양의 토혈(吐血)이 있었음을 보여주고 있었다.

그녀는 백팔천무대검진에 중심에 선 수장(首長)이다.

회수가 불가능한 검세인지라 검세의 방향을 틀어 애초의 표적이었던 화운과 묵상, 장한명과의 정면충돌은 피할 수 있었지만 급격한 방향 선회로 인한 무리가 있었던 것이다.

검세의 일부는 방향을 틀면서 그대로 남궁소소를 관통했고, 그녀는 그 충격으로 결코 가볍지 않은 내상(內傷)을 입고 말았다.

비록 그 내상이 치명적이진 않다 하더라도 당장 운기요상(運氣療傷)을 하지 않는다면 치명적이 될 수도 있는 위중한 상태였다.

그러나 그녀는 자신의 내상 따위는 아랑곳하지 않았다.

내상이 치명적인 상태로 발전해서 설령 목숨을 잃는다 해도 자신의 목숨보다 더 소중한 목숨 하나를 구하는 일이 더 시급한 듯 몸을 부들부들 떨고 있는 남궁가주 남궁우를 향해 황급히 몸을 날렸다.

"아버지……!"

남궁우의 앞에 선 남궁소소의 눈에 물기가 어렸다.

영영 몸을 움직일 수도, 의식을 회복할 수도 없을 것 같던 남궁우이다.

하루하루 시들어가는 남궁우를 바라보는 남궁소소의 마음은 절망 그 자체였다.

평생을 의식이 없는 식물인간 상태로 살아가더라도 살아 있어 주기만을 간절히 기도하고 또 기도했다.

비록 그것이 남궁소소에게도, 남궁우 본인에게도 견디기 힘든 고통이라는 것을 누구보다도 잘 알고 있는 그녀였지만, 고통이 두려워 남궁우를 포기하고 싶은 마음은 추호도 없었다.

그녀는 남궁우가 평생 그녀를 자상하고 따듯하게 지켜주었듯이 이제부터는 남궁우를 그녀가 지켜주리라 다짐하고 또 다짐했다.

죽음보다 더한 수모를 견디지 못해 자신의 복부를 갈라 수치심을 털어내고자 했던 남궁우이다.

그 고고한 자존심에 낙인처럼 찍혀 버린 깊은 상처까지도 평생 끌어안고 살고자 했던 남궁소소이다.

그것이 남궁우는 물론 남궁세가까지도 사는 길이라 믿었다.

그런 그녀의 생각은 확고했으며, 남궁우에 대한 효(孝)라 믿었다.

그래서 마침내는 남궁우의 그 고고한 자존심과 남궁세가의 천 년 자존심을 지키기 위해 천의맹을 향해 검을 겨누는 일조차도 서슴지 않았던 그녀이다.

그러나 그런 그녀의 확고한 신념과 믿음은 뿌리째 뒤흔들리고 말았다.

자신을 향해 쏘아지는 남궁우의 서늘한 노기를 느끼며 그녀는 무엇인가가 크게 잘못되었음을 직감했다.

몸을 떨며 무슨 말인가를 하고자 애쓰는 듯한 남궁우를 바라보며 그녀는 가슴 벅찬 희망과 나락으로 떨어지는 절망을 함께 느껴야 했다.

남궁우가 회복될 수도 있다는 사실은 그녀에겐 더 이상 바랄 게 없는 희망이었다.

나락으로 떨어지는 듯한 절망은 단지 그녀의 느낌이었을 뿐, 그 절망이 어디서부터 비롯되고 있는지 그녀 자신도 알지 못했다.

그녀는 그 절망의 뿌리를 장한명으로부터 찾고자 했다.

"할복이 가주의 의지와는 상관없이 벌어진 일이라 했나요?"

이렇게 묻는 남궁소소의 눈빛은 장한명의 폐부를 찌를 만큼 예리했다.

장한명은 미간을 찌푸렸다.

"한 번 말해서는 도무지 말귀를 못 알아듣는군."

남궁소소의 심기를 자극하는 장한명의 말에도 남궁소소는 별다른 불쾌감을 보이진 않았다.

불쾌감을 느낄 정도의 정신적인 여유가 없는 것인지도 모른다.

남궁소소는 다시 물었다.

"가주의 할복이 자의가 아닌 강요된 것이라 하셨고, 그러므로 가주의 할복은 자해가 아니라 타해라 하셨는데… 소녀가 잘못 들은 건 아니겠죠?"

"타해가 맞아."

"타해?"

"타해가 아니라면 내 혀를 뽑아도 돼."

"그럴 리가 없어요. 가주께서 할복하시는 참혹한 장면은 비단 소녀만 본 것이 아니라 그 현장에 있던 십여 명의 가신도 함께 목격했습니다. 그 자리에 있었던 누구의 강요도 없는 가주의 선택이셨습니다. 그런데 타해라니? 공자께선 가주의 할복을 어떤 근거로 타해라고 주장하시는 것인지요?"

장한명은 눈짓으로 남궁우를 가리켰다.

"답은 간단해."

"……?"

"들어봐. 이 영감이 자해가 아니라고 바락바락 고함을 질러대고 있잖아. 그 고함을 멍청한 당신이 듣지 못하고 있을 뿐이야."

장한명의 눈짓을 따라 남궁소소의 눈길이 남궁우에게로 향했다.

남궁우에게선 특별한 변화가 느껴지지 않았다.

남궁우는 그 이유를 알 수 없는 노기를 띤 채 여전히 몸을 가늘게 떨고 있을 뿐이었다.

입을 열어 뭔가를 말하려는 눈치였으나, 그 입은 미세하게 달싹거릴 뿐 끝내 아무 소리도 흘리지를 못했다.

남궁소소의 얼굴에 차가운 냉기가 스쳤다.

"지금 나더러 공자의 말을 믿으라는 건가요?"

장한명은 고개를 끄덕였다.

"멍청한 당신이 듣지 못하는 소리를 난 들어. 그러니까 날 믿어."

"개소리!"

남궁소소는 강하게 고개를 저었다.

장한명에 대한 그녀의 불신은 쉽게 가라앉을 것 같지 않았다.

"가주께서 자해가 아니라고 피 토하듯 절규하신다? 그걸 어떻게 입증하지?"

"그건 당신 자신이 더 잘 알 텐데?"

"난 내 눈으로 목격한 사실만 믿는다. 가주께선 분명히 자신의 검으로 자신의 배를 갈랐다. 그걸 보고도 자해가 아님을 믿으라고?"

순간 남궁우의 몸이 더욱 격렬한 떨림을 보였다.

그런 떨림과 그 떨림과 함께 피어오르는 노기가 도대체 무엇을 의미하는지 알 수가 없어 짜증스럽기까지 한 남궁소소의 입에서 끝내 듣기 거북한 말이 튀어나왔다.

"빌어먹을! 대체 내가 무슨 짓을 한 거지? 고작 열대여섯 살 된 어린아이의 말에 현혹되어 다 된 밥에 재를 뿌리다니… 그냥 셋 모두를 제거했으면 간단한 일인 것을……."

"놀고 있네. 만약 당신이 그랬다면 이 영감은 피를 토하고 뒈졌을걸. 당신이 하는 짓거리가 너무도 한심스러워서 말이야."

“망할!”

“믿지 못하겠거든 당신 가솔(家率) 중 한 사람을 내게 잠시 빌려줘 봐.”

장한명이 불쑥 내뱉은 이 엉뚱한 한마디에 냉정을 잃고 흥분한 상태이던 남궁소소는 이내 어리둥절한 표정을 지었다.

남궁소소뿐만이 아니라 화운과 묵상, 남궁세가의 식솔 모두가 이 무슨 뚱딴지같은 소리냐는 표정으로 장한명에게 시선을 모았다.

장한명은 남궁우와 정면으로 마주 보고 선 채로 말했다.

“당신 가솔을 잠시 빌려주면 이 영감이 겪었던 것과 같은 현상을 직접 눈으로 볼 수 있게 해줄 테니까.”

남궁소소는 미간을 좁혔다.

“같은 현상이라면?”

장한명은 히죽 웃었다.

“할복!”

“할복?”

“그래. 자신의 의지와는 상관없이 할복하도록 해 보이겠어.”

“그러니까 최면이라도 걸겠다는 건가, 아니면 사술(邪術)의 일종인 섭혼대법(攝魂大法)이라도?”

“최면이나 섭혼대법 같은 건 몰라.”

“하면?”

“그저 내가 놀던 방식대로 할 뿐이야.”

“기가 막히는군. 세상의 많은 놀이 중 사람의 정신을 조종하면서 노는 그런 놀이가 있을 줄은 몰랐군.”

남궁소소는 비웃었다.

장한명의 출신을 모르는 그녀로서는 비웃을 수밖에 없었다.

장한명의 말이 전혀 신빙성이 없었기 때문이다.

장한명은 그런 그녀의 비웃음을 무시했다.

남궁소소와의 논쟁이 불필요한 시간 낭비임을 느낀 장한명은 자신에게 시선을 집중하고 있는 남궁세가의 식솔들을 향해 말했다.

“누가 날 도와주겠나?”

장한명은 정중한 어투로 부탁했지만 돌아오는 반응은 차가웠다.

남궁세가의 식솔 중 어느 누구 한 사람 장한명의 말에 호의적인 반응을 보이며 나서는 사람이 없었다.

장한명은 쓰게 웃었다.

“이런 젠장, 모두 겁쟁이들뿐이로군.”

“……”

“몰랐군. 하루에도 수없이 장난삼아 했던 그 놀이가 세상 인간들에겐 공포일 수도 있다는 사실을 말이야. 하긴 남궁가주라는 이 영감도 두 눈 멀쩡히 뜨고 당했을 텐데 더 이상 무슨 말을 하라."

장한명은 할 말이 없다는 듯 화운을 향해 고개를 돌렸다.

"언제까지 이곳에 머물러 있어야 하는 거지, 전주?"

내내 침묵하던 화운은 이마 위로 흘러내린 머리카락을 섬섬옥수로 곱게 쓸어 올리며 담담히 말했다.

"다른 사람 모두가 공자를 믿지 않아도 소녀만은 공자를 믿습니다. 그런 의미에서 좀 더 인내를 보이심이 어떻겠는지요?"

잠시 고심하던 장한명은 화운을 향해 물었다.

"말해봐, 전주. 이제 내가 무엇을 어찌해야 하는 것인지?"

"소녀가 답을 할 문제는 아닌 듯합니다."

화운은 장한명에게서 시선을 떼고 남궁소소를 지그시 응시하며 말했다.

"어떻게 해야 할까요, 소가주? 선택은 소가주의 몫입니다. 예정대로 우릴 제거하든, 아니면 우리를 순순히 보내주든, 그것도 아니면 장 공자의 부탁대로 누구 한 사람을 잠시 빌려주시든지."

남궁소소는 쉽게 대답하지 못했다.

애초에 간단명료했던 생각들이 지금에 와선 실타래가 꼬이듯 복잡하게 엉키고 말았다.

장한명이라는 소년에 대한 신뢰는 없었지만 그의 말이 내내 마음에 걸렸다.

그녀의 가슴에 돌덩어리 하나가 굴러다니듯 답답함이 느껴지는 까닭은 왜일까?

그리고 자신을 향해 쏘아지는 가주의 눈빛에 노기가 더해지고 있음은 왜일까?

더 이상 시간을 지체할 수는 없다.

화운의 말대로 이제 최후의 선택은 자신의 몫인 것이다.

그녀는 고뇌했다.

차마 인간으로서는 해서는 안 될 짓을 해가며 남궁세가의 천 년 자존심을 지킬 것인가, 아니면 가주의 노안에서 쏟아지는 노기가 무엇을 뜻하는지, 움직이지 않는 입술을 달싹이며 가주께서 그토록 뱉어내고 싶어하는 말이 무엇인지 이전에는 본 적도 없고 이후에도 볼 일이 없을 것 같은 저 장 공자라 불리는 소년이 보이겠다는 그 말도 안 되는 놀이를 통해서라도 확인해야 하는 것일까?

한동안 고뇌하던 남궁소소는 눈빛을 굳히며 그녀로서는 참으로 힘들고 어려운 결단을 내렸다.

이어 그녀는 좀 전과는 달리 정중한 어투로 말했다.

"소녀가 직접 장 공자의 놀이에 참여해도 상관없겠는지요?"

2

삼화취정(三花聚頂)이란 선가의 용어로써 무림인들에게는 그야말로 꿈과 같은 경지이다.

삼화(三花)란 원정(元精), 원기(元氣), 원신(元神) 세 가지를 지칭한 것으로써 각기 색깔이 다른 꽃의 형상으로 나타난다.

취정(聚頂)이란 정수리에 모인다는 뜻이다.

그러므로 삼화취정은 정기신(精氣神)의 삼보를 정수리에 모여들게 하여 천문(天門)이 개합(開闔)함을 의미한다.

서두에 언급했듯이 이것은 무림인에게는 꿈일 수밖에 없는 인간 한계를 초월한 경지이다.

그 초월한 경지에 오른 인물이야 천 년 무림사를 통틀어도 그야말로 손을 꼽을 정도일 터인데…….

한 사람도 아닌 아홉 사람이 한 장소에서 동시에 삼화를 피워낸다면 이 불가사의한 사실을 믿을 사람은 아마도 그동안 삼화취정의 경지에 올랐던 몇 안 되는 절대고수(絶代高手)의 숫자보다도 더 적은 숫자일 것이다.

그들은 정확히 아홉이었다.

그리고 그들이 머리 위에 피워낸 꽃송이는 정확히 스물일곱.

삼색(三色)의 화려한 꽃들이 만개(滿開)한 모습은 당연히 장관이어야 했다.

그러나 그 모습은 장관하고는 거리가 멀었다.

어쩌면 그들 아홉이 머물고 있는 장소가 어둡고 음습한 동

혈(洞穴)이기 때문에 그리 느껴지는 것인지도 모르지만 그게
이유의 전부는 아니었다.

그들은 마치 박쥐처럼 종유석(鍾乳石)이 가득한 동혈 천장
에 거꾸로 매달려 있었다.

그러니 그들이 제아무리 아름답고 화려한 꽃을 피워낸다
한들 그 광경이 아름답고 화려하게 보일 리는 만무했다.

등골이 오싹한 살벌함을 느끼지 않는다면 그나마 불행 중
다행이리라.

일반적으로 알려진 삼화취정의 정기신을 의미하는 삼화는
각기 다른 색이다.

그러나 그들 아홉의 머리 위를 빙빙 선회하고 있는 삼화는
묵빛 일색이었다.

묵빛은 죽음의 색이다.

그러므로 검은빛의 삼화는 왠지 불길하게 느껴졌다.

동혈 천장에 거꾸로 매달린 아홉은 그렇게 온갖 불길함과
음산함으로 무장한 채 마치 굳어버린 석조상처럼 일체의 움
직임을 보이지 않았는데, 그들의 머리 위를 빙빙 도는 묵빛의
삼화가 아니라면 그들 아홉은 동혈 천장의 종유석과 크게 다
를 바가 없는 무생명체로 보였으리라.

빛 한 점 없이 칠흑의 어둠에 휩싸여 있는 동혈의 천장에
그보다 더욱 어두운 모습으로 매달려 있는 아홉 괴생명체.

그리고 그 괴생명체의 숨결을 타고 흐르는 검은 기운은 묵

빛 삼화라는 결정체로 나타나 동혈 전체를 죽음의 빛으로 물들였고, 마침내는 이곳이 지옥(地獄)일 거라는 몽환(夢幻)의 상태에 빠지게 만들었다.

태고(太古)의 신비를 그대로 간직한 채 온갖 종류의 석순(石筍)과 석화(石花), 그리고 기기묘묘한 형태의 종유석으로 화려함의 극치를 이루었을 동혈은 그들 아홉 괴생명체로 인해 한순간에 죽음의 기운으로 가득 찬 지옥으로 변해 버린 것이다.

허공을 도는 묵빛의 삼화 외엔 어떤 움직임도 찾아볼 수 없었던 동혈이 돌연 미세한 흔들림을 보였다.

뭔가 움직이는 듯한 느낌이 들었다.

그러나 움직이는 생명체는 없었다.

아니, 어쩌면 그 움직임이 너무나 빨라 미처 그 움직임을 쫓지 못하고 있는지도 모른다.

아홉 괴생명체는 죽은 듯 거꾸로 매달린 채 일체의 움직임도 보이지 않았다.

그러나 움직임이 느껴지지 않았을 뿐, 칠흑의 어둠에 파묻혀 그 존재조차도 느껴지지 않았던 굳게 닫혀 있던 아홉 쌍의 눈은 어느새 열려져 있었다.

아홉 쌍의 눈이 주는 최초의 느낌은 어둡고 깊다는 것이었다.

일체의 감정조차 담겨져 있지 않은 그 아홉 쌍의 눈을 살아 있는 생명체의 눈이라고 보기는 어려웠다.

그 어둠 깊은 곳엔 요화(妖火)처럼 꿈틀대는 붉은빛이 무겁게 가라앉아 있었다.

무겁게 가라앉은 혈광(血光)은 눈을 깜박일 때마다 요원의 불길처럼 그 어둠 깊은 곳에서 요동치며 뿜어져 나왔다.

그렇게 뿜어져 나온 혈광은 칠흑의 어둠에 잠겨 있는 동혈 전체를 온통 붉은빛으로 물들였다.

시뻘건 화염에 휩싸인 듯한 동혈은 그야말로 염화지옥(炎火地獄)을 연상케 했다.

문득, 그들 아홉 중 하나가 동혈의 적요(寂寥)를 깨며 기괴한 목소리로 중얼거렸다.

"이건 정말 고통스럽군. 이런 죽음보다 더한 고통을 도대체 몇 번이나 더 겪어야 하는 건지……."

다른 하나가 나직이 말했다.

"어쩔 수 없지. 진화(進化)를 위해서라면 아흔아홉 번이라도 기꺼이 감내할 수밖에……."

또 다른 하나가 피 냄새가 물씬 풍기는 음산한 어조로 중얼거렸다.

"이것 참 묘하군. 진화를 할 때마다 피가 더욱 그리우니 말이지. 아니, 그리운 정도가 아니라 이거야 미치고 환장할 지경이 아닌가. 크크크!"

최초의 기괴한 목소리가 다시 들렸다.

"미치고 환장할 필요야 없지. 피가 그리우면 그리움을 풀면 그만이니까."

"그렇군. 가까운 곳에서 신선한 피 냄새가 나는군. 크크크!"

"글쎄, 뭐 신선한 것 같진 않지만 그런데도 눈을 즐겁게는 할 수 있을 것 같긴 하네."

"이 동혈 입구에서 대략 백여 장 밖이다."

"그래, 짐승의 숨소리는 아닌 것 같고… 이 깊은 산중을 찾은 것을 보면 약초꾼인 거 같군."

"숫자는?"

"한 명."

"쩝, 턱없이 모자라군."

"한 명이면 충분해."

"하긴, 우린 늘 한 명으로 갈증을 채우고 있었군."

"저런, 상대가 동혈에서 멀어진다."

"도주인가?"

"도주일 리는 없지. 우리의 존재를 눈치 챘을 리 만무하니까 말이야."

"하긴 그렇군."

"움직임이 생각보다 빠르다."

"무림인인가?"

"잘되었군. 심심하진 않겠어. 카카!"

"출발!"

순간 그들 아홉은 동혈에서 소리없이 꺼져 버렸다.

마치 촛불이 바람에 사그라지듯 그들이 뿌리던 혈광조차도 완벽하게 사라져 버렸다.

동혈은 태고의 신비 그대로의 모습을 되찾았고, 그 어디에도 더 이상 죽음의 빛은 남아 있지 않았다.

애초에 이곳에서 숨을 쉬던 그 어떤 생명체도 없었던 듯 동혈은 정적 속으로 깊이 가라앉았다.

3

약대선생(藥袋先生)은 며칠 전에 봐두었던 이름없는 동혈을 탐사할 생각으로 오늘 단단히 준비하고 여산(麗山)을 올랐다.

북쪽으로는 장강(長江), 남쪽으로는 대륙 동부에서 가장 넓은 파양호(鄱陽湖)에 인접한 여산은 그 산세가 기이하고 험난하며 수려하기로 널리 알려져 있다.

험산(險山)은 인적이 드물고, 인적이 드문 곳일수록 약초의 보존 상태가 좋을뿐더러 귀한 약초가 많아 약초꾼들이 눈에 불을 켜고 찾는다.

날고 기는 약초꾼들이 여산으로 모여드는 까닭은 바로 그런 이유 때문이었다.

그러나 약대선생이 오늘 여산을 오른 건 단순히 약초 때문만은 아니었다.

　며칠 전에 여산을 뒤지다가 한 절곡(絶谷)에서 우연히 이름 없는 동혈을 발견하게 되었다.

　겉으로 봐선 지극히 평범한 동혈이었지만, 동혈의 주변을 살피던 약대선행은 동혈의 지세가 그야말로 일생에 한 번 볼까 말까 한 용맥(龍脈)이 흐르는 진혈처(眞穴處)인지라 내심 감탄을 금치 못하며 동혈에서 한동안 눈을 떼지 못했다.

　귀하디귀한 약충(藥蟲)이나 천고(千古)의 영물(靈物), 영액(靈液)이 이런 지세가 좋은 동혈에서는 태고의 모습 그대로 남아 있다는 것을 경험상으로 이미 터득하고 있는 약대선생인지라 동혈 내부로 들어가고 싶은 강렬한 유혹을 떨쳐 버리기란 쉽지 않은 일이었다.

　그러나 산행을 너무 오래한 탓에 체력이 바닥날 만큼 많이 지쳐 있었고, 동혈을 탐사할 기초적인 장비 또한 준비되어 있지 않아서 후일을 기약할 수밖에 없었다.

　그리고 그는 며칠 편히 쉬며 체력을 충분히 비축했고, 동혈 탐사에 필요한 장비를 준비해서 오늘 다시 동혈을 찾은 것이다.

　그러나 그렇게 힘들여 찾은 동혈의 분위기가 며칠 전과는 사뭇 달랐다.

　동혈에 접근하기 전부터 약대선생은 동혈로부터 흘러나오는 알 수 없는 사이(邪異)한 기운을 느끼고는 전율했다.

동혈은 며칠 사이에 지옥으로 변해 버린 듯 그 사이한 기운을 도도히 흐르는 강물처럼 때로는 격하게 때로는 유유히 뿜어내다가 시간이 흐르면서 걷잡을 수 없이 강한 기세로 뿜어내기 시작했다.

'도대체 저 안에서 무슨 일이 일어나고 있는 것일까?

약대선생은 강한 호기심을 느꼈지만 목숨을 걸고 동혈 안으로 들어갈 용기는 없었다.

그러기에 그는 너무 늙어버렸다.

혈기왕성했던 시절이라면 목숨을 도외시한 채 무작정 동굴 안으로 뛰어들어 갔겠지만, 그런 무모한 도전을 하기엔 자신이 돌봐야 할 가족이 너무나 많이 늘어버렸다.

잠시 갈등했지만 천진하게 웃고 있는 손자의 모습을 떠올리는 순간, 그는 이내 동혈 탐사를 포기하고 몸을 돌렸다.

포기하기까지의 과정이 어려웠을 뿐, 마음을 비우자 홀가분함을 느낀 약대선생은 나는 듯 가벼운 발걸음으로 순식간에 동혈에서 멀어져 절곡의 입구에 이르렀다.

동혈에서 멀어질수록 사이한 기운도 멀어졌다.

비로소 약대선생은 안도의 한숨을 몰아쉬고는 자신이 참으로 현명한 결정을 내렸음을 자위하며 흐뭇한 미소를 지었다.

그러나 그 흐뭇함도 잠시, 약대선생은 뭔가 일이 크게 뒤틀려 가고 있음을 느끼며 걸음을 멈추었다.

바로 그 순간 아득히 멀어졌다고 여겨졌던 사이한 기운이 갑자기 해일처럼 격렬하고 빠른 속도로 밀려오기 시작했다.

"이, 이건……?"

당황한 약대선생은 자신을 향해 무서운 기세로 밀려드는 사이한 기운을 무조건 피해야 한다는 본능적인 위기감을 느꼈다.

위기감을 느끼자마자 그는 젖 먹던 힘까지 다해 뛰기 시작했다.

자신이 경공(輕功)을 구사할 줄 아는 무인이라는 사실조차 망각할 정도로 다급한 상태였다.

그러나 뛴다는 것도 약대선생의 생각일 뿐, 정작 그는 한 걸음도 채 옮기지 못했다.

마치 자석에라도 달라붙은 듯 그의 몸은 일시에 차갑게 얼어붙고 말았다.

절대 보지 말았어야 했다.

해일처럼 밀려드는 사이한 기운에 숲의 푸른 나뭇잎이 온통 누렇게 빛이 바래 죽어가는 그 공포스러운 광경을 말이다.

말도 안 되는 그 불가사의한 장면을 보고서 그는 그만 혼비백산하고 말았다.

온몸의 털이 곤두서는 공포로 인해 몸이 뻣뻣하게 굳어져 더 이상 어떤 동작도 취할 수가 없었던 것이다.

해는 중천에 떠 있었지만 숲이 한밤중처럼 칠흑의 어둠에 휩싸인 것도 그 순간이었다.

사이한 기운이 아홉 줄기인 것을 느낀 것도 그 순간이었다.

그리고 눈이 부시도록 아름다운 한 여인을 본 것도 그때였다.

여인을 발견한 약대선생은 자신의 눈을 의심했다.

여인이 자신의 정면 가까이에 나타났음에도 불구하고 그는 여인의 기척조차 느끼지 못했다.

평소 백여 장 밖의 기척까지도 예민하게 감지했던 약대선생으로는 기가 막힐 노릇이었다.

여인은 마치 처음부터 그 자리에 서 있었던 것처럼 약대선생을 바라보는 눈빛이 지극히 평온했다.

그 눈빛엔 낯선 인물에 대한 경계심 따위는 손톱만큼도 담겨 있지 않았다.

여인을 살피던 약대선생의 눈빛이 크게 흔들렸다.

칠흑의 어둠 속에서 신비로운 별빛처럼 고요히 서 있는 그녀는 도무지 인세(人世)의 사람으로 여겨지지 않았다.

침어낙안(浸魚落雁), 폐월수화(閉月羞花)의 미사여구로는 그녀의 발끝을 표현하기에도 턱없이 부족하게 느껴졌다.

'아… 름… 답… 다……'

칠십 평생 이런 미인을 본 적이 없다.

여인을 넋을 놓고 바라보며 그저 아름답다는 네 글자만을 수없이 되뇌는 노구의 약대선생이었다.

그녀를 보는 것만으로도 그동안 까맣게 잊고 살았던 음욕(淫
慾)이 하체로부터 서서히 되살아남을 느낀 약대선생은 나이 칠
십에 이 무슨 주책인가 싶어 얼굴을 붉혔다.

여인의 나이는 고작 스물 남짓 되어 보였다.

낡은 백의를 헐렁하게 걸치고 있었지만, 땟물이 자르르 흐
르는 그녀의 남루한 행색도 그녀의 뛰어난 미색을 가리진 못
했다.

오히려 주사빛 입술에 아침 이슬처럼 매달린 뇌쇄적인 미
소로 인해 영롱하게 빛나는 그녀의 모습은 보는 이의 가슴을
설레게 만들고도 남았다.

일 장여의 거리를 두고 여인과 마주 서 있는 약대선생은 지
금 이 자리에서 혀를 깨물고 죽는다 해도 그 찰나의 시간이
인생에서 가장 행복한 순간은 아닐까 하는 허상(虛想)에 빠져
들었다.

곧이어 닥쳐올지도 모를 자신의 불행한 운명을 전혀 예감
조차 못했다.

숲을 뒤덮었던 사이한 기운은 여인의 등장과 함께 흔적도
없이 사라졌다.

여인에게서 풍겨지는 순결한 체향(體香)으로 인해 사이한
기운은 모조리 씻겨 나간 것만 같았다.

한때는 무림칠기(武林七奇)에 속해 명성을 날린 바 있는 약
대선생이지만, 지금의 그는 사내로서의 본능을 주체하는 것

만으로도 버거워 보이는 수컷에 지나지 않았다.

하체로부터 솟아오르는 힘을 억누르며 약대선생은 붉거진 얼굴로 더듬더듬 말했다.

"뉘… 신… 지……?"

말을 하는 것이 이렇게 힘들다는 걸 약대선생으로선 일찍이 느껴본 적이 없었다.

단 세 글자는 읊는 데만도 그야말로 일각이 여삼추처럼 길게 느껴졌다.

여인은 수줍게 미소 지었다.

순간 약대선생은 숨이 막혀왔다.

심장이 터져 나갈 것만 같았다.

여인의 순결하고 고결한 미소에 고고한 인격임을 자부했던 약대선생은 끝내 침까지 흘리고야 말았다.

"하란."

치여호서(齒如瓠犀), 여인의 박속같은 희고 고른 치아가 열리며 수줍음으로 가늘게 떨리는 음성이 흘러나왔다.

"하란… 하란… 하란… 하란……."

약대선생은 꿈을 꾸듯 몽롱한 얼굴로 앵무새처럼 같은 말만을 반복했다.

하란은 눈을 살짝 내리깔며 수줍게 물었다.

"소녀를 사랑하시나요?"

약대선생은 세수 칠십이 훌쩍 넘어버린 자신의 나이를 망

각한 채 이제 막 이름 두 자만 들어서 알게 된 여인의 정체에
대한 일말의 의문조차 품지 않은 채 뭔가에 홀린 듯 그야말로
촌각의 망설임도 없이 고개를 끄덕였다.

"사랑하오… 사랑하오… 사랑하오……."

하란은 배시시 웃으며 다시 물었다.

"행복하시나요?"

이번에도 약대선생은 망설이지 않았다.

"물론 행복하오. 행복하구말구. 행복하지. 암!"

"소녀를 사랑해서 행복하신가요?"

"그, 그렇소. 너무너무 행복하오."

"소녀를 위해서 죽을 수도 있으신가요?"

"여부가 있겠소. 죽으라면 내 죽는 시늉까지 하리다."

"시늉이 아니라 정말 죽을 수 있나요?"

"그, 그러겠소. 언제든 말씀만 하시오. 내 기꺼이 목을 내
놓으리다."

하란은 탄식했다.

"때론 삶이 죽음보다 고통일 때도 있습니다."

그녀의 탄식에 약대선생은 눈물이라도 쏟아낼 듯 처량한
표정을 지으며 정신없이 고개를 끄덕였다.

"물론이오. 정말 살고 싶지 않을 때도 있소."

"그렇지요?"

"그렇소."

"그런데 왜 살지요?"

"그, 그건……."

"죽으면 간단히 고통에서 벗어날 수 있을 텐데요. 안 그런가요?"

"지당한 말씀이오, 소저!"

"그럼 죽으세요."

"네?"

"죽어요."

하란의 나직한 이 말을 끝으로 퍽 하는 소리가 울렸다.

약대선생은 추호의 망설임도 없이 오른손을 들어 자신의 정수리, 즉 천령개(天靈蓋)를 사정없이 내려쳐 버린 것이다.

피의 축포.

수백 줄기로 갈라져 분수처럼 솟아오르는 피의 파편은 칠흑의 어둠 속에 보기에도 섬뜩한 혈화(血火)를 피워냈다.

고개 들어 그 광경을 바라보던 약대선생은 그 혈화가 참으로 아름답다고 느꼈다.

그리고 그것이 자신의 선혈로 만들어진 혈화임을 깨달았을 때 비로소 그는 뭔가 일이 크게 잘못되었음을 느꼈다.

그리고 시선을 내려 자신의 오른손을 흠뻑 적신 선혈을 봤을 때 그는 그제야 자신이 자신의 머리를 내려쳤음을 깨달았다.

죽음을 목전에 두고서야 약대선생은 자신의 영혼을 뿌리

째 뒤흔들었던 미혹의 상태에서 깨어났다.

의식은 점차 꺼져 갔다.

초점은 잡히지 않았고, 시야는 흐릿했다.

그 흐릿한 시야 속으로 꿈결처럼 하란의 미소가 파고들었다.

약대선생의 시야에 박힌 그 미소는 더 이상 고혹적이지 않았다.

더 이상 순결하지도 않았으며, 더 이상 뇌쇄적이지도 않았다.

가슴을 설레게도 하지 않았으며, 수컷의 본능을 자극하지도 않았다.

그 미소는 아직도 유혹적이었지만, 그것은 그저 죽음을 부르는 잔인한 유혹으로 비쳐질 뿐이었다.

약대선생은 선혈을 뒤집어쓴 참혹한 모습으로 허탈하게 웃었다.

"허허… 헛살았도다. 평생 산(山)을 품고도 모자라 여인을 품고자 했으니… 무욕(無慾)의 길이란… 얼음을 두드려 불을 구하려는… 어리석음에 지나지 않는……."

약대선생의 허허로운 중얼거림은 미처 그 끝을 맺지 못했다.

지나친 출혈로 약대선생은 마침내 의식을 놓아버린 것이다.

그리고 그것으로 그는 자신이 그토록 소망하던 무욕의 상
태에 빠졌다.

의식이 없는 무의식 상태는 그야말로 무욕과 무심의 상태
였다.

그리고 그것은 약대선생의 최후를 의미하기도 했다.

그런데 무의식의 상태에서도 약대선생의 몸은 중심을 잡
고 서 있었다.

아니, 전혀 흐트러짐이 없었다.

두개골이 갈라져 뇌수와 선혈을 쏟아내면서도 그가 그처
럼 버티고 있는 것은 초인적인 의지 때문이 아니었다.

손가락 하나도 자신의 의지로 움직일 수 없는 상태가 되어
있는 그에게 의지란 것이 남아 있을 리 만무했다.

죽어도 골백번은 더 죽었어야 할 약대선생의 몸 상태였다.

그러나 그는 숨을 쉬고 있었다.

의식이 없어 보이긴 해도 눈빛은 살아 있었다.

단지 살아 있는 정도가 아니라 시간이 흐르면서 흐릿한 눈
빛은 점점 더 강렬하게 되살아났다.

기이한 현상이었다.

이미 죽었어야 할 사람이 아직 살아 있다는 것도 그렇고,
바닥에 쓰러져 있어야 할 사람이 중심을 잃지 않고 꼿꼿하게
서 있는 모습도 기이했다.

눈빛이 점점 더 강렬하게 살아나고 있는 장면에선 불가사

의함마저 느껴졌다.

그러나 그 눈빛에 하란은 더 이상 비쳐지지 않았다.

바람처럼 나타났던 그녀는 바람처럼 사라져 버린 것이다.

대신 숲의 어둠 속엔 아홉 쌍의 눈동자가 피를 머금은 채 약대선생을 주시하고 있었다.

그 아홉 쌍의 눈빛에는 잔인한 웃음이 감돌고 있었으며, 그 의미를 알 수 없는 야릇한 흥분으로 가늘게 떨리기조차 했다.

그 흥분된 눈빛은 약대선생이 하란의 미색에 홀려 내보였던 쾌락을 앞둔 수컷의 끈적끈적한 눈빛과 매우 흡사했다.

문득 약대선생의 눈빛에 고통이 떠올랐다.

약대선생의 피에 젖은 노안(老顔)도 고통으로 일그러졌다.

피에 젖은 약대선생의 백발이 일제히 허공으로 곤추섰다.

그 곤추선 백발은 바람에도 흔들림이 없었다.

약대선생의 두 눈과 얼굴에 떠오르기 시작한 고통의 빛은 열화(熱火)의 기세로 온몸으로 퍼져 나갔다.

동시에 약대선생의 입에선 고통스러운 비명이 터져 나왔다.

"끄아아아!"

비명은 차마 듣고 있을 수가 없을 정도로 참혹했다.

최초엔 비명으로 시작된 약대선생의 고통은 이내 또 다른 변화를 가져왔다.

약대선생은 양손으로 온몸을 쥐어뜯기 시작했고, 비명은

더욱더 참혹하게 울려 나왔다.

두개골이 갈라져 뇌수가 흐르고, 갈라진 두개골에선 여전히 선혈이 분수처럼 솟아오르고, 피를 뒤집어쓴 몸을 양손으로 잡아뜯으며 고통스러운 비명을 토해내는 약대선생의 모습은 참혹하다 못해 귀기스럽기조차 했다.

이런 장면을 보고 있는 아홉 쌍의 눈에 실망스러운 빛이 떠올랐다.

"싱겁군!"

누군가가 말했다.

그러자 다른 누구가가 말을 받았다.

"맞아. 이 정도로는 이젠 만족이 안 되지!"

"쩝, 큰일이 아닌가. 이런 대리 만족 따위론 이제 간에 기별조차 오지 않으니 말이다."

"우린 거듭 진화를 하고 있다. 이젠 이전의 방식으론 절대 우릴 만족시킬 수가 없다."

"흐흐흐. 간단히 말해서 이젠 내 손에 직접 피를 적시고 싶다는 거지. 내 코로 피 냄새를 맡고 싶고 내 혀로 피 맛을 음미하고 싶고……."

"크크. 그거 좋지. 내 손아귀에서 펄떡거리는 심장을 보면 정말 흥분될 거 같은데 말이야."

"카카. 생각만 해도 온몸이 짜릿해지는군."

"그렇다면 방법을 바꿔?"

"안 돼, 아직은."

"어째서?"

"저 고통으로 몸부림치는 인간처럼 세상 사람들 모두가 죽을 수도 살 수도 없는 상태로 고통스러워해야 한다. 그것이 죽음보다 더한 공포이니까."

"크크. 하지만 눈요기만으론 이젠 싱거워."

"기다려, 때가 될 때까지."

"때?"

"때가 되면 세상은 미쳐 날뛰게 된다. 그땐 원없이 피 맛을 보게 되겠지."

"카카. 그거 정말 기대가 되는군. 벌써부터 온몸에 전율이 느껴진다."

"흐흐. 좋아. 그럼 기다린다. 하긴 이런 눈요기가 싱겁긴 해도 세상 인간들에게 공포를 주기엔 딱이니까 말이다."

"클클. 그래, 우린 싱거워도 저 늙은 인간은 지금 끔찍한 고통에 시달리겠지? 그걸 상상하는 것도 그리 나쁘진 않아."

"카카카!"

"낄낄낄!"

숲 전체를 울리는 괴이한 웃음만을 뒤로 남긴 채 아홉 쌍의 눈은 불빛이 꺼지듯 동시에 꺼져 버린다.

그리고 숲은 남아 있는 약대선생의 처절한 비명으로 채워졌다.

의식이 없는 무의식의 상태에서도 끔찍한 공포와 고통을 느끼며 서서히 죽어가는 약대선생의 모습은 상식으론 이해가 안 되는 불가해(不可解)한 현상이었다.

그 후로도 무려 두어 시진 동안 약대선생의 고통스러운 비명은 계속되었고, 온몸의 피가 한 방울도 남아 있지 않은 무혈(無血)의 상태가 되고서야 약대선생의 비명은 멈추었다.

약대선생의 몸은 수십 년 된 유골처럼 끔찍하게 말라비틀어져 있었다.

그런 상태에서도 약대선생의 몸은 가는 경련을 쉴 새 없이 일으켰다.

어둠이 물러간 숲에 덩그마니 홀로 버려진 약대선생의 미심(眉心)엔 한 송이 난초가 섬뜩한 아름다움으로 피어나고 있었다.

第八章
죽음의 놀이

百八煩惱

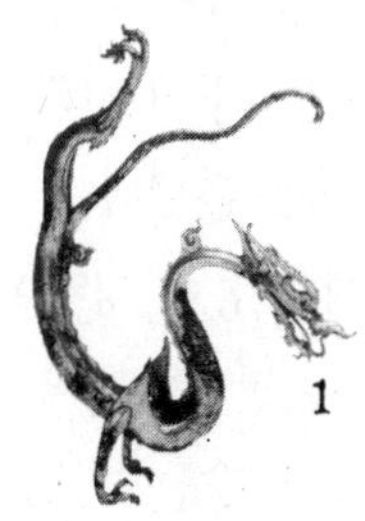

남궁소소는 느릿하게 장한명의 앞으로 나섰다.

그런 그녀의 표정은 지극히 평온했다.

곧이어 자신과 장한명 사이에 벌어질 놀이에 대한 우려 따위는 손톱만큼도 하지 않는 듯 보였다.

그러나 남궁소소와는 달리 남궁세가의 식솔들은 남궁소소의 행동에 깊은 우려를 나타냈다.

결국 총관 남궁도가 급히 남궁소소의 앞을 막아섰다.

"신중하셔야 하오, 소가주!"

남궁소소는 고개를 저었다.

"더 이상 잃을 게 없어요, 아저씨."

"소가주는 우리의 유일한 희망이오. 소가주마저 잃을 수는
없소."

남궁도의 얼굴에 처연함이 어렸다.

남궁소소는 깊은 탄식을 흘렸다.

"어쩌다 우리 남궁세가가 이 지경이 되었는지… 어디서부
터 잘못된 것인지… 그걸 알아야겠어요, 아저씨."

"하지만 저 어린아이를 믿을 수는 없소."

"그들 아홉도 어렸어요."

"그래서 더욱 믿을 수 없다는 겁니다, 소가주!"

"믿진 않지만 알고는 싶어요. 가주께서 원하는 것이 대체
무엇인지… 정말 자해가 아니라 타해인지… 어떻게 타해일
수가 있는 건지……."

"소가주를 노리는 함정일 수도 있습니다."

남궁소소는 화운을 힐끔 쳐다보며 말했다.

"천의맹은 천하무림의 양심이고, 천심전주인 신기제갈 화
운은 천의맹의 양심이라고 들었는데 설마 함정 따위가 있을
리 있겠습니까. 소년을 믿는 것이 아니라 화 전주를 믿고 나
서는 겁니다, 아저씨."

"고맙군요. 믿어주셔서."

화운은 가볍게 고개를 숙여 보였다.

남궁소소의 시선이 이내 장한명에게로 향했다.

"시작하지요."

장한명은 고개를 끄덕였다.

"좋아, 그럼 놀이를 시작하지."

"그전에 한 가지 알아두셔야 할 게 있습니다."

"……?"

"만에 하나 이 놀이로 타해를 입증하지 못한다면 당신은 내 손에 죽게 될 것입니다."

남궁소소의 표정은 냉정했다.

장한명은 일말의 주저도 없이 고개를 끄덕였다.

"애써 그럴 필요 없어. 실패하면 내 손으로 직접 내 심장을 당신한테 꺼내줄 테니까."

"믿어보죠."

"대신 조건이 있어."

"말씀해 보세요."

"입증에 성공하면 그들 아홉이 남궁세가에 무슨 짓을 한 것인지 말해주어야 해."

"그, 그건……."

남궁소소의 얼굴에 곤혹스러움이 떠올랐다.

남궁도는 그런 남궁소소를 향해 고개를 가로저어 보였다.

장한명은 두 사람의 눈짓을 보며 피식 웃었다.

"어려운 부탁이었나?"

남궁소소는 결정한 듯 간단히 대답했다.

"좋아요. 원하는 대로 해드리죠."

남궁도의 얼굴은 굳어졌다.

"소가주, 재삼 숙고하심이……."

"이 결정은 소녀의 것이 아닙니다, 아저씨."

남궁소소는 잠시 감았던 눈꺼풀을 무겁게 열어 남궁세가주 남궁우를 가리켰다.

"전 가주의 뜻을 따르고 있을 뿐입니다."

남궁도는 흠칫하며 남궁소소의 눈길을 따라 남궁세가주 남궁우를 향해 빠르게 시선을 옮겼다.

"아……!"

잠시 남궁세가주 남궁우의 모습을 살피던 남궁도의 입에서 짧은 탄성이 흘러나왔다.

바짝 메마른 입술을 달싹이며 뭔가를 말하려 사력을 다하는 듯하던 남궁우의 표정은 이 순간 믿을 수 없게도 평온해 보였다.

전신의 경련 또한 서서히 멈추고 있었다.

말은 할 수 없어도 남궁소소의 말을 전적으로 공감한다는 무언의 감정 표현으로 느껴졌다.

수십 년을 남궁세가주 창천신룡 남궁우와 함께한 총관 남궁도가 가주의 몸에서 일고 있는 그런 변화가 무엇을 의미하는지 어찌 느끼지 못하겠는가?

가주 남궁우의 눈빛만 보고도 그 감정을 읽어낼 수 있다고 자부했던 남궁도가 아니었던가.

남궁도는 숙연한 표정으로 남궁우를 향해 고개를 숙여 보인 후 뒤로 물러섰다.

가주인 남궁우가 원하는 것이 무엇인지 분명히 알게 된 이상 남궁소소를 더 이상 만류할 수는 없었다.

장한명은 남궁도가 물러서자 자세를 바로잡고 남궁소소의 정면에 섰다.

서로의 숨결이 느껴질 만큼 가까운 거리였다.

장한명은 남궁소소의 깊은 눈을 직시하며 말했다.

"내 눈을 똑바로 봐."

남궁소소는 고개를 끄덕였다.

"간단하군요."

"어떤 일이 있어도 내 눈을 절대 피하면 안 돼."

"그것도 간단하군요."

장한명은 히죽 웃어 보였다.

"그래, 이 놀이의 방법은 아주 간단하지."

남궁소소는 장한명의 맑은 눈을 바라보며 물었다.

"단지 이것뿐인가요?"

장한명은 고개를 끄덕였다.

"그래."

"알 수 없군요. 눈싸움을 하자는 것도 아니고."

"검을 풀어 당신 총관에게 맡기도록."

"검을?"

“그게 좋겠어.”

남궁소소는 미간을 좁혔다.

“이유를 말씀해 주시지요.”

“그 검으로 당신 심장을 스스로 파낼 수도 있기 때문이야.”

“내가?”

“당연히.”

“절대 그런 일은 없을 테니 안심해요.”

“감히 장담을 한단 말이지?”

“할복을 할 만큼의 용기가 내겐 없습니다.”

“용기가 생길 수도 있어.”

“천만에. 그럴 리도 없겠지만 그럴 생각은 눈곱만큼도 없
으니 걱정 붙들어 매두시지.”

남궁소소의 말에 짜증이 섞였다.

장한명은 미간을 찌푸렸다.

“염병, 약속을 해야 시작하든 말든 할 거 아닌가.”

“쩝, 이거 서론이 너무 길군.”

“어쨌든 약속해.”

“무엇을?”

“어떤 일이 있어도 자결은 하지 않겠다고 말이야.”

“약속하지.”

남궁소소는 퉁명스럽게 말했다.

장한명은 비로소 고개를 끄덕였다.

“이건 죽음의 놀이다.”

“명심하지.”

“죽고 싶어질 거야.”

“죽고 싶다고 죽는다면 세상 사람 몇이나 살아남아 있을까?”

“몸서리쳐지게 죽고 싶어질걸?”

“죽지 않겠다고 또 약속해야 하나?”

“됐어. 시작한다.”

말을 끝내고 장한명은 눈을 감았다 떴다.

그 눈은 투명한 별빛처럼 맑게 빛나고 있었다.

단지 그것뿐이었다.

장한명의 눈을 멀리서 바라보는 화운과 묵상은 장한명의 눈빛에서 어떤 변화도 읽어낼 수가 없었다.

총관 남궁도를 비롯한 남궁세가의 식솔들은 사뭇 긴장한 얼굴로 남궁소소와 장한명을 번갈아 주시하고 있었지만, 그들도 장한명과 남궁소소에게서 별다른 기미를 느끼진 못하는 듯 고개를 갸웃했다.

그러나 남궁소소는 달랐다.

최초엔 그녀 역시 무덤덤했지만, 어느 한순간 자신이 장한명의 눈 속으로 강하게 빨려 들어가는 듯한 착각에 사로잡히며 혼비백산했다.

‘이… 이런……’

그녀는 자신도 모르게 한 걸음 뒤로 물러섰다.

그렇게라도 하면 장한명의 눈 속에서 빠져나올 수가 있을 것처럼 느껴졌던 모양이다.

그러나 그게 생각처럼 쉽지는 않았다.

빠져나오려고 발버둥 칠수록 그녀는 더욱더 깊이 장한명의 눈으로 빨려 들어가고 있었다.

그녀가 느끼는 장한명의 눈은 거대한 소용돌이였다.

지옥의 문과 같은 음산한 입구를 드러낸 검은 소용돌이는 남궁소소를 향해 들어오라는 손짓을 쉼없이 하고 있었다.

남궁소소는 그 손짓을 거절할 수가 없었다.

'어머니!'

무섭게 요동치는 소용돌이에서 남궁소소는 어린 시절 자신의 곁을 떠나간 생모(生母)의 형상(形想)을 보며 결국 의식의 끈을 놓고야 말았다.

그녀의 의식은 생모의 부드러운 품속으로 파고들 듯 검은 소용돌이 속으로 빨려 들어갔다.

빨려 들어가는 그녀의 의식은 소용돌이와 함께 돌고 있는 다른 의식의 잔영(殘影)들과 충돌했다.

그 의식의 잔영엔 깊은 상심, 죽음보다 더한 고통, 시름에 빠져 허우적대는 고뇌, 가슴 터질 듯한 분노 등의 복잡한 감정이 내포되어 있었다.

남궁소소의 의식은 채색(彩色)되듯 그런 상심, 고통, 고뇌,

분노 등의 복잡한 감정으로 채워졌다.

온갖 상심이, 온갖 고통이 그녀의 가슴을 아프게 메웠다.

결국 고뇌와 분노로 채워진 그녀의 몸은 무섭게 떨리기 시작했다.

너무도 큰 상심과 고통으로 그녀는 눈물까지 펑펑 쏟아냈다.

이를 보던 총관 남궁도와 남궁세가의 식솔들은 불안해지기 시작했다.

"어째서……?"

그들은 뭔가 일이 잘못되어 감을 느꼈지만 그렇다고 지금에 와서 일을 중단시키고 남궁소소를 끌어낼 수는 없었다.

화운과 묵상은 남궁소소의 급변한 감정 변화를 보며 역시 놀라움에 사로잡혔다.

특히 화운의 놀라움은 컸다.

아니, 신기했다.

불과 열흘 전만 해도 회생이 불투명할 만큼 사경을 헤매던 장한명이 불과 열흘 만에 완벽히 회복된 것도 신기했지만, 양파의 껍질이 한 겹씩 벗겨져 내리듯 시간이 흐르면서 하나씩 하나씩 내보이는 장한명의 상상을 초월하는 그 능력들은 경이롭기까지 했다.

육체적인 능력도 혀를 내두를 만큼 뛰어난 것이었지만, 두뇌 역시도 천하제일지 화운이 감탄을 할 만큼 총명하고 명석해 보였다.

게다가 낯선 사람에 대한 과민한 경계심 또한 사라진 듯 보였다.

'환경에 대한 적응 속도가 경이로움이 느껴질 만큼 빠르다.'

저런 인재가 둔재로 구분되었다는 사실이 믿어지지 않았다.

기재와 둔재를 구분했던 천뇌집무헌의 기준이 과연 무엇이었는지 오히려 그게 궁금할 정도였다.

그러나 화운의 생각은 여기에서 멈추었다.

눈앞에서 펼쳐진 상황이 급변했기 때문이다.

하늘이 무너져 내리는 듯한 깊은 상심으로 통곡하던 남궁소소가 돌연 검집으로 손을 가져가더니 찰나의 지체도 없이 검을 뽑아 들었다.

통곡은 멈추었으나 눈물로 얼룩진 그녀의 얼굴은 상심보다 더 깊은 절망과 분노로 심하게 일그러져 있었다.

검은 푸른 예기(銳氣)를 뿌리며 파르르 몸을 떨었다.

주인 남궁소소의 감정이 그대로 유입된 듯 검으로부터도 절망이 뚝뚝 떨어져 내렸다.

그것은 죽음보다 더한 절망처럼 느껴졌다.

그래서일까?

남궁소소의 얼굴에 한순간 강렬한 죽음의 빛이 떠올랐다.

그녀의 감정 전체가 이 순간 죽음의 빛깔로 채색된 듯 보였다.

숨을 쉬고 있는 것이 너무도 고통스러워 보였다.

죽음보다 더한 절망을 피하기 위해 그녀가 선택한 최후의 방법은 바로 죽음이었다.

'그래, 죽는 거야.'

그녀는 들고 있는 검을 거꾸로 세워 잡고는 그대로 자신의 복부를 베어갔다.

"안 돼!"

남궁도는 기겁하며 천둥과 같은 고함을 질러 뭔가에 홀린 듯한 그녀의 의식을 깨우려 했다.

그러나 남궁도의 고함은 남궁소소의 동작보다 느렸다.

파아앗!

상승의 무위를 지닌 남궁소소의 동작은 그야말로 극쾌(極快)의 빠름을 보였다.

검을 잡고, 검집에서 검을 빼고, 복부를 검으로 베어가는 각기 다른 동작이 마치 한 동작으로 느껴졌다.

그런 그녀의 동작은 평소보다 더욱 빨랐다.

죽고 싶다는 강렬한 욕구가 그녀의 잠재능력까지 몽땅 끌어낸 모양이었다.

검을 잡았다고 느끼는 순간, 이미 복부의 옷은 검날에 베어져 나가고 있었다.

“아아……!”

남궁도를 비롯한 남궁세가의 식솔들은 남궁소소의 돌발적인 행동에 대경실색했다.

화운은 그러나 태연했다.

그녀에겐 장한명이 남궁소소를 죽음에 이르도록 내버려 두지는 않을 거라는 확고한 믿음이 있었다.

장한명에 대한 이런 믿음이 언제부터 생겨난 것인지는 몰라도, 그 믿음은 자궁을 열어 아이를 낳고, 젖을 물리고, 자장가를 불러 재우며 평생을 돌봐야 하는 모성애(母性愛)와도 같은 조건 없는 신뢰였다.

살아 있는 목숨이라고 할 수 없는 장한명을 천뇌집무헌에서 데리고 나와 지금의 모습으로 회복시키기까지 화운이 쏟아 부은 정성은 지극했다.

피골이 상접하여 산목숨보다는 죽은 목숨에 가까웠던 장한명을 회복시키기까지의 과정은 어미의 자궁을 열고 이제 갓 태어난 핏덩어리를 키우는 과정과 크게 다를 게 없었다.

비록 잉태와 출산의 과정이 생략된 열흘이라는 짧은 시간이었지만, 장한명을 향한 화운의 모성애는 그런 과정에서 생성된 지극히 자연스러운 감정의 흐름이라고 볼 수 있었다.

그러나 그런 신뢰와 믿음에도 불구하고 눈앞에 펼쳐진 상황은 손에 땀이 배어 나올 만큼 긴장되고 급박했다.

누군가가 남궁소소의 행동을 저지하지 않는다면 남궁소소

는 목숨을 잃을 수도 있었다.

　운이 좋아 목숨은 건질 수 있다 해도 남궁세가주 남궁우와 같은 식물인간의 상태가 되는 불행을 피할 수 없게 될 것이다.

　이를 바라보는 남궁우의 초췌한 노안에도 긴장의 빛이 흘렀다.

　누가 있어 남궁소소의 검이 그녀의 복부를 파고들 이 절체절명의 위기를 멈추게 할 수 있을 것인가?

　화운을 제외한 모두가 깊은 절망을 느끼는 바로 그 순간이었을 것이다.

　"어때, 살고 싶지 않지?"

　장한명의 입에서 나직하고도 무거운 한마디가 떨어졌다.

　순간, 믿을 수 없게도 남궁소소의 동작은 멈추었다.

　다행히 남궁소소의 검은 그녀의 옷을 베고 살갗을 살짝 파고들었을 뿐이었다.

　선혈이 배어 나오곤 있었지만 상태는 치명적이지 않았다.

　남궁도와 남궁세가의 식솔들은 절체절명의 위기에서 벗어난 그녀의 상태를 확인하고는 비로소 안도의 한숨을 내쉬었다.

　화운은 자신의 믿음이 빗나가지 않았음을 눈으로 확인하고는 역시 안도했다.

　그러나 상황이 다소 진정되었을 뿐, 결코 마음을 놓을 수 있는 단계는 아니었다.

“죽고 싶어.”

남궁소소는 여전히 검으로 자신의 복부를 겨눈 채 장한명을 간절한 눈빛으로 바라보며 애원하듯 말했다.

동작은 멈추었으되, 죽고 싶다는 강렬한 욕구까지 멈춘 것은 아닌 모양이었다.

장한명은 히죽 웃었다.

“미안하지만 당신은 죽을 수 없어.”

남궁소소는 느닷없이 절규하듯 고함을 질렀다.

“죽고 싶어! 난 죽고 싶단 말이야!”

“소용없어.”

“죽을 거야!”

“그럼 죽도록!”

“그래, 죽을 거야!”

남궁소소는 추호의 망설임도 없이 검을 잡은 손에 힘을 주고 자신의 복부를 그어갔다.

살이 갈라지고 갈라진 살 틈 사이로 내장이 흐르며 피가 튀었다.

그러나 이것은 남궁소소의 상상일 뿐, 그녀는 손끝 하나 움직일 수가 없었다.

남궁소소는 자신의 의지대로 움직이지 않는 자신의 손을 바라보며 절망했다.

그녀는 장한명을 향해 간절한 어조로 말했다.

“날 죽여줘. 제발…….”

장한명은 연민의 눈빛으로 남궁소소를 바라보며 말했다.

“그렇게 죽고 싶어?”

남궁소소는 정신없이 고개를 끄덕였다.

“응… 죽고 싶어…….”

“당신 아버지는?”

“상관없어!”

“남궁세가는?”

“몰라! 그게 내가 죽는 거하고 무슨 상관이야!”

“당신은 어째서 죽으려 하는 거지?”

“사는 게 고통스럽고… 슬프고… 다 귀찮아.”

그녀는 절망과 고통을 참기 힘든 듯 몸을 가늘게 떨었다.

세상의 절망, 세상의 고통을 그녀 혼자 이고 있는 듯 두 다리마저 휘청거렸다.

얼굴은 눈물로 얼룩졌고, 통곡보다 더 서러운 신음을 쉴 새 없이 쏟아냈다.

살아 있는 순간순간이 그녀에겐 지옥처럼 느껴지는 모양이었다.

그러나 그녀는 끝내 그토록 원하던 죽음을 자신의 손으로 가져오진 못했다.

그녀의 뇌리엔 그녀의 의식보다도 장한명의 의식이 더욱 크고 강하게 자리 잡고 있었기 때문이다.

그녀의 체내엔 그녀가 없었고 장한명이 있을 뿐이었다.

그러므로 그녀의 일거수일투족은 장한명에 의해 지배되고 있었던 것이다.

간절히 먹고 싶은 음식을 코앞에 두고서도 사지를 움직일 수 없어 음식을 보고만 있어야 하는 그런 무력한 상태였다.

죽음이 코앞에 있었으나 그녀에겐 그저 그림의 떡이었다.

장한명은 시선은 남궁소소에게 두고 화운을 향해 말했다.

"우린 무료하고 답답할 때마다 이런 놀이로 무료함을 달래곤 했지. 마치 살아 있는 인형놀이를 하듯 그렇게 말이야. 이런 비슷한 놀이가 무림에도 있는지 알고 싶군."

화운은 고개를 저었다.

"없습니다."

장한명은 갸웃하며 손을 들어 남궁소소를 가리켰다.

"아까 이 계집이 말한 최면과 섭혼대법은?"

"의식을 지배한다는 점에선 비슷하지만 상대의 감정까지 조율하진 못합니다."

"어려워. 쉽게 설명해 줘."

"최면과 섭혼대법은 상대의 의식을 빼앗는 것이지요. 상대의 의식을 공(空)의 상태, 즉 백지 상태로 만든다는 겁니다. 그 공의 상태에 희로애락의 감정을 집어넣어 상대를 웃게 하고 울게 할 수는 없습니다."

"난 아직 이 계집을 웃게 하진 않았어."

“죽게 할 수도, 살게 할 수도 있는 것을 보면 그 정도의 감
정 조율도 가능하리라 보는데……?”

장한명은 고개를 끄덕였다.

“그건 그래. 우리가 이 놀이를 애용했던 것은 상대의 죽음
을 원해서가 아니라 반대로 상대에게 즐거움 주기 위함이었
으니까.”

“아편(阿片) 복용으로 환각(幻覺) 상태에 이르는 것처럼 말
인가요?”

“바로 그거지.”

“누구나 할 수 있는 놀이였나요?”

“물론이지. 그 놀이는 우리가 받은 과제물 가운데 기초적
인 단계에 지나지 않았거든.”

“그 기초적인 능력이 악용이 되면 어떤 일이 일어나리라는
것을 한 번쯤은 상상해 보셨나요?”

“그럴 필요가 없었지. 그럴 만한 이유가 그때는 없었으니
까.”

“악용이 되면 단지 눈빛만으로 상대를 죽일 수가 있는 것
인지요.”

“아마도.”

“죽이진 않더라도 남궁가주의 상태처럼 식물인간으로 만
들 수가 있는 것이고?”

“그건 전혀 어렵지 않아. 검이 복부를 가르는 폭과 깊이를

죽음의 놀이 339

뜻대로 조절할 수 있을뿐더러 출혈의 양과 인체의 삼백육십 경혈(經穴), 임독양맥(任督兩脈)을 포함한 십사 경락(經絡)의 개폐(開閉)까지도 자유롭게 제어할 수 있으니까. 무의식의 상태뿐만이 아니라 그 이상의 섬세한 의식의 변화도 줄 수 있다는 것이지."

"그렇다면 더 악용한다면 주인의 뜻에 따라 움직이는 살인 무기로도 만들 수 있겠군요?"

"누워서 식은 죽 먹기지. 이 계집이 저 영감을 죽이게도 할 수 있어. 전혀 어려운 일이 아니야."

이쯤 되자 화운을 비롯한 장내의 모든 사람은 경악하지 않을 수 없었다.

일반적인 상식으로는 상상조차 안 되는 그 불가사의한 능력을 너무도 쉽고 간단히 말해 버리는 장한명의 담담한 태도만으로도 모골이 송연한 느낌을 받았지만, 자식이 부모를 죽이게도 할 수 있다는 대목에선 그저 입을 딱 벌린 채 기가 막혀할 뿐이었다.

그럼에도 불구하고 남궁도와 남궁세가의 식솔들이 이내 평정심을 되찾을 수 있었던 이유는 방금 전 자신들의 눈앞에서 펼쳐졌던 장면과 거의 흡사한 장면을 얼마 전에 본 적이 있어서 지금의 장면이 생소하게 느껴지지 않았기 때문인지도 모른다.

자신들의 가주인 남궁우가 당한 장면과 남궁소소가 당하

는 장면은 사람만 남궁우에서 남궁소소로 바뀌었을 뿐 그 상황은 마치 사전에 약속이 된 것처럼 완벽하게 같았던 것이다.

때문에 지금의 충격은 처음 당했을 때보다는 사뭇 덜하다고 할 수 있었다.

그들보다는 화운의 충격이 컸다.

그녀는 장한명을 통해 반천구마신에 대한 새로운 정보 한 가지를 더 얻었다.

장한명이 없었다면 그저 막연했을 것들이 장한명을 통해 반천구마신의 실체가 점점 가시화(可視化)되고 있는 것이다.

반천구마신의 실체를 알아갈수록 충격과 두려움은 커져 갔지만, 한편으로 생각하면 장한명을 통해서 그들에 대한 정보를 미리 듣게 되어 불행 중 천만다행이다 싶었다.

지피지기(知彼知己)이면 백전백승(百戰百勝)이라는 논리를 무시하고서라도 반천구마신에 대한 정보가 주는 가치는 천하무림을 대혈난(大血亂)에서 구할 수 있느냐 없느냐를 결정지을 만큼 중요하다는 것엔 이론의 여지가 있을 수 없었다.

장한명은 가슴 서늘한 사념에 빠져 있는 화운을 깨웠다.

"어떻게 할까, 전주? 더 진행할까?"

화운은 급히 사념에서 깨어나며 고개를 저었다.

"되었어요. 볼 만큼 봤습니다. 더 이상은 시간 낭비일 뿐."

이어 남궁도를 향해 물었다.

"총관께선 혹시 다른 고견이라도?"

　남궁도는 여전히 절망과 고통 속에 휩싸여 있는 남궁소소
를 바라보며 탄식했다.
　"다른 의견은 없소. 전주의 의견에 전적으로 동의하오."
　그러자 기다렸다는 듯 장한명은 눈을 감았다.
　순간 남궁소소는 방향을 잃어버린 채 망망대해를 표류하
는 난파선처럼 당혹해했다.
　별을 보고 방향을 잡고 길을 걷다가 갑자기 별을 잃어버린
사람처럼 보였다.
　그녀의 눈빛은 크게 흔들렸다.
　눈빛은 크게 흔들렸지만 반대로 몸의 떨림은 점차 잦아들
기 시작했다.
　한편으론 충격을 받은 듯했고, 한편으론 안정을 찾는 듯했
다.
　얼굴 전체를 가득 채웠던 절망과 고통의 빛도 점차 사라져
갔다.
　통곡과 같았던 신음도 멈추었고, 눈물도 멈추었다.
　그녀가 절망과 고통으로 신음하던 시간은 불과 반 각이 채
되질 않았지만, 그녀는 십 년 세월 내내 절망과 고통으로 밤
을 지새운 듯 심하게 지쳐 보였다.
　한동안 그녀는 의식이 없는 듯 멍하니 그 자리에 아무런 움
직임도 없이 서 있었다.
　그 시점과 같이하여 장한명은 감고 있던 눈을 조용히 떴다.

그 눈은 맑고 깊고 잔잔해서 방금 전 한 사람을 죽음으로
몰고 갈 한 괴이한 마력(魔力)을 품었던 눈이었다고는 도저히
믿겨지질 않았다.

2

날이 저물기 시작한 초저녁 시간에 남궁세가로 들어섰던
화운 일행은 자시(子時) 무렵 남궁세가를 조용히 빠져나왔다.
밤이 깊었으니 하룻밤을 머물고 가라는 남궁소소의 만류
해도 불구하고 화운은 한사코 야행(夜行)을 고집했다.
죽음의 놀이 이후, 장한명에게 보이는 남궁소소의 도를 넘
는 경계심이 화운으로서는 적잖이 부담되었기 때문이다.
남궁소소의 경계심을 누그러뜨리기 위해선 장한명의 출신
내력을 밝혀 장한명과 반천구마신이 같은 천뇌집무헌 출신이
라도 그 차원이 다르다는 점을 명확히 설명해야 했다.
그러나 그러자면 자연히 반천구마신의 출신 내력도 드러
내야 할 테고, 천뇌집무헌, 천의맹도 필히 거론되어야 할 텐
데, 그 모든 내막을 밝히기엔 아직은 시기상조라는 것이 화운
의 생각이었다.

"일개 조직으론 반천구마신을 절대로 상대할 수가 없소. 내 말
을 믿기 어렵겠지만 머지않아 전주께선 내 말이 틀리지 않았음

죽음의 놀이 343

을 직접 목격하게 될 거요. 전주의 임무는 반천구마신을 난세의
주범으로 지목하되, 그들이 난세의 주범임을 천하인에게 설득하
는 과정에선 천뇌집무헌의 존재를 철저히 배제시키는 일이오.
그리고 천하지대망이 선포되도록 천하인을 유도하면 전주의 할
일은 끝나는 거요.”

　머릿속을 맴도는 현 천뇌원주 공손우의 협박에 가까운 당
부를 전적으로 동의할 수는 없었지만 그렇다고 무시할 수도
없는 노릇이었다.
　진실을 알면서도 진실을 다 말하지 못하는 화운의 마음은
납덩이를 매달아놓은 듯 무겁기 이를 데 없었다.
　초추(初秋)의 밤바람은 한기가 배일 만큼 차가웠지만 화운
일행은 온갖 상념에 젖어 한기조차 느끼지 못했다.
　우수수 떨어지는 낙엽이 온몸을 휩쓸고 지나도 그들은 약
속이라도 한 듯 침묵으로 일관했다.
　그 어색한 침묵을 먼저 깬 사람은 장한명이었다.
　“어째서 그토록 궁금해하던 것을 묻지 않은 거지?”
　막 마차에 오르려던 화운은 멈칫하며 잠시 생각하는 표정
을 짓다가 가만히 휘장을 놓았다.
　“궁금하긴 했죠. 그들 아홉이 남궁세가에 저지른 짓이 무
엇인지… 남궁세가의 전 식솔이 목숨 걸고 지키고자 했던 것
이 무엇인지… 남궁세가주를 식물의 상태로 만든 그들 아홉

의 능력이 대체 어느 정도였는지……."

장한명은 그녀의 곁에 바짝 선 채로 말했다.

"그럼 이미 궁금증이 풀려 버린 건가?"

화운은 이마 위로 흘러내린 머리카락을 쓸어 올리며 담담히 말했다.

"현장을 목격한 남궁세가의 가솔들이 함구하고 있는데 어찌 궁금증이 풀렸다 할 수 있겠나요."

"그럼 왜 묻지 않은 거냐구."

"그들에게 목숨을 걸고 지키려들 만큼 수치스러운 뭔가가 있었다면 지키게 두는 것이 도리라는 생각이 들었습니다. 듣지 않아도 전후 상황으로 미루어 충분히 짐작이 되는 일이라서 굳이 그들의 입을 통해 들어야 할 필요도 없었구요."

"그렇다면 남궁세가의 전 식솔이 목숨을 걸고 지키려고 했던 그것이 과연 그들의 목숨하고 바꿀 만큼의 가치가 있는 것인지에 대해서도 짐작이 가는 바가 있는지……?"

"반천구마신이 남궁세가에 가져다준 충격은 남궁세가의 식솔 모두에게 평생 씻을 수 없는 마음의 상처일 겁니다. 남궁세가의 식솔에게 절대적 신앙과 같은 남궁세가주 남궁우가 그들 아홉 중 한 명에게 공정한 대결에서 무력하게 무너졌다면 그 충격은 하늘이 무너져 내리는 것만큼이나 컸을 테니까요. 그래서 목숨이라도 걸고 감추고 싶었을 테지요. 무너진 남궁세가의 자존심을… 어린 남궁 소가주가 감당하기엔 갑작스러운 그 충격은 너무 컸을 테구요.”

“천의맹과의 동맹을 깰 정도로 말이지?”

“무인은 명예를 목숨보다 더 중요하게 생각합니다. 명예를 지키기 위해서 목숨을 버리는 일은 무림에선 흔한 일이지요.”

“골 아프군. 도무지 이해가 안 돼.”

“장 공자야 이제 무림에 첫발을 내민 셈이니 당연히 이해가 안 되시겠지요.”

“그건 그렇고, 한 가지 궁금한 게 있는데…….”

“말씀해 보세요.”

“반천구마신인가 하는 그들 아홉 연놈의 능력이 그 정도로 대단한 건가?”

“장 공자께서 보인 능력으로 미루어 짐작컨대, 그들 아홉의 능력은 이미 인간의 한계를 벗어난 것입니다. 가문의 숙원이었을 남궁세가의 천 년 부활의 날갯짓마저 속절없이 무너뜨려 버릴 정도로 말입니다.”

“믿을 수가 없군. 내가 보인 능력은 우리들 사이에선 지극히 평범하고 흔한 것에 지나지 않았는데 말이지.”

“그 안에선 그게 평범하고 흔한 것이었는지는 몰라도, 그런 정도의 능력을 보일 무림인은 흔하지 않습니다. 아니, 손에 꼽을 정도이거나 전무하다는 것이 더 정확한 표현일 겁니다.”

장한명의 얼굴은 굳어졌다.

화운은 허공에 날리는 낙엽 하나를 손으로 잡으며 말을 이었다.

"그런 정도의 능력이 신무학 백팔번뇌의 초보 단계라면 상상만으로도 끔찍한 일입니다. 그 이상의 단계를 터득했을 반천구마신은 그야말로 절대마신(絶大魔神)의 경지에 이르러 있을 테니까요. 어쨌든 그들이 보인 능력은 남궁세가의 식솔로서는 듣도 보도 못한 것이라서 그 충격이 더 컸을 겁니다."

"모르겠어. 그런 초보적인 능력으로도 무림 일류가 될 수 있다는 건지……."

"일류가 되고 싶다고 하셨지요?"

"응, 아버지의 소망이셨지."

말하는 장한명의 얼굴에 언뜻 처연함이 스쳤다.

화운은 빙그레 웃어 보였다.

"그럼 아버님께서는 이미 소망을 이루신 셈입니다."

장한명의 얼굴에 의아한 빛이 떠올랐다.

"무슨 말인지……?"

화운은 마차에 오르며 말했다.

"장 공자께서는 이미 일류이십니다."

장한명은 화운을 따라 급히 마차에 오르며 물었다.

"일류라고?"

"그래요."

“난 보여준 게 아무것도 없어. 그런데 무엇을 근거로 날 일류라고 하는 거지?”

“세상 사람들은 소녀를 가리켜 중원무림의 무불통지(無不通知)라 칭합니다. 소녀를 모르는 무인은 있어도 소녀가 모르는 무인은 없습니다. 무인의 나이와 성별, 그들의 출신 내력, 그들이 지닌 무공의 특징과 능력치까지도 훤하게 꿰뚫어 보고 있다 해도 결코 과언이 아닐 정도로 소녀의 머릿속은 온통 무인록(武人錄)으로 채워져 있습니다.”

숨조차 내쉬지 않고 단숨에 여기까지 말을 한 화운은 잠시 말을 끊고는 장한명을 지그시 바라보며 말했다.

“소녀가 일류라고 하면 일류인 것입니다, 장 공자. 소녀의 말을 믿으셔도 됩니다.”

이렇게 말하는 화운의 표정은 어두웠다.

그녀는 장한명이 일류이기를 바라지 않았다.

서당 개 삼 년이면 풍월을 읊는다는 격언처럼, 그녀는 장한명이 신무학 백팔번뇌를 연성한 것이 아니라 그 흉내만을 내는 것으로 믿고 싶었다.

아니, 그렇게 믿었다.

그러나 믿으라는 화운의 말을 그대로 인정하기엔 신기제갈 화운에 대한 장한명의 지식이 너무 짧았다.

“그러기엔 전주의 나이가 너무 어리다는 생각은 안 들어?”

“후후… 지식은 나이 숫자로 익혀지는 것이 아닙니다. 안타까운 것은 소녀가 알고 있는 지식 대부분이 직접 두 발로 뛰며 얻은 것이 아닌 죽은 지식이라는 거지요. 반천구마신에 대한 지식 역시 마찬가지입니다. 반천구마신에 관한 한 살아 있는 지식이 필요합니다. 그래야 그들로 인해 자행될 무림 난세를 대비할 수 있을 테니까요."

화운의 말을 낙엽처럼 어둠 속으로 날리며 마차는 움직이기 시작했다.

자시가 넘은 늦은 시각이라 묵상의 채찍을 휘두르는 손길은 빨라졌고, 마차는 빠르게 남궁세가의 영역을 빠져나가기 시작했다.

달리는 마차에서 장한명의 음성이 흘러나온 것은 그로부터 한참 뒤였다.

"반천구마신에 대해 가장 궁금한 것이 뭐지, 전주?"

화운의 음성이 뒤를 이었다.

"물론 그들의 능력이지요. 예를 들면 그들 중 한 명이 남궁세가주 창천신룡 남궁우를 상대로 보인 가공 가경할 능력이 과연 어느 정도였는지⋯ 무림 절정고수인 창천신룡 남궁우가 그들을 상대로 어느 정도나 버틴 것인지⋯⋯."

"⋯⋯."

"박빙의 승부였는지, 아니면 일방적인 승부였는지. 일방적이었다면 과연 몇 초식 만에 승부가 결정이 된 것인지, 남궁세가의 천 년 부활을 꿈꾼 창천신룡 남궁우가 패배하기 직전에 사용한 비장의 한 수가 무엇이었는지……."

"……."

"그런 남궁우를 패배로 몰아넣은 반천구마신 가운데 한 명이 사용한 무공은 무엇이었는지… 대충 이런 것들이 궁금합니다."

"그거라면 어려울 게 없지. 지금 당장에라도 보여줄 수가 있어. 물론 반천구마신과의 대결에서 패배하기 직전 사용한 남궁세가주라는 그 영감의 무공이야 알아낼 수는 없겠지만 말이야."

"지금 당장? 무슨 뜻……?"

"마차를 세워, 전주."

"마차를 세우라니?"

화운은 예상치 못한 장한명의 요구에 어리둥절한 표정을 지었다.

장한명은 처음과 같은 담담한 표정으로 말했다.

"늦으면 도움을 주고 싶어도 줄 수가 없어. 어서 마차를 세우도록, 전주."

장한명이 재차 요구하자 화운은 잠시 갈등하다가 결정을 내린 듯 묵상을 향해 명했다.

"마차를 세우도록, 묵상!"

순간, 이미 화운의 말을 예상이라도 하고 있었다는 듯 묵상은 순식간에 마차를 세웠다.

급정거한 탓에 마차의 동체(胴體)는 심하게 요동을 쳤지만, 이내 진정이 되며 주변의 적요함에 묻혔다.

마차가 멈추어 선 곳은 깊은 어둠에 잠겨 있는 협로(峽路)였다.

장한명은 마차의 휘장을 거두며 천천히 밖으로 걸어나왔다.

화운은 휘장을 들추고는 그런 장한명을 의아한 눈빛으로 바라보고만 있었다.

묵상은 장한명이 이유없이 마차를 세운 것에 심기가 상한 듯 싸늘한 표정으로 장한명의 다음 행동을 기다렸다.

장한명은 뒷짐을 지고는 검은 구름 사이로 빠르게 흘러가는 달을 바라보며 입을 열었다.

"거기 나오시지! 언제까지 쥐새끼처럼 그곳에 숨어 있을 건가?"

이 말에 화운과 묵상은 흠칫했다.

절정의 청력을 지닌 두 사람은 빠르게 주변을 둘러봤지만 전혀 인기척을 감지하지 못했다.

그렇다면 장한명은 누굴 향해 쥐새끼 운운한 것일까?

바로 그런 의문이 슬그머니 고개를 내미는 순간이었다.

"껄껄껄… 이거 정말 쑥스럽구먼!"

겸연쩍은 웃음과 함께 머리를 긁적이며 마차의 정면에서 마차를 향해 다가서는 무명 적삼 노인의 동작은 지극히 느릿했다.

굼벵이도 저 노인의 동작보다는 느리지 않을 것 같았다.

그러나 정작 노인의 동작을 보고 있는 화운, 장한명, 묵상은 노인의 동작이 느리다는 느낌을 전혀 받지 못하고 있었다.

노인이 발을 떼는 동작이야 굼벵이가 기어가듯 느렸지만, 일단 발을 떼고 나면 그 움직임이 사라졌다.

아니, 육안으론 그 움직임을 전혀 볼 수가 없었던 것이다.

노인의 느릿한 걸음은 무려 백여 장 거리를 단숨에 좁혔다.

그 모습은 인간이 아니라 마치 순간적으로 공간을 자유롭게 이동하는 신비로운 괴생명체처럼 느껴졌다.

단지 두어 걸음 떼었을 뿐인데 노인이 장한명의 코앞까지 다가온 것은 일수유(一須臾)에 지나지 않았다.

『백팔번뇌』 2권에 계속…

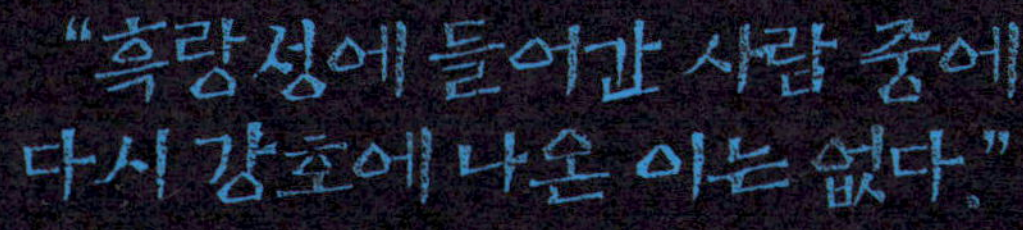

潛行武士
잠행무사

김문형 新무협 판타지 소설

"흑랑성에 들어간 사람 중에
다시 강호에 나온 이는 없다."

서장 구륜사와의 결전을 승리로 이끌며 중원무림에
홀연히 나타난 문파 흑랑성(黑狼城).
그러나 흉흉한 소문이 사실로 드러나 무림맹으로부터
사파로 지목받고 멸문당한다.

그로부터 일 년 뒤.
강호의 은원을 정리하고 금분세수를 하려는 청위표국의 국주 송현은
마지막으로 무림맹의 의뢰를 받아들인다.
그것은 바로 금지 구역 흑랑성에 잠행하는 일.

송현은 무림에서 외면받는 무사 네 명을 선출하여
소림승 진광과 함께 흑랑성에 들어간다.
흑랑성의 비밀이 하나씩 드러나면서 밝혀지는 진실은
그들을 목숨을 건 사투로 끌어들여 가는데……

액션스릴러로 만나는 무협
잠행무사!

무영무쌍

김수겸
新무협 판타지 소설

그림자도 찾기 힘들고[無影],
가히 대적할 자도 없다[無雙]!
강호의 절대고수 무영무쌍!

청설위국의 위사 진세인,
그를 찾아오는 수많은 사람들.
그를 원하는 수많은 세력들.

거대한 음모의 소용돌이 속에서
그는 그를 버렸던 용부를 지켰고,
그에게 검을 겨눴던 무림맹과 십만마교를 구해냈다.

모든 것을 가졌던 황제가 끝까지
갖지 못했던 단 한 사람!
위사 진세인과 동료들의
강호행이 시작된다!